AMOR Y OTRAS PALABRAS

Un sello de
VR Editoras

· **Título original:** *Love and Other Words*
· **Dirección editorial global:** María Florencia Cambariere
· **Edición:** Florencia Cardoso
· **Coordinación de arte:** Valeria Brudny
· **Coordinación gráfica:** Leticia Lepera
· **Armado de interior:** Florencia Amenedo
· **Diseño de tapa:** Ella Laytham
· **Ilustraciones de tapa:** getty images

Publicado originalmente por Gallery Books, un sello de Simon & Schuster, Inc.
Derechos de traducción y publicación gestionados por International Editors.

-MÉXICO-
Dakota 274, colonia Nápoles,
C. P. 03810, alcaldía Benito Juárez, Ciudad de México.
Tel.: 55 5220–6620 • 800–543–4995
e-mail: editoras@vreditoras.com.mx

-ARGENTINA-
Florida 833, piso 2, oficina 203
(C1005AAQ), Buenos Aires.
Tel.: (54-11) 5352-9444
e-mail: editorial@vreditoras.com

Primera edición: octubre de 2023

ISBN: 978-607-8828-80-7

Impreso en México en Litográfica Ingramex, S. A. de C. V.
Centeno No. 195, colonia Valle del Sur, C. P. 09819,
alcaldía Iztapalapa, Ciudad de México.

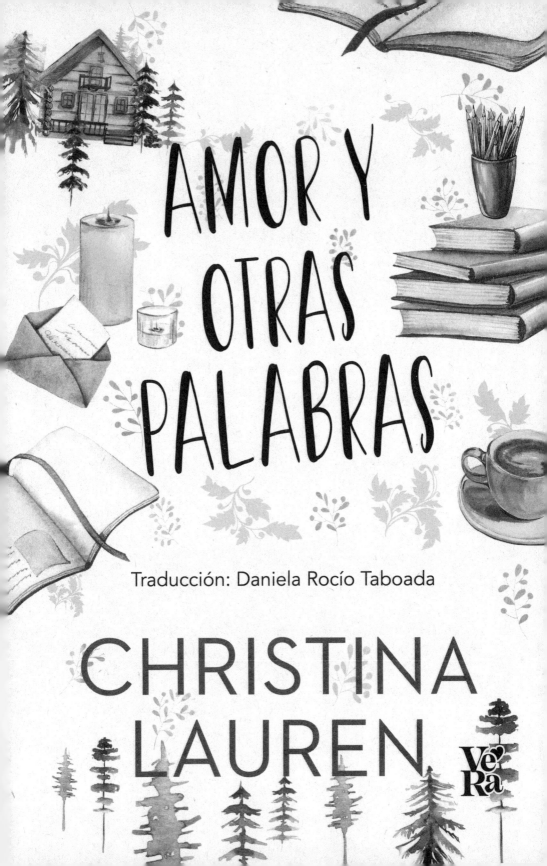

AMOR Y OTRAS PALABRAS

Traducción: Daniela Rocío Taboada

CHRISTINA LAUREN

Para Erin y Marcia, y la casa del bosque cerca del arroyo.

PRÓLOGO

Mi papá era mucho más alto que mi madre: *mucho*. Medía un metro noventa y cinco y mi mamá apenas llegaba al metro sesenta. Un gigante danés y una brasileña pequeña. Cuando se conocieron, ella no hablaba ni una palabra de inglés. Pero cuando ella murió, a mis diez años, era prácticamente como si hubieran creado un lenguaje propio entre los dos.

Recuerdo cómo la abrazaba cuando ella volvía de trabajar. Le rodeaba los hombros con los brazos, hundía su rostro en el cabello de mi mamá mientras curvaba el cuerpo sobre el de ella. Los brazos de mi papá se convertían en paréntesis que contenían la frase secreta más dulce de todas.

Yo desaparecía en el fondo cuando se conectaban así, sentía que presenciaba algo sagrado.

Nunca he pensado que el amor pudiera no ser algo que lo consumiera todo. Incluso de niña, sabía que no quería menos que eso.

Pero cuando lo que empezó como un grupo de células malignas mató a mi madre, nunca más quise tener algo así. Cuando la perdí, sentí que me ahogaba en todo ese amor que tenía y que nunca podría dar. Me invadía, me asfixiaba como un trapo cubierto de querosén, brotaba en lágrimas y gritos y silencios pesados y latentes. Y, de algún modo, por mucho que me doliera, sabía que para papá era aún peor.

Siempre supe que él nunca se enamoraría de nuevo después de mamá. En ese sentido, mi padre siempre ha sido fácil de entender. Era directo y silencioso: caminaba sin hacer ruido, hablaba en voz baja; incluso su furia era silenciosa. Pero su amor era ensordecedor. Su amor era un rugido atronador e intenso. Y después de haber amado a mamá con la fuerza del sol, y después de que el cáncer la matara con un gemido sutil, supuse que él se quedaría mudo durante el resto de su vida y que nunca más querría a otra mujer como la había querido a ella.

Antes de morir, mamá le dejó a papá una lista de cosas que quería que él recordara mientras me acompañaba en mi camino hacia la adultez:

1. No la consientas con juguetes; cómprale libros.

2. Dile que la amas. Las niñas necesitan escucharlo.

3. Cuando esté callada, tú serás quien hable.

4. Dale a Macy diez dólares por semana. Haz que ahorre dos. Enséñale el valor del dinero.

5. Hasta que cumpla dieciséis años, su horario de llegada deberá ser las diez de la noche, sin excepciones.

La lista continúa, tenía más de cincuenta ítems. No era tanto porque ella no confiara en él; solo quería que yo sintiera su presencia incluso después de su partida. Papá releía la lista con frecuencia, escribía notas con un lápiz, resaltaba ciertas cosas, se aseguraba de no pasar por alto algo esencial o de no equivocarse. A medida que fui creciendo, la lista se convirtió en una suerte de biblia. No necesariamente en un reglamento, sino más bien en en una afirmación de que todas las dificultades que teníamos papá y yo eran normales.

Había una regla en particular que era imprescindible para papá.

25. Cuando Macy esté tan cansada después de la escuela que ni siquiera sea capaz de formar una oración, aléjala del estrés de su vida. Encuentra un sitio relajado y que esté cerca para ir los fines de semana, así podrá respirar un poco.

Y aunque es probable que mamá nunca haya tenido la intención de que compráramos *de verdad* una casa de fin de semana, él, un tipo literal, ahorró, planificó e investigó todos los pueblos al norte de San Francisco, preparándose para el día en que necesitara invertir en nuestro lugar de descanso.

Los primeros años después de su muerte, mi padre me observaba con esos ojos azul hielo, suaves e inquisitivos a la vez. Me hacía preguntas que requerían respuestas largas, o al menos más largas que «sí», «no» o «me da igual». La primera vez que le respondí una con un gemido vacío, demasiado cansada por la práctica de natación, la tarea y el tedio leve de lidiar con amigos continuamente dramáticos, papá llamó a una agente de bienes raíces y le pidió que nos encontrara la casa de fin de semana perfecta en Healdsburg, California.

Una agente inmobiliaria local nos la mostró, con una sonrisa amplia y una mirada despectiva hacia nuestra agente de la gran ciudad de San Francisco. Era una cabaña de cuatro habitaciones, con techo de madera a dos aguas y problemas de humedad y moho. Escondida bajo la sombra de un bosque y cerca de un arroyo que fluía sin descanso al otro lado de la que sería mi ventana, era una casa más grande de lo que necesitábamos, con más terreno del que podríamos mantener. En ese momento, ni papá ni yo sabíamos que el sitio más importante sería la biblioteca que él me construiría dentro de mi inmenso clóset.

Papá tampoco podría haber sabido que todo mi mundo terminaría en la casa de al lado, dentro de la palma de un nerd delgado llamado Elliot Lewis Petropoulos.

AHORA

Si dibujaras una línea recta desde mi apartamento en San Francisco hasta Berkeley, serían solo dieciséis kilómetros y medio, pero sin automóvil, e incluso en el mejor horario para viajar, lleva más de una hora llegar ahí.

—Tomé el autobús a las seis de la mañana —digo—. Dos líneas del BART y otro autobús más. —Miro mi reloj de pulsera—. Siete y media. Nada mal.

Sabrina se limpia los restos de leche espumosa del labio superior. Por mucho que entienda por qué evito los automóviles, sé que hay una parte de ella que piensa que debería superarlo y comprar un Prius o una Subaru, como cualquier otro residente del Área de la Bahía que se respete a sí mismo.

—No permitas que nadie diga que no eres una santa.

—Vaya si lo soy. Tú me hiciste abandonar mi burbuja.

—Pero lo digo con una sonrisa y miro a su pequeña hija sobre mi regazo. Solo he visto a la princesa Vivienne dos veces y ya parece haber duplicado su tamaño—. Pero al menos *tú* vales la pena.

Sostengo bebés todos los días, pero nunca se siente así. Sabrina y yo vivíamos a una habitación de distancia en el campus de Tufts. Luego nos mudamos a un apartamento fuera de la universidad antes de subir de nivel en la escala social, o algo así, y trasladarnos a una casa en ruinas durante nuestros respectivos posgrados. Por arte de magia, las dos terminamos en la Costa Oeste, en el Área de la Bahía, y ahora ella tiene un *bebé*. Que ya tengamos edad para hacer esto (parir hijos, *criarlos*) es una sensación de lo más extraña.

—Anoche estuve despierta con ella hasta las once —dice Sabrina, mirándonos con cariño. Aparece cierta ironía en su sonrisa—. Y a las dos. Y a las cuatro. Y a las seis...

—Bueno, tú ganas. Pero para ser justa, ella huele mejor que la mayoría de las personas en el autobús. —Le voy un besito a Viv en la cabeza y la acomodo mejor en el hueco seguro de mi brazo antes de tomar mi café con cuidado.

La taza me produce una sensación rara en la mano. Es de cerámica, no es un vaso descartable ni el inmenso vaso térmico de acero inoxidable que Sean cada mañana me llena hasta el borde al asumir (con mucha razón) que necesito una dosis colosal de cafeína para poder enfrentar el día. Hacía siglos que no tenía tiempo de sentarme a beber algo con una taza de verdad.

–Ya luces como una mamá –dice Sabrina, observándonos desde el otro lado de la mesita de la cafetería.

–Los beneficios de trabajar con bebés todo el día.

Sabrina se queda un segundo en silencio y me doy cuenta de mi error. Regla básica número uno: nunca hablar de mi trabajo delante de madres, en especial de madres *recientes*. Prácticamente escucho su corazón saltando al otro lado de la mesa.

–No sé cómo lo haces –susurra.

Esa frase ya es un coro reiterativo en mi vida. Mis amigos no logran entender por qué he tomado la decisión de dedicarme a la pediatría en la UCI: la unidad de cuidados intensivos. Como siempre, le veo en la mirada esa sospecha de que quizá me falta alguna fibra sensible, cierto instinto maternal que debería evitar que pudiera ver todos los días cómo sufren los niños enfermos.

Le digo a Sabrina mi respuesta habitual, «Alguien tiene que hacerlo», y luego añado:

–Y soy buena en ello.

–No me cabe duda de que lo eres.

–Ahora, ¿neurología pediátrica? *Eso* sí que no podría hacerlo –digo y me muerdo los labios para no decir más.

Cállate, Macy. Cierra tu boca parlanchina.

Sabrina asiente un poco, mirando a su bebé. Viv me sonríe y sacude las piernas con entusiasmo.

–No todas las historias son tristes. –Le hago cosquillas en el estómago–. Todos los días suceden pequeños milagros, ¿no es así, bonita?

—¿Cómo vienen los preparativos para la boda? —El cambio de tema brota de Sabrina con tanta brusquedad que me estremece un poco.

Gruño, acerco el rostro al cuello de Viv, que tiene ese dulce olor a bebé.

—Veo que muy bien, ¿eh? —Riendo, Sabrina extiende los brazos hacia su hija, como si fuera incapaz de compartirla por más tiempo. No la culpo. Viv parece un ovillo cálido y tierno entre mis brazos.

—Es perfecta, cariño —digo en voz baja y se la entrego—. Es una niña maravillosa.

Y, como si todo lo que hago estuviera entrelazado con mis recuerdos de *ellos* (la vida ruidosa en la casa de al lado, la familia numerosa y caótica que nunca tuve), me invade la nostalgia por el último bebé no relacionado con el trabajo con el que he pasado tiempo de calidad. Es un recuerdo de mi adolescencia, en el que miro a la bebé Alex dormir en su mecedora.

Mi cerebro rebota entre cientos de imágenes: la señora Dina haciendo la cena con Alex amarrada contra su pecho. El señor Nick sosteniendo a Alex entre sus brazos robustos y peludos, mirándola con la ternura de un pueblo entero. George, de dieciséis años, intentando (sin éxito) cambiarle el pañal sin que haya un accidente sobre el sofá familiar. La austeridad protectora de Nick Jr., George y Andreas mirando a su nueva hermanita adorada. Y luego, inevitablemente, mi mente recuerda a Elliot esperando en silencio, allá en el fondo, a que sus hermanos mayores empezaran a pelear, a correr o hacer lío, para poder recoger a Alex, leerle, darle toda su atención.

Me duele extrañarlos tanto a todos, pero en especial a él.

—Mace —dice Sabrina.

Parpadeo.

—¿Qué?

—¿La boda?

—Sí. —Me cambia el humor; me agota la idea de planear una boda mientras hago malabares con una jornada de cien horas semanales en el hospital—. Aún no hemos avanzado mucho. Todavía debemos escoger la fecha, el lugar... todo. A Sean no le importan los detalles, lo cual creo que es... ¿bueno?

—Por supuesto —responde con alegría falsa, moviendo a Viv para darle el pecho con disimulo en la mesa—. Además, ¿cuál es la prisa?

Bajo su pregunta, subyace una idea melliza enterrada a muy poca profundidad: «Soy tu mejor amiga y solo he visto al hombre dos malditas veces. ¿Cuál es la prisa?».

Y tiene razón. No hay prisa. Si bien solo llevamos juntos unos meses, Sean es el primer hombre que he conocido en más de diez años con el que puedo estar sin sentir que debo contenerme. Él es relajado, tranquilo, y cuando su hija de seis años, Phoebe, preguntó cuándo nos casaríamos, eso pareció haberle despertado algo que hizo que más tarde me propusiera matrimonio.

—Te juro que no tengo ninguna novedad interesante —le digo—. Espera, no. Tengo que ir al dentista la semana que viene. —Sabrina se ríe—. A esto hemos llegado. Esa es la única cosa, además de ti, que rompe la predecible monotonía de mi futuro: trabajar, dormir, repetir.

Sabrina lo toma como la invitación que es para hablar libremente sobre su nueva familia de tres, y despliega una lista de logros: la primera sonrisa, la primera risa, y ayer, un puño diminuto y preciso que sujetó con firmeza el dedo de mamá.

Escucho, me encanta cómo a cada detalle normal lo considera como lo que realmente es: un milagro. Me encantaría poder escuchar esos «detalles normales» todos los días. Me encanta lo que hago, pero extraño... conversar.

Hoy entro a la UCI al mediodía y es probable que trabaje hasta la mitad de la noche. Luego volveré a casa, dormiré unas horas y repetiré la rutina mañana. Incluso después del café con Sabrina y Viv, el resto de este día se fundirá con el siguiente y (a menos que algo muy espantoso ocurra en la unidad) no recordaré ni un solo detalle.

Así que, mientras ella habla, intento absorber lo máximo posible del mundo exterior: inhalo el aroma a café y pan tostado, el sonido de la música bajo el zumbido de los clientes. Cuando Sabrina se inclina para tomar un chupete de su bolso maternal, alzo la vista hacia la barra y observo a la mujer con rastas rosadas, al hombre más bajo con un tatuaje en el cuello que está tomando los pedidos y al torso largo y masculino que los está mirando y que me devuelve a la realidad con una bofetada.

Tiene el cabello casi negro, grueso y, despeinado, le cae sobre las orejas. Tiene la cabeza inclinada hacia un costado.

La parte inferior de su camisa sobresale por encima de los jeans negros gastados que lleva puestos. Lleva unas alpargatas con un estampado a cuadros *vintage*. Un morral usado le cuelga del hombro y descansa contra la cadera opuesta.

De espaldas a mí, podría ser cualquiera de los miles de hombres que viven en Berkeley, pero sé con exactitud quién es este hombre.

Lo delata el pesado libro con las esquinas de las hojas dobladas que lleva bajo el brazo: solo una persona que conozco relee *Ivanhoe* todos los octubres. Como un ritual y con devoción absoluta.

Incapaz de apartar la mirada, quedo presa de la expectativa, esperando el instante en que se voltee y pueda ver cómo lo han tratado los últimos once años. Apenas pienso en mi propia apariencia: el ambo verde menta, las cómodas zapatillas, mi cabello recogido en una coleta desordenada. Aunque ninguno de los dos nunca le prestó atención a nuestro aspecto. Siempre estábamos demasiado ocupados memorizándonos mutuamente.

Sabrina me llama mientras el fantasma de mi pasado paga su café.

–¿Mace?

Parpadeo y la miro.

–Siento. Lo. Siento. El... ¿Qué?

–Solo te estaba contando de un sarpullido por el pañal. Pero me interesa más saber qué te ha puesto tan... –Voltea para seguir la dirección que había tomado mi mirada–. *Oh*.

Ese «Oh» no es porque comprenda la situación. Su «oh»

solo se debe al aspecto del hombre de espaldas. Es alto, algo que sucedió de pronto, cuando cumplió quince. Y tiene hombros anchos; eso también sucedió de pronto, pero más tarde. Recuerdo haberlo notado la primera vez que se puso de pie delante de mí en el clóset, con los jeans en las rodillas, y su espalda robusta cubrió la luz tenue del techo. Tiene cabello grueso, pero eso siempre ha sido así. Sus pantalones tiro bajo calzan sobre su cadera y su trasero luce increíble. No... tengo idea de cuándo sucedió *eso*.

Para resumir, luce exactamente como el tipo de hombre que observaríamos en silencio para luego intercambiar miradas entre nosotras con una expresión silenciosa que grita «Vaya, ¿no?». Es una de las revelaciones más surrealistas de mi vida: él ha crecido y se ha convertido en el tipo de desconocido que contemplaría en secreto.

Es bastante extraño verlo de espaldas, y lo observo con tanta intensidad que, por un segundo, me convenzo de que no es él.

Podría ser cualquiera... Y, además, después de una década sin vernos, ¿qué tan bien conozco su cuerpo?

Pero luego se da la vuelta y siento que el oxígeno se ha ido del lugar. Es como si me hubieran dado un puñetazo en el plexo solar, se me paraliza el diafragma un momento.

Sabrina oye cómo se me corta la respiración y se da la vuelta. Percibo que empieza a levantarse de la silla.

—¿Mace?

Inhalo, pero es una respiración profunda y algo ácida que hace que me ardan los ojos.

El rostro de él está más angosto; su mandíbula, más marcada; su barba incipiente, más frondosa. Aún usa el mismo estilo de gafas con marco grueso, pero ya no lucen gigantes en su rostro. Los cristales todavía agrandan sus brillantes ojos avellana. Su nariz es la misma, pero ya no parece demasiado grande. Y su boca también es igual: recta, suave, capaz de esbozar la sonrisa sarcástica más perfecta del mundo.

Ni siquiera puedo imaginar la cara que pondría si me viera aquí. Sería una que nunca le he visto hacer.

–¿Mace? –Con su mano libre, Sabrina me toma del antebrazo–. Amiga, ¿estás bien?

Trago saliva y cierro los ojos para romper mi propio trance.

–Sí.

–¿Segura? –Suena poco convencida.

–Pues... –Trago de nuevo, abro los ojos con la intención de mirarla, pero una vez más mi vista merodea detrás de ella–. Ese chico... es Elliot.

Esta vez, su «Oh» significaba que lo había entendido todo.

ANTES

La primera vez que vi a Elliot fue cuando fuimos a ver la que se convertiría en nuestra casa.

Estaba vacía; a diferencia de los «productos» de bienes raíces montados meticulosamente en el Área de la Bahía, esa casa llamativa en venta en Healdsburg estaba vacía por completo. Aunque en la adultez aprendería a apreciar el potencial de los espacios sin decorar, para mis ojos adolescentes, el vacío parecía frío y hueco. Nuestra casa en Berkeley estaba plagada de objetos. Mientras estaba viva, las tendencias sentimentales de mamá se antepusieron al minimalismo de mi papá danés, y después de que ella murió, él no pudo modificar la decoración.

Aquí, las paredes tenían manchas más oscuras en los lugares donde habían colgado cuadros viejos durante años. Un sendero marcado en la alfombra revelaba la ruta favorita de los habitantes previos: desde la puerta principal hasta la cocina. Desde la entrada se podía ver la planta superior, que era como un pasillo, rodeado por un pasamanos, que conducía a las habitaciones. Arriba, todas las puertas de las habitaciones estaban cerradas, lo cual le daba al pasillo largo la sensación de estar un poco embrujado.

–Vayamos al final del pasillo –dijo papá, alzando el mentón para indicar hacia dónde quería que yo fuera. Él ya había visto la casa por internet, así que sabía qué esperar–. Tu habitación podría ser esa.

Subí las escaleras de madera oscura, pasé delante de la habitación principal y el cuarto de baño, y continué avanzando hacia el final del pasillo, angosto y profundo. Veía una luz verde pálida que provenía de debajo de la puerta; pronto descubriría que era el resultado de una pintura verde primavera cuando la iluminaba el sol de la tarde. El pomo de vidrio era frío, transparente y giró con un quejido oxidado. La puerta se atascó, los bordes estaban deformados por la humedad crónica. La empujé con el hombro, decidida a entrar, y por poco me caigo dentro de esa habitación cálida y luminosa.

Era más larga que ancha, quizá incluso el doble de larga. Una ventana inmensa, con vistas a una colina plagada de árboles cubiertos de moho, ocupaba la mayor parte de la pared larga. Como un mayordomo paciente, una ventana pequeña y alta esperaba en un extremo del cuarto, en la pared angosta, a través de la cual se veía, a lo lejos, el río Ruso.

Aunque el piso inferior no se destacaba, al menos las habitaciones lucían prometedoras.

Con mejor ánimo, me volteé para ir en busca de papá.

–¿Viste el clóset, Mace? –me preguntó en cuanto salí–. Pensaba que podíamos convertirlo en una biblioteca para ti. –Él estaba saliendo de la habitación principal y justo uno de los agentes lo llamó, así que, en vez de venir conmigo, bajó las escaleras.

Regresé a la habitación y caminé hasta el fondo. La puerta del clóset se abrió sin protestar. La manija incluso era cálida en contacto con mi mano.

Al igual que el resto de los espacios de la casa, no estaba decorado. Tampoco estaba vacío.

La confusión y el pánico leve me aceleraron el corazón.

Un niño estaba sentado en ese espacio profundo. Estaba leyendo, escondido en el extremo más alejado de la puerta, con la espalda y el cuello doblados para encajar en el punto más bajo del techo a dos aguas.

No podía tener más de trece años, igual que yo. Delgado, con cabello oscuro grueso que necesitaba con desesperación unas tijeras. Detrás de unas gafas prominentes, se escondían sus enormes ojos avellana. Tenía la nariz demasiado grande para su rostro, los dientes demasiado grandes para su boca y su presencia era demasiado grande para un cuarto que debía estar vacío.

–¿Quién eres? –La pregunta brotó de mí teñida de incomodidad.

Él me miró, sorprendido, con los ojos abiertos como platos.

—No me di cuenta de que vendría alguien a ver esta casa.

El corazón aún me latía desbocado. Y algo en su mirada, en esos ojos inmensos que no parpadeaban detrás de las gafas, me hizo sentir extrañamente expuesta.

—Estamos pensando en comprarla.

El chico se puso de pie y se limpió el polvo de la ropa, lo que expuso que la parte más ancha de cada pierna eran sus rodillas. Tenía los zapatos de cuero café lustrados y la camisa planchada y metida dentro de sus pantalones cortos caqui. Parecía completamente inofensivo... Pero en cuanto dio un paso al frente, mi corazón tropezó de pánico y espeté:

—Mi papá es cinturón negro.

—¿En serio? —Parecía sentir una mezcla de miedo y escepticismo.

—Sí.

Frunció las cejas.

—¿En qué?

Dejé caer mis puños, que antes descansaban sobre mi cadera.

—Bueno, no es cinturón negro. Pero es enorme.

Aquello le pareció verosímil, así que me miró con nerviosismo.

—Por cierto, ¿qué haces aquí? —le pregunté, mirando alrededor. El clóset era inmenso. Era un cuadrado perfecto de al menos tres metros y medio de cada lado. El techo era alto y caía con dramatismo en la parte trasera, donde quizá apenas llegaba al metro de alto. Me imaginé sentada ahí, en un sofá, con cojines y libros, pasando una tarde de sábado perfecta.

—Me gusta leer aquí. —Él se encogió de hombros y, ante esa conexión, algo dormido se despertó en mi interior, un zumbido que no había sentido en años—. Mi mamá tenía una copia de la llave de cuando la familia Hanson era dueña de esta casa, y ellos nunca venían.

—¿Tus padres comprarán esta casa?

Él parecía confundido.

—No. Vivo al lado.

—Entonces, ¿no estás invadiendo propiedad privada?

Negó con la cabeza.

—Hoy la casa admite visitas, ¿recuerdas?

Lo miré de nuevo. Su libro era gordo y tenía un dragón en la tapa. Él era alto y tenía ángulos en cada lugar posible: codos puntiagudos, hombros rectos. Tenía el cabello enmarañado, pero peinado, y las uñas cortas.

—Entonces, ¿sueles pasar el rato aquí?

—A veces. Hace un par de años que esta casa está vacía.

Lo miré con desconfianza.

—¿Seguro que te dejan estar aquí? Pareces agitado, como si estuvieras nervioso.

Él se encogió de hombros, subiendo solo uno de sus puntiagudos hombros hacia el techo.

—Quizá acabo de venir de correr una maratón.

—No pareces capaz de correr ni a la esquina.

Hizo una pausa para respirar y luego se rio a carcajadas. Me dio la sensación de que no era una risa que soltara con libertad, y algo floreció en mi interior.

—¿Cómo te llamas? —pregunté.

–Elliot. ¿Tú?

–Macy.

Elliot me miraba fijamente, empujaba sus gafas con el dedo para que no se le cayeran, pero, de inmediato, se volvían a deslizar por su nariz.

–Sabes, si compras esta casa no voy a venir y leer aquí.

Se me había planteado un desafío, cierta elección ofrecida: *¿seremos amigos o enemigos?*

Me vendría muy bien un amigo.

Exhalé y esbocé una sonrisa a regañadientes.

–Si compramos esta casa, puedes venir a leer aquí si quieres.

Él sonrió, una sonrisa tan amplia que podía contar sus dientes.

–Quizá esta vez solo te estaba calentando el asiento.

AHORA

Elliot aún no me ha visto.

Cerca de la máquina de expreso, espera su café. Está mirando hacia abajo con la cabeza inclinada. Entre el mar de personas que, para conectarse con el mundo, se aíslan en sus teléfonos, Elliot está leyendo un libro.

¿Tendrá teléfono siquiera? Para cualquier persona, sería una pregunta absurda. Para él no. Hace once años tenía uno, pero era uno usado, que había sido de su padre, de esos en los que había que tocar el número 5 tres veces si querías escribir la letra *L*. Rara vez lo utilizaba como algo más que un pisapapeles.

–¿Cuándo fue la última vez que lo viste? –pregunta Sabrina.

Parpadeo y la miro con el ceño fruncido. *Sé* que ella sabe

la respuesta a esa pregunta, al menos de manera general. Pero relajo la expresión cuando entiendo que ahora mismo no hay otra cosa que ella pueda hacer más que dar conversación; me he convertido en una maníaca muda.

–En mi último año de preparatoria. En Año Nuevo.

Hace una mueca de dolor exhibiendo todos los dientes.

–Cierto.

Un instinto se despierta en mí, cierta energía de autopreservación que hace que me levante de la silla.

–Lo siento –me disculpo, mirándola a ella y a Viv–. Me tengo que ir.

–Claro. Sí. Por supuesto.

–Te llamo este fin de semana, ¿sí? Podríamos ir al parque Golden Gate.

Ella aún está asintiendo como si mi sugerencia robótica fuera siquiera una posibilidad remota. Ambas sabemos que no he tenido un fin de semana libre desde antes de que empezara mi residencia en julio.

Intentando moverme del modo menos sospechoso posible, me cuelgo el bolso del hombro y me acerco a ella para darle un beso en la mejilla.

–Te quiero –le digo, deseando poder llevármela conmigo. Ella también huele a bebé.

Sabrina asiente, devolviéndome el sentimiento y, luego, mientras miro el puñito regordete de Viv, mi amiga mira por encima de mi hombro y se paraliza.

A juzgar por su postura, sé que Elliot me ha visto.

–Ehm... –balbucea Sabrina, girándose de nuevo y

alzando el mentón para indicarme que quizá debería echar un vistazo–. Él viene hacia aquí.

Hurgo en mi bolso, esforzándome por lucir muy ocupada y distraída.

–Me voy corriendo de aquí –murmuro.

–¿Mace?

Me paralizo con una mano en la correa de mi bolso y los ojos clavados en el suelo. Una punzada nostálgica me recorre el cuerpo en cuanto oigo su voz, que antes era aguda y chillona. Recibió cientos de burlas por su voz nasal y estridente hasta que, un día, el universo lo compensó y le dio a una voz similar a la miel espesa y cálida.

Repite mi nombre; esta vez sin apodo, esta vez en voz más baja:

–¿Macy Lea?

Levanto la vista (en un impulso del que sin duda me reiré hasta que muera), alzo la mano y la agito mientras digo «¡Elliot! ¡Hola!» como si fuéramos conocidos del curso introductorio para alumnos de primer año. Como si nos hubiéramos cruzado una vez en el tren que viene de Santa Bárbara.

Mientras él se aparta el cabello grueso de los ojos en un gesto de incredulidad que le he visto hacer un millón de veces, me doy la vuelta, me abro paso entre la multitud y salgo a la calle. Troto en la dirección equivocada antes de notar mi error a mitad de la calle y girar a toda prisa. Doy dos pasos largos de regreso, con la cabeza inclinada y el corazón acelerado, cuando me topo contra un pecho ancho.

–¡Ay! ¡Lo siento! –me disculpo antes de alzar la vista y darme cuenta de lo que acabo de hacer.

Elliot me sostiene de los brazos, sujetándome con firmeza a pocos centímetros de él. Sé que está mirándome a la cara, esperando a que yo también lo haga, pero tengo los ojos clavados en su nuez de Adán y mis pensamientos están atascados recordando cómo solía pasar horas contemplando su cuello, a escondidas y de manera intermitente, mientras leíamos juntos en el clóset.

–Macy. ¿En serio? –dice con calma. Detrás de sus palabras se esconden mil cosas diferentes:

¿En serio eres tú?

¿En serio has salido corriendo? ¿Por qué?

¿En serio han pasado diez años? ¿Dónde has estado?

A una parte de mí le gustaría ser de esas personas que pueden seguir caminando, huir y hacer como si nada hubiera pasado. Podría subir de nuevo al tren, tomar el autobús hasta el hospital y sumergirme en un día laboral frenético para lidiar con emociones que, la verdad, son mucho más importantes y merecedoras que las que siento ahora.

Pero otra parte de mí ha esperado este momento durante los últimos once años. El alivio y la angustia me recorren las venas. He querido verlo todos los días. Pero, al mismo tiempo, he deseado no verlo nunca más.

–Hola. –Por fin, lo miro. No sé qué más decir. Tengo la cabeza llena de palabras sin sentido.

–¿Estás...? –Se le corta la respiración. Aún no me suelta–. ¿Te mudaste aquí de nuevo?

—A San Francisco.

Lo miro mientras me analiza el uniforme y el horrendo calzado que llevo puesto.

—¿Médica?

—Sí. Residente.

Soy un robot.

Levanta las cejas.

—¿Y qué andas haciendo por aquí?

Dios, qué sitio más raro para empezar. Pero cuando tienes una montaña delante de ti, supongo que para llegar a la cima necesitas dar el primer paso.

—Tomaba un café con Sabrina.

Él frunce la nariz en un gesto de incomprensión dolorosamente familiar.

—Era mi compañera de piso de la universidad —aclaro—. Ahora vive en Berkeley.

Elliot se desinfla apenas, y eso me recuerda que no la conoce. Antes nos molestaba que pasara un mes sin ponernos al día. Ahora, hemos pasado años y vidas enteras sin saber del otro.

—Te he llamado —dice—. Un millón de veces. Y luego, cambiaste de número.

Se pasa una mano por el cabello y se encoge de hombros con impotencia. Y lo entiendo. Este maldito momento es tan surrealista. Incluso ahora es incomprensible que hayamos estado tan distanciados. Que *yo* haya permitido que sucediera.

—Sí. Ehm, me compré un teléfono nuevo —explico sin convicción.

Él se ríe, pero no de felicidad precisamente.

—Sí, lo supuse.

—Elliot —se me hace un nudo en la garganta al decir su nombre—, lo siento. Me tengo que ir, de verdad. Estoy llegando tarde al trabajo.

Él se inclina para estar a la altura de mi rostro.

—¿Estás bromeando? —Abre los ojos como plato—. ¿Esperas que te encuentre en una cafetería, te diga «Hola, Macy, ¿qué tal?» y que después nos vayamos a nuestros trabajos para no volver a hablarnos por otros *diez putos años*? Perdón, no puedo hacerlo.

Ahí está. Nunca fue una persona superficial.

—No estoy preparada para esto —admito en voz baja.

—¿Necesitas *prepararte* para mí?

—Si hay alguien para quien debo prepararme, es para ti.

Esto lo golpea donde quería que lo hiciera: en el medio de su lado vulnerable, pero en cuanto hace una mueca de dolor, me arrepiento.

Maldita sea.

—Solo dame un minuto —insiste, y me aparta al costado de la acera para no obstruir el flujo constante de transeúntes—. ¿Cómo estás? ¿Cuándo regresaste? ¿Cómo está Duncan?

El mundo parece detenerse a nuestro alrededor.

—Estoy bien —respondo de forma mecánica—. Me mudé en mayo. —Su tercera pregunta me destruye—. Y, ehm… —se me corta la voz— papá murió.

Elliot retrocede levemente.

—¿¡Qué!?

–Sí –afirmo con la voz afectada. Me quedo sin palabras. Lucho por reescribir la historia, porque la sinapsis vuelva conectarme las neuronas.

Por alguna extraña razón estoy manteniendo esta conversación sin perder la cordura, pero si permanezco de pie aquí dos minutos más, no sé qué podría pasar. Con Elliot preguntándome por papá y con apenas dos horas de sueño y una jornada de dieciocho horas por delante... Necesito huir antes de tener un colapso nervioso.

Pero cuando lo miro, veo que su rostro es un espejo de lo que sucede en mi pecho. Luce devastado; es el único que pondría esa cara después de oír que papá ha muerto, porque es el único que hubiera entendido cómo me ha afectado.

–¿Duncan *murió*? –Tiene la voz cargada de conmoción–. Macy, ¿por qué no me lo has contado?

Mierda, *esa sí* que es la pregunta del millón.

–Porque... –Me interrumpo y niego con la cabeza–. No estábamos en contacto cuando sucedió.

Las náuseas me suben desde el estómago hasta la garganta. Vaya manera de evadir el asunto... Qué brillante maniobra...

Él niega con la cabeza.

–No lo sabía. Lo siento mucho, Mace.

Me permito mirarlo tres segundos más y es como si me dieran otro puñetazo en las entrañas. Él es mi persona. *Siempre* lo ha sido. Mi mejor amigo, mi confidente, quizá hasta el amor de mi vida. Y los últimos once años me los he pasado enfadada y siendo arrogante. Pero a fin de cuentas, él creó un agujero en nosotros, y el destino lo desgarró hasta abrirlo de par en par.

–Tengo que irme –digo en un rapto de incomodidad–. ¿De acuerdo?

Antes de que pueda responder, empiezo a caminar deprisa hacia la estación del metro. Durante todo el ruidoso viaje por debajo de la bahía, siento que él está ahí, detrás de mí o en un asiento del vagón de al lado.

ANTES

La familia Petropoulos estaba en su patio delantero cuando llegamos en un camión de mudanzas dos meses después. Al momento de rentarlo, con papá pensamos que tendríamos más cosas para trasladar, pero al final en la tienda de segunda mano solo habíamos comprado los muebles necesarios para dormir, comer y leer, no mucho más, por lo que el camión estaba lleno hasta la mitad.

Papá decía «hay un poco de muebles en esta leña». No entendía a qué se refería.

Quizá lo hubiera hecho si me hubiera tomado unos segundos para pensarlo, pero en los noventa minutos que duró el viaje no pude dejar de pensar en que estábamos yendo a una casa que mamá nunca había visto. Sí, ella quería que hiciéramos esto, pero no la había escogido, no la había visto.

Esa era la amarga y horrible realidad. Papá aún conducía su Volvo verde, viejo y ruidoso. Todavía vivíamos en la misma casa en la calle Rose, con los mismos muebles que mamá había escogido. Yo tenía ropa nueva, pero, cuando íbamos de compras, siempre sentía que ella un poco la elegía a través de una intervención divina, porque papá siempre me ofrecía la ropa más holgada y enorme que hubiera, pero siempre intercedía una vendedora empática con el brazo lleno de prendas más apropiadas diciendo con confianza: «Sí, esto es lo que todas las chicas visten hoy en día. Quédese tranquilo, señor Sorensen».

En cuanto bajé del camión, me alisé la parte inferior de la camiseta, que estaba sobre la cintura de mis pantalones cortos, y observé al grupo que se formaba en nuestra entrada de grava. Al primero que vi fue a Elliot, que lo reconocí entre la multitud, pero a su alrededor había tres chicos más y dos padres sonrientes.

Ver a esa familia numerosa, esperando para ayudar, solo aumentó el dolor que me oprimía el pecho y que con sus garras me trepaba por la garganta.

El hombre (que sin duda era el padre de Elliot, con su cabello negro grueso y su nariz distintiva) trotó hacia nosotros y estrechó la mano de papá. Era apenas unos centímetros más bajo que mi padre, rarísimo.

—Nick Petropoulos —se presentó y luego se giró para estrechar mi mano—. Tú debes ser Macy.

—Sí, señor.

—Llámame Nick.

—De acuerdo, señor... Nick. —Nunca en la vida hubiera pensado en llamar a un padre por su nombre propio.

—Pensé que quizá les podríamos dar una mano para descargar el camión —le ofreció a mi papá con una sonrisa.

Papá también sonrió y con su simpleza característica dijo:

—Qué amable. Gracias.

—También pensé que a mis hijos les vendría bien hacer un poco de ejercicio y dejar de pelearse por un rato. —El señor Nick, con su brazo grueso y peludo, nos presentó a su familia—. Ella es mi esposa, Dina. Mis hijos: Nick Jr., George, Andreas y Elliot.

Tres chicos fornidos (y Elliot) estaban de pie en los escalones de nuestra entrada, observándonos. Supuse que tendrían entre quince y diecisiete años, excepto Elliot, cuyo físico era tan distinto al de sus hermanos que no estaba segura de cuántos años tendría. Su madre, Dina, era maravillosa: alta, curvilínea y con una sonrisa acompañada de hoyuelos profundos y amistosos en las mejillas. Sus hijos eran idénticos a ella: ojos somnolientos, hoyuelos, altos. Lindos. Excepto Elliot, que era la versión esmirriada de su padre.

Papá me tomó de los hombros y me acercó un poco a él. Me pregunté si era un gesto protector o si él también sentía lo diminuta que parecía nuestra pequeña familia en comparación.

—No sabía que tenían cuatro hijos. Creo que Macy ya conoce a Elliot... —Papá me miró en busca de confirmación.

En mi visión periférica, veía que Elliot se movía, incómodo. Lo miré con una sonrisa astuta.

–Sí. Estaba leyendo en mi clóset –expliqué como diciendo «¿a quién se le ocurre hacer algo así?».

–El día de que vinieron a conocer la casa, lo sé. –El señor Nick le restó importancia–. Seré sincero: ese niño ama los libros, y ese clóset era su lugar favorito para leer. Su amigo Tucker solía venir aquí los fines de semana, pero se ha ido. –Mirando a papá, añadió–: La familia se mudó a Cincinnati. ¿De Wine Country a Ohio? Vaya mierda, ¿no? Pero no te preocupes, Macy. No volverá a pasar. –Con una sonrisa, siguió la marcha estoica de papá hacia la entrada–. Hace diecisiete años que vivimos en la casa de al lado. Hemos venido aquí mil veces. –Un escalón crujió debajo de su bota de trabajo y lo tanteó con la punta del pie–. Este siempre ha sido un problema.

A pesar de mi corta edad, noté que ese comentario puso algo nervioso a mi padre, un hombre agradable y fácil de tratar; pero que el señor Nick conociera tanto la casa le provocó cierta rigidez de macho alfa.

–Puedo repararlo –dijo papá con una voz grave poco usual en él mientras se ponía de cuclillas para estudiar el escalón ruidoso. Ansioso por garantizarme que resolvería hasta el más diminuto problema, añadió en voz baja–: Tampoco me encanta la puerta principal, pero es fácil de reemplazar. Y cuéntame si notas alguna otra cosa. Quiero que sea perfecta.

–Papá –respondí, dándole un empujoncito con el codo–, ya es perfecta, ¿sí?

Mientras los chicos de la familia Petropoulos marchaban

hacia el camión de mudanzas, papá buscó en su pesado llavero, que incluía las llaves para otras puertas, la correcta para poder ingresar a esta otra vida a ciento veinte kilómetros de casa.

—No sé qué necesitaremos para la cocina —me susurró papá—. Es probable que haya que hacer remodelaciones...

Me miró con una sonrisa insegura y abrió la puerta principal. Yo todavía estaba evaluando el gran porche que se extendía por el lateral de la casa y que escondía un paisaje desconocido de árboles frondosos al otro lado del patio. Me distraje pensando en duendes y en caminatas por el bosque en busca de puntas de flecha. Quizá un chico me bese algún día en ese bosque.

Quizá sería uno de los Petropoulos.

Me empezaron a arder las mejillas de solo pensarlo. Incliné la cabeza y dejé que mi cabello cayera hacia delante para ocultar el rubor. Hasta ese día, solo me había enamorado una vez, de Jason Lee, en séptimo grado. Nos habíamos conocido en el kínder y, ya en la escuela, después de bailar con rigidez una canción en el Baile de Primavera nos separamos con incomodidad y nunca más nos volvimos a hablar. Aparentemente, se me daba bien ser amiga de casi todo el mundo, pero, si se añadía cierta química romántica a la ecuación, me convertía en un robot espástico.

Formamos una cadena humana para pasar cajas de mano en mano y vaciar rápido el camión, mientras que de los muebles grandes se ocuparon los cuerpos más robustos. Elliot y yo tomamos una caja cada uno con el rótulo de

Macy, subimos las escaleras y lo seguí por el pasillo largo hasta el vacío luminoso que era mi habitación.

–Puedes dejarla en un rincón –le indiqué–. Y gracias.

Asintió y dejó la caja en el suelo.

–¿Son libros? –quiso saber.

–Sí.

Mirándome de reojo como para pedir permiso, la abrió y miró dentro. Extrajo el libro que estaba arriba de todo: *Favor por favor.*

–¿Ya lo has leído? –me preguntó.

Asentí con la cabeza, le quité mi amado libro de las manos y lo coloqué en la estantería vacía que estaba dentro del clóset.

–Es un buen libro –señaló.

–¿Tú también lo has leído? –Lo miré sorprendida.

Asintió y admitió sin vergüenza:

–Me hizo llorar.

Metió la mano dentro de la caja, tomó otro libro y deslizó un dedo sobre la tapa.

–Este también es bueno. –Me estudió con sus ojos grandes, parpadeando–. Tienes buen gusto.

–Lees mucho –dije mirándolo fijamente.

–Uno por día casi siempre.

–¿En serio? –Abrí los ojos como platos.

Se encogió de hombros.

–Las personas que vienen de vacaciones muchas veces dejan los libros que se compran para leer en sus días libres. La biblioteca recibe cientos de títulos y tengo un trato con Sue, la bibliotecaria: soy el primero en ver las novedades siempre y cuando las busque los lunes y las devuelva el miércoles. –Se acomodó las gafas sobre el tabique–. Una vez, recibió seis libros nuevos de una familia que había venido de visita por una semana y me los leí todos.

–¿¡Los leíste todos en tres días!? –exclamé–. Es una locura.

Elliot frunció el ceño, entrecerrando los ojos.

–¿No me crees?

–Sí, te creo. ¿Cuántos años tienes?

–Catorce, cumplí la semana pasada.

–Pareces más chico.

–Gracias. –Su tono fue inexpresivo–. Esa es justo mi intención. –Exhaló profundamente y con el soplo se apartó el cabello de la frente.

Me brotó una risa de la garganta.

–No quise ofenderte.

–¿Cuántos años tienes *tú*? –inquirió.

–Trece. Cumplo el dieciocho de marzo.

–¿Estás en octavo? –Se acomodó las gafas de nuevo.

–Sí. ¿Tú?

–También –dijo asintiendo. Recorrió con la mirada el espacio vacío a su alrededor–. ¿Qué hacen tus padres? ¿Trabajan en la ciudad?

Negué con la cabeza, mordiéndome el labio. Sin notarlo, había disfrutado mucho conversar con alguien que no sabía que yo no tenía madre, que no me había visto destrozada y vulnerable después de perderla.

—Mi papá es dueño de una empresa en Berkeley que importa y vende artesanías de cerámica, cuadros y esas cosas. —No añadí que todo comenzó cuando empezó a importar la cerámica hermosa que hacía su padre y que se vendía sin parar.

—Genial. ¿Y tu...?

—¿Qué hacen *tus* padres?

Entrecerró los ojos ante mi abrupta interrupción, pero, de todos modos, respondió:

—Mi mamá trabaja a medio tiempo en la sala de degustación de la bodega Toad Hollow. Mi papá es el dentista del pueblo...

El dentista del pueblo. ¿El *único* dentista? Supongo que no me había dado cuenta de cuán pequeña era Healdsburg hasta que dijo eso. En Berkeley, había tres consultorios odontológicos en mi caminata de cuatro calles hasta la escuela.

—Pero solo trabaja tres días a la semana y seguro ya has notado que no se puede quedar quieto, así que hace de todo: ayuda en el mercado agrícola, ayuda a algunas bodegas...

—Sí, el vino es importante en esta zona, ¿no? —Mientras él hablaba, recordé que habíamos visto muchos viñedos en la ruta de camino aquí.

—Vino: está hasta en la sopa —rio.

Y, en ese instante, sentí que teníamos algo fácil.

Hacía tres años que nada era fácil para mí. Mis amigas ya no sabían cómo hablarme, algunas se habían cansado de verme triste y otras estaban tan enfocadas en los chicos que ya no teníamos nada en común.

Pero un segundo después, lo arruinó todo:

—¿Tus padres están divorciados?

Inhalé, extrañamente ofendida.

—No.

Inclinó la cabeza a un lado y me observó en silencio. Él no necesitaba señalar que las dos veces que yo había visitado esta ciudad, lo había hecho sin una madre.

Después de lo que me pareció una hora, exhalé y se lo dije:

—Mi mamá murió hace tres años.

Aquella verdad resonó en la habitación, y supe de inmediato que algo había cambiado entre nosotros. Para siempre. Ya no era algo simple: su nueva vecina, una chica que podía resultar interesante o poco interesante, ahora era una chica dañada por la vida de un modo irreversible. Era alguien frágil a quien tratar con cautela.

—¿De verdad? —Detrás de sus gafas, tenía los ojos abiertos como platos.

Asentí.

Me arrepentí un poco de habérselo dicho. ¿Qué sentido tenía comprar una casa de fin de semana si no podría descansar de la única verdad que constantemente parecía detenerme el corazón?

Se miró los pies, jugando con un hilo suelto de sus pantalones cortos.

—No sé qué haría.

—Yo todavía no sé qué hacer.

Él se quedó en silencio. Nunca supe cómo continuar una

conversación después de hablar de mi madre. ¿Y qué era peor: tenerla con un desconocido, como él, o tenerla en casa con alguien que me había conocido toda la vida y que ya no sabía cómo hablarme sin falsa alegría o sin pena empalagosa?

—¿Cuál es tu palabra favorita?

Sorprendida, levanté la vista y lo miré, sin saber si había oído bien.

—¿Mi palabra favorita?

Asintió y se acomodó las gafas haciendo esa cara que hacía habitualmente y que lo hacía parecer enfadado y sorprendido un segundo después.

—Tienes siete cajas de libros aquí. Algo me dice que te gustan las palabras.

Nunca me había preguntado cuál era mi palabra favorita, pero ahora que lo hacía, me gustaba la idea. Se me desenfocó la vista mientras pensaba.

—*Ranúnculo* —dije un instante después.

—¿Qué?

—Ranúnculo. Es una flor. Es una palabra muy rara, pero la flor es tan bonita que me agrada lo inesperado que es que lo sea.

Lo que no dije fue que eran las favoritas de mamá.

—Es una respuesta bastante típica de una chica.

—Bueno…, soy una chica.

Aunque Elliot tenía la vista fija en sus pies, no me sorprendió cómo le brillaron los ojos cuando dije «ranúnculo». Seguro había esperado que respondiera «unicornio» o «margarita» o «vampiro».

–¿Y tú? ¿Cuál es tu palabra favorita? Apuesto a que es «tungsteno». O, no sé, «anfibio».

Él esbozó una sonrisa y respondió:

–*Regurgitar.*

–Es una palabra asquerosa. –Lo miré frunciendo la nariz, lo que lo hizo sonreír aún más.

–Me gusta el sonido rígido de las consonantes. Suena exactamente como lo que significa.

–¿Una onomatopeya?

Elliot me miró con la boca entreabierta y las gafas deslizándose por su nariz. Parecía como si unas trompetas tocaban música triunfal en su mente, ¡aleluya!

–Sí –dijo.

–No soy una tonta, ¿sabes? No es necesario que te sorprenda tanto que sepa algunas palabras difíciles.

–Nunca pensé que fueras una tonta –murmuró. Luego, volvió a mirar la caja, tomó otro libro y me lo entregó.

Nos pasamos un buen rato desempacando libros con nuestro método lento e ineficiente. En este tiempo, noté que cada tanto me miraba con discreción, sentí destellos ínfimos de miradas robadas.

Fingí no darme cuenta.

AHORA

MIÉRCOLES, 4 DE OCTUBRE

Me siento en carne viva, como si se me hubieran abierto algunos puntos de la herida de un órgano vital recién suturado. Encima de mí, la monotonía. Las leves manchas de humedad se expanden en el techo, sobre las grietas que nacen desde el aplique de luz. El ventilador gira con pereza una y otra y otra vez alrededor de la tulipa esmerilada. Mientras gira, las aspas atraviesan el aire, imitando la exhalación rítmica de Sean mientras él duerme a mi lado.

Chh.

Chh.

Chh.

Llegué a casa alrededor de las dos de la madrugada y él ya estaba dormido. Por primera vez, agradezco las largas horas de trabajo; no sé si hubiera podido sentarme a cenar con él y con Phoebe cuando solo podía pensar en el encuentro con Elliot.

Mientras volvía a casa en el autobús y cuando el caos de mi turno lentamente le había cedido el lugar al encuentro con Elliot, sentí una culpa momentánea. En un rapto de pánico, me pregunté cuán grosero fue no haberle presentado a Elliot a Sabrina.

Mierda, con una rapidez impresionante me invadió todos los rincones de la mente.

Sean se despierta cuando me muevo para frotarme el rostro. Rueda hacia mí, me pasa un brazo por la cintura y me acerca hacia él. Por primera vez desde que me besó en mayo del año pasado, siento que lo estoy traicionando.

Con un gruñido, lo aparto y me siento en el borde de la cama, con los codos sobre las rodillas.

–¿Estás bien, amor? –me pregunta. Se me acerca por detrás hasta apoyarme el mentón en el hombro.

Sean ni siquiera sabe de la existencia de Elliot. Lo cual es una locura cuando lo pienso, porque, si voy a casarme con él, debería conocer cada parte de mí, ¿no? Si bien no llevamos tanto tiempo juntos, deberíamos estar al tanto de las cosas importantes, y durante casi toda mi adolescencia lo más importante fue Elliot. Sean sabe que crecí en Berkeley, que pasé muchos fines de semana en Healdsburg y que tenía buenos amigos allí. Pero no tiene idea de que conocí a Elliot a mis trece años, que me enamoré de él cuando yo tenía catorce y que lo aparté de mi vida pocos años después.

—Estoy bien. Es solo cansancio. —Asiento.

Gira la cabeza para un lado y mira el reloj. Hago lo mismo. Apenas son las 6:40, y las rondas de seguridad de pacientes empiezan recién a las 9:00. Dormir es un lujo preciado. *¿Por qué, cerebro? ¿Por qué?*

Él se pasa una mano por el cabello entrecano.

—Es entendible que estés cansada. Vuelve a la cama.

Cuando dice esto, sé que en realidad quiere decir: «Acuéstate y tengamos sexo antes de que Phoebs se despierte».

El problema es que, en este momento, no me puedo arriesgar a hacerlo con él y no disfrutarlo.

Maldito Elliot.

Solo necesito un par de días para recomponerme, nada más.

ANTES

Nunca había pasado Navidad lejos de casa, pero, ese primer año en la cabaña, a principios de diciembre papá dijo que emprenderíamos una aventura. Para algunos padres, eso podría ser un viaje a París o un crucero a un sitio exótico. Para el mío, significaba unas vacaciones a la antigua en nuestra casa nueva, encender la *kalenderlys* danesa (una vela navideña) y disfrutar del pavo asado, las coles, los betabeles y las patatas de la Nochebuena.

El 20 llegamos cerca del horario de la cena, con nuestro automóvil estallado de paquetes y decoraciones recién compradas. Un hombre del pueblo, con un diente dorado y una pierna de madera, nos seguía de cerca en un camión que transportaba nuestro árbol de Navidad recién cortado.

Los observé luchar con el árbol colosal, preguntándome

si entraría por la puerta. Afuera hacía frío y movía mis pies contra el suelo para mantener el calor. Sin pensar, miré por encima de mi hombro hacia la casa de los Petropoulos.

Las ventanas brillaban, algunas estaban nubladas por la condensación. Una voluta de humo constante salía de la chimenea torcida, como una cinta, antes de desaparecer en la negrura.

Habíamos ido a la cabaña tres veces desde octubre y, en cada visita, Elliot había venido y papá le había permitido subir a mi habitación. Nos recostábamos en el suelo del clóset (que poco a poco se estaba convirtiendo en una pequeña biblioteca) y leíamos durante horas.

Pero yo nunca había ido a su casa. Intenté adivinar cuál era su habitación, imaginar lo que estaría haciendo. Me pregunté cómo sería la Navidad para ellos, en una casa con un papá, una mamá, cuatro niños y un perro que parecía más bien un caballo. Apostaba que olía a galletas y pino fresco recién cortado. Supuse que debía ser difícil encontrar un lugar silencioso donde leer.

Hacía apenas una hora que habíamos llegado cuando sonó el viejo timbre. Abrí la puerta y encontré a Elliot y a la señora Dina cargando un plato desechable lleno de algo pesado cubierto con papel aluminio.

–Les hemos traído galletas –dijo Elliot, acomodándose las gafas sobre el tabique de su nariz. Tenía frenos nuevos en la boca y un arco extraoral que le rodeaba toda la cabeza.

Lo miré con los ojos abiertos como platos; él me fulminó con la mirada y las mejillas se le empezaron a teñir de rosa.

—Concéntrate en las galletas, Macy.

—¿Tenemos invitados, *min lille blomst*? —preguntó papá desde la cocina. En su voz, escuché una leve desaprobación; la frase no dicha era: «¿Acaso el chico no puede esperar a mañana?».

—Ya me voy, Duncan —respondió la señora Dina—. Solo vine a traer unas galletas, pero envía a Elliot a casa cuando ustedes dos estén listos para cenar, ¿sí?

—La cena ya está casi lista —respondió papá con voz tranquila, esa que le ocultaba cualquier emoción a quienes no lo conocían tan bien como yo.

Caminé hasta la cocina y dejé el plato de galletas sobre la encimera, a su lado. Una ofrenda de paz.

—Vamos a leer —le dije—. ¿Podemos?

Papá me miró a mí, luego a las galletas y cedió:

—Media hora.

Elliot entró con gusto y me siguió; pasamos junto al árbol inmenso y subimos a mi habitación.

En toda la casa se escuchaba la música navideña proveniente de la cocina, pero en cuanto nos metimos en el clóset y cerré la puerta dejó de oírse. Desde que habíamos comprado la casa, papá había llenado las paredes de estantes y había puesto un puf en un rincón, frente al pequeño futón que estaba contra la pared delantera. Habíamos traído algunos cojines de casa y estaban desparramados por ahí. Mi habitación comenzaba a volverse acogedora, como el interior de la lámpara de un genio.

—Entonces, ¿qué onda ese aparato? —pregunté, señalándole

la cara. Él se encogió de hombros, pero no dijo nada–. ¿Tienes que usar esa cosa todo el tiempo?

–Es un arco, Macy. En general, lo uso solo para dormir, pero quiero que me quiten estos frenos cuanto antes.

–¿Por qué? –Él me miró fijamente como respuesta y, sí, lo entendí–: Son muy molestos, ¿verdad?

Contorsionó la cara con una sonrisa sarcástica.

–¿Acaso se ven cómodos?

–No. Parecen molestos y de nerd.

–Tú eres molesta y nerd –bromeó.

Me desplomé sobre el puf con un libro y lo observé revisar los estantes.

–Tienes todos los libros de *Ana la de Tejas Verdes* –dijo.

–Sí.

–No los he leído. –Tomó uno y se acomodó en el futón–. ¿Palabra favorita?

Este ritual ya parecía fluir de él y extenderse por toda la habitación. Esta vez ni siquiera me tomó por sorpresa. Mirando mi libro, pensé un segundo antes de responder:

–*Silencioso*. ¿La tuya?

–*Caqui*.

Sin más conversación, empezamos a leer.

–¿Es difícil? –me preguntó de pronto, y alcé la vista para mirarlo a los ojos: ámbar, profundos y ansiosos. Él carraspeó con incomodidad y aclaró–: Pasar las vacaciones sin tu mamá.

La pregunta me sorprendió tanto que parpadeé rápido y aparté la mirada. Por dentro, le supliqué que no preguntara más. Ya habían pasado tres años desde su muerte, pero todavía no podía dejar de recordar su rostro: ojos grises danzarines, cabello negro grueso, piel morena, esa sonrisa torcida con la que me despertaba todas las mañanas hasta que llegó el primer día sin ella. Cada vez que me miraba en el espejo, la veía en el reflejo. Así que sí, decir que era «difícil» no alcanzaba a expresar lo que sentía. Usar «difícil» era como describir una montaña como un bulto, como decir que el océano era un charco.

Eso sin contar cómo me hacía sentir la Navidad sin ella.

Elliot me observó de ese modo cauteloso tan típico de él.

—Si mi mamá muriera, las fiestas se volverían complicadas.

Aunque no era necesario, se me hizo un nudo en el estómago y me ardió la garganta cuando le pregunté:

—¿Por qué?

—Porque para ella son todo un evento. ¿Acaso no son así las mamás?

Me tragué el llanto y asentí con seguridad.

—¿Qué hacía tu mamá para las fiestas?

—No puedes preguntarme algo así. —Me recosté boca arriba y miré el techo.

Su disculpa llegó de inmediato:

—¡Lo siento!

Ahora me sentía una imbécil.

—Además, sabes que estoy bien. —El solo hecho de decirlo en voz alta hacía que diera marcha atrás el inmenso camión con acoplado que contenía mis emociones. Sentí que las lágrimas desaparecían por mi garganta—. Han pasado casi cuatro años. No tenemos que hablar al respecto.

—Pero *podemos* hacerlo.

Tragué de nuevo y luego miré la pared, fijamente.

—Ella habría recibido la época navideña como lo hacía todos los años: con bollos de arándanos y jugo de naranja exprimido. —Las palabras me salían como el picoteo de un pájaro carpintero—. Después, comeríamos frente a la chimenea, abriríamos los calcetines mientras ella y papá me contarían historias de su niñez hasta que en algún momento empezaríamos a inventar historias locas juntos. Hubiéramos empezado a cocinar el pavo los tres juntos y luego habríamos abierto los regalos. Y después de la cena, nos acurrucaríamos frente a la chimenea y leeríamos.

—Suena perfecto. —La voz de Elliot apenas se escuchó.

—Lo era —concordé, ahora con más suavidad, perdida en el recuerdo—. A mamá también le encantaban los libros. Cada regalo era un libro, o un cuaderno, o bolígrafos geniales, o papel. Y ella leía *todo*. Los libros que estaban en las mesas de las librerías, ella ya se los había leído.

—Tu mamá me hubiera agradado mucho.

—Todos la querían. Ella no tenía muchos parientes y sus padres también murieron cuando ella era pequeña, pero te juro que todas las personas que la conocían la consideraban parte de su familia.

Y todos parecían peces fuera del agua ahora que ella no estaba, no sabían qué hacer por nosotros, no sabían cómo transitar el silencio de papá.

—¿Ella trabajaba?

—Sí, era librera en Books Inc.

–Guau, ¿en serio? –Elliot sonaba impresionado de saber que ella había formado parte de un comercio tan importante del Área de la Bahía, pero por dentro yo sabía que se había cansado de su trabajo. Siempre había querido tener su propia librería. Y cuando consiguieron el dinero para costearla, ella empezó a enfermarse–. ¿Por eso tu papá te está construyendo este clóset?

Negué con la cabeza, pero la idea ni siquiera se me había cruzado por la cabeza hasta que él lo mencionó.

–No creo. Tal vez.

–Quizá quería que tuvieras un lugar donde pudieras sentirte cerca de ella.

Aún estaba negando con la cabeza. Papá sabía que era imposible que pensara en mamá *más* de lo que ya lo hacía. Y tampoco intentaría ayudarme a pensar menos en ella. No serviría de nada. Es como pretender que tu cuerpo deje de necesitar oxígeno solo porque contienes la respiración.

Y, como si hubiera dicho en voz alta esa reflexión, Elliot me preguntó:

–Pero ¿piensas más en ella cuando estás aquí dentro?

Por supuesto, me dije para mis adentros, pero ignoré a Elliot y me puse a juguetear con el borde de la manta que colgaba del lateral del puf. *Pienso en ella en todas partes. Está en todos lados, en cada momento, y a su vez no está en ninguno. Se pierde cada uno de mis momentos y no sé para quién es peor: si para mí vivir aquí sin ella, o si para ella estar sin mí donde sea que exista.*

–¿Macy?

–Qué.

–¿Piensas en ella cuando estás aquí? ¿Por eso te encanta este lugar?

–Me encanta este lugar porque amo leer.

Y porque cuando encuentro ese libro que me atrapa aunque sea por una hora, o más, me olvido.

Y porque papá piensa en mamá cada vez que me compra un libro.

Y porque tú estás aquí y me siento mil veces menos sola contigo.

–Pero...

–Por favor, basta. –Cerré los ojos con fuerza. Me sudaban las manos, tenía el corazón acelerado y se me había hecho otro nudo sobre el nudo que ya tenía en el estómago. Mis emociones parecían demasiado grandes para mi cuerpo.

–¿Alguna vez lloras por ella?

–¿¡Es broma!? –exclamé y él abrió los ojos como platos, pero no se retractó, sino que explicó con calma:

–Es solo que es Navidad. Y cuando mi mamá estaba horneando las galletas, me di cuenta de que era una fecha muy familiar. Y que debe ser extraño para ti, nada más.

–Sí.

Se inclinó hacia delante, intentando que lo mirara.

–Solo quiero que sepas que puedes hablar conmigo.

–No necesito hablar de eso.

Él se enderezó, me miró unos segundos más mientras respirábamos en silencio y luego se concentró otra vez en su libro.

AHORA

Me levanto de la cama, cómoda y cálida, y me arrastro a la cocina, donde le doy un beso a una cabecita llena de rizos castaños. Sean ya debería saber que no podemos pasar desapercibidos por la mañana: Phoebe siempre se despierta antes que nosotros.

Phoebs es una niña soñada. Tiene seis años, es inteligente, cariñosa y ruidosa, lo que me lleva a pensar que lo ha heredado de su mamá, Ashley, porque su papá es pura y dulce tranquilidad. Quién carajo sabe dónde estará esa holgazana, pero me duele un poco que Phoebe crezca sin ella. Al menos yo tuve diez años a mi mamá, y que ya no esté en mi vida no se siente como una traición. Phoebe solo pasó tres años con Ashley antes de que ella se fuera a un retiro de fin de semana por su empleo como inversionista bancaria y regresara con un gusto por la cocaína tan fuerte que la llevó a renunciar a todo. ¿Cuándo se verá obligado Sean a contarle a su preciosa hija que su mamá quería más las drogas que a ellos?

Recuerdo cuando, la mañana después de nuestra primera noche de sexo casual, había salido de la habitación de Sean y había visto a Phoebe sentada en la mesa de la cocina comiendo cereales, con el cabello ya recogido en dos coletas, vestida con calcetines de distinto par, *leggins* con estampado de cachorritos y un suéter a lunares. En medio del frenesí del coqueteo y el alcohol, Sean no había mencionado que tenía una hija. Intento verlo más bien como evidencia de que mis senos lucían fantásticos en ese suéter azul y no como una omisión importantísima que solo haría un imbécil.

Aquella mañana, Phoebe me había mirado con los ojos abiertos como platos y me había preguntado si era una nueva compañera de piso. De esa manera, pude comprobar fácilmente lo que Sean había dicho la noche anterior: que hacía tres años que no llevaba a una mujer a su casa.

¿Cómo podía decirle que no a una niña que llevaba *leggins* con estampado de cachorritos y dos coletas torcidas? Desde ese día, he pasado ahí cada noche.

Y no me parece un sacrificio. Sean es un sueño en la cama, es relajado y hace un café espectacular. Tiene cuarenta y dos y también tiene estabilidad financiera, lo cual es muy importante cuando debes pagar los gastos de la carrera de Medicina. Y quizá al inicio fue gracias al alcohol, pero al acostarme con él sentí, por segunda vez en mi vida, que no había roto algo de valor incalculable.

–¿Cereal? –le pregunto a Phoebe mientras tomo los filtros de café que están sobre el fregadero.

–Sí, por favor.

–¿Dormiste bien?

Ella emite un gruñido leve de afirmación y un segundo después balbucea:

–He pasado mucho calor.

Ahí me di cuenta de que no había sido solo una reacción claustrofóbica al ver a Elliot y despertarme junto a Sean, sino que el papá de Phoebe había estado toqueteando la calefacción de nuevo. Ese hombre estaba hecho para el clima del centro de Texas, no para el del Área de la Bahía. Atravieso la cocina y bajo la calefacción.

–Pensé que anoche estabas a cargo de controlar a papi con la calefacción.

–Uy, me olvidé –ríe Phoebe.

El sonido de la ducha abierta llega a la cocina y siento que acaban de darme un desafío, como si estuviera en uno de esos programas de juegos en los que hay una cuenta regresiva: *¡Sal de la casa en los próximos dos minutos!*

Le sirvo cereal a Phoebe, troto hasta la habitación, me pongo un uniforme limpio, me sirvo café, me pongo los zapatos y le doy otro beso más a Phoebe en la cabeza antes de salir.

Es una locura (al menos me hace *sonar* como una loca), pero si Sean me preguntaba sobre mi día de ayer, sin duda alguna sé que hubiera vomitado todo.

Ayer vi a Elliot Petropoulos por primera vez en casi once

años y me di cuenta de que sigo enamorada de él y que tal vez siempre lo estaré.

¿Todavía quieres casarte conmigo?

Me bajo del autobús, empiezo a subir la colina y ahí lo veo: Elliot está parado en la puerta del hospital. Por desgracia, parece que mi destino no me depara un par de días de distancia.

Decir que se me paró el corazón sería mentira, porque en realidad me late desbocado y siento su existencia con intensidad, como una extremidad fantasma. Mi corazón se ha despertado y ha cobrado vida con un bramido. Me golpea con brusquedad desde lo más profundo de mi cuerpo. Reduzco el paso e intento pensar qué decir. Me invade el fastidio. No puedo culparlo por habernos encontrado ayer en el café justo cuando yo estaba allí de casualidad, pero ¿hoy? Hoy es todo culpa suya.

—Elliot.

Se voltea al escuchar su nombre y se desinfla un poco por el alivio.

—Esperaba que hoy llegaras temprano.

¿Temprano?

Lo miro con los ojos entrecerrados mientras me acerco. Me detengo a pocos metros de él, que está de pie con las manos hundidas en lo profundo de los bolsillos de sus jeans negros, y le pregunto:

–¿Cómo supiste dónde trabajo y a qué hora se supone que debo llegar?

Se queda pálido de la culpa.

–La esposa de George trabaja aquí. En la recepción. –Alza el mentón y señala a una mujer que está sentada apenas detrás de las puertas corredizas, a quien los últimos meses he visto cada mañana.

–Liz –confirmo con tono inexpresivo, recordando las tres letras escritas en su gafete azul.

–Sí –afirma con calma–. Liz Petropoulos.

Me río con incredulidad. Bajo ninguna otra circunstancia me puedo imaginar a un empleado administrativo de un hospital divulgando el horario laboral de un médico. La gente suele volverse bastante irracional cuando un ser querido se enferma. Si ese ser querido es un hijo, olvídalo. En el poco tiempo que llevo trabajando aquí, he visto a médicos perseguidos por padres cuyos hijos no se han podido curar.

Elliot me mira sin parpadear.

–Liz sabe que no soy peligroso, Macy.

–Podrían despedirla. Soy una médica que trabaja en la unidad de cuidados intensivos pediátricos. Ella no puede divulgar esa información, ni siquiera a su propia familia.

–Mierda, bueno. No debería haberlo hecho –dice, con genuino arrepentimiento–. Escucha, entro al trabajo a las diez. Así que... –Mira con los ojos entrecerrados hacia la calle Mariposa y añade–: Esperaba que pudiéramos hablar un poco antes de irme. –Como no respondo nada, él inclina la cabeza para mirarme a los ojos e insiste–: *¿Tienes* tiempo?

Alzo la vista y nuestros ojos se encuentran, lo que me transporta de nuevo a todas esas ocasiones en las que compartimos un intercambio intenso y silencioso. Mierda, aun después de tantos años, creo que no hemos perdido la maldita capacidad de leernos la mente.

Rompo la conexión, bajo la vista hacia mi reloj de pulsera. Apenas son las siete y media pasadas. Y, aunque nadie en mi piso protestaría si llegara una hora y media antes, Elliot sabría que le estaría mintiendo si le dijera que debo entrar.

—Sí —respondo—. Tengo una hora.

Él inclina la cabeza hacia la derecha, despacio, y, mientras esboza una sonrisa, da un paso arrastrando el pie, luego otro, como si intentara atraerme con su ternura.

—¿Café? —Amplía la sonrisa y noto lo derechos que tiene los dientes. Un recuerdo de él a los catorce años y con ortodoncia invade mis pensamientos—. ¿Pastelería? ¿Un bocadillo?

Señalo la cafetería ubicada en la manzana siguiente. Aún no la han invadido los residentes ni las personas que, nerviosas, esperan recibir noticias de la cirugía de algún familiar.

El interior es cálido (quizá hasta hace demasiado calor, el tema principal de mi mañana) y aún quedan dos mesas vacías contra la ventana. Tomamos asiento y leemos el menú con detenimiento en un silencio tenso.

—¿Qué recomiendas? —pregunta. Suelto una risa.

—Nunca he desayunado aquí.

Elliot me mira, parpadea relajado y algo en el estómago se me derrite y se transforma en un calor líquido que se expande hacia abajo. Lo curioso, me doy cuenta, es que Elliot y yo hemos salido a comer juntos muy pocas veces, y nunca a solas.

—En general ordeno un bollo o un bagel cuando desayuno en una cafetería. —Rompo el contacto visual, decido que pediré el yogur con granola y dejo la carta en la mesa—. Seguro que todo es rico.

Con disimulo, lo observo leer, sus ojos absorben rápido las palabras. Elliot y las palabras. Mantequilla de maní y chocolate. Café con galletas. Combinaciones perfectas que son almas gemelas.

Levanta una mano y se rasca el cuello con pereza mientras tararea:

—¿Huevos o pancakes? ¿Huevos o pancakes?

Se inclina hacia delante y se posa sobre un codo, lo que hace que se le marquen los hombros debajo de la camiseta de algodón que lleva puesta. Desliza un dedo de un lado a otro por debajo de su labio inferior. Su teléfono vibra cerca de su brazo, pero lo ignora.

Ten piedad. El único pensamiento que tengo, desconcertante y apasionante, es que Elliot se ha convertido en un hombre que sabe usar su cuerpo. Ayer no lo noté, no hubiera podido.

Mientras sonríe al tomar la decisión,

mientras guarda despacio el menú dentro de la carpetita correspondiente,

mientras toma una servilleta y la extiende sobre su regazo,

mientras me mira, frunciendo apenas los labios de felicidad,

de pronto me siento agradecida por los once años de distancia, porque, si no, ¿habría notado todos estos detalles? ¿O los habría pasado por alto, difuminados, como parte de la constelación de los pequeños gestos que poco a poco iban delineando su forma de ser?

Se acerca la mesera a tomar nuestro pedido y, con un parpadeo, por fin lo dejo de mirar.

Cuando ella se marcha, Elliot se inclina de nuevo hacia delante.

—Han pasado diez años. ¿Es posible que nos pongamos al día en un desayuno?

Mis pensamientos se convierten en una proyección de recuerdos: veo una sucesión borrosa de cuando empecé la universidad. Me veo viviendo en un cuarto con Sabrina y, después, fuera del campus, en un apartamento pequeño que siempre parecía lleno de libros, botellas de cerveza y volutas de humo de marihuana. Me veo también mudándome con ella a Baltimore para estudiar Medicina y todas las noches largas que he pasado psuedorezando para que me aceptaran en la UCSF y, así, vivir de nuevo cerca de mi hogar, aunque mi hogar estuviera vacío. ¿Cómo es posible condensar una vida en el tiempo que lleva compartir una taza de café?

—Ahora que lo pienso, no me parece que me hayan sucedido muchas cosas —reflexiono—. Fui a la universidad. Estudié Medicina.

—Bueno, pero seguro has tenido amigos, amantes, alegrías

y pérdidas –dice y le da justo en el clavo. Su expresión se tensa cuando lo nota.

Un silencio incómodo crea un abismo entre los dos.

–No me refería a *nosotros*... –dice, y añade en un balbuceo–: necesariamente.

Con una risa seca, apoyo la espalda sobre el respaldo del asiento.

–No he estado sumida en la pena, Ell.

Guau, vaya mentira.

Cuando su teléfono vibra de nuevo a su lado, lo aparta.

–Entonces, ¿por qué no me has llamado?

–Han pasado muchas cosas. –Me acomodo un poco en el lugar cuando llegan las bebidas.

Mueve las cejas en un gesto de confusión. Acabo de decirle que mi vida era esencialmente repetitiva y lineal, pero que a su vez habían pasado tantas cosas que no me molesté en llamarlo.

Mi mente da vueltas por un calendario de años pasados, y aparece otra revelación amarga: Elliot *mañana* cumple veintinueve. Me he perdido casi todos sus veintes.

–Por cierto, feliz cumpleaños por adelantado –digo con calma.

Él suaviza la mirada y esboza una sonrisa.

–Gracias, Mace.

El 5 de octubre siempre ha sido un día difícil para mí. ¿Cómo será este año ahora que lo he visto? Rodeo mi taza cálida con las manos y cambio de tema.

–¿Qué hay de ti? ¿En qué has estado?

Se encoge de hombros y bebe un sorbo de su capuchino. El labio superior se le ha llenado de espuma y, de modo casual, se limpia con un dedo. La evidente comodidad en su cuerpo causa que una nueva oleada de calor recorra el mío. Nunca he conocido a nadie que sea tan auténtico como Elliot.

—Me gradué rápido de la Universidad de California, me mudé a Manhattan y viví allí un par de años.

Esto activa la señal de «alto» que tengo en el cerebro. Elliot es la personificación del Norte de California. No me lo puedo imaginar en Nueva York.

—¿*Manhattan?* —repito.

—Lo sé. Una locura. —Se ríe—. Pero es el tipo de lugar que solo en mis veintes podría soportar. Después de unos años allí, trabajé como pasante en una agencia literaria, pero no me gustaba mucho. Regresé aquí hace unos dos años y empecé a trabajar para un grupo literario sin fines de lucro. Sigo trabajando ahí un par de días a la semana, pero... empecé a escribir una novela. Y por ahora todo va muy bien.

—Con que estás escribiendo un *libro*. —Sonrío con ironía—. ¿Quién lo hubiera imaginado?

Esta vez, Elliot se ríe más fuerte y el sonido es cálido y grave.

—¿Todo el mundo?

Descubro que me estoy mordiendo los labios para contener mi sonrisa, y Elliot lentamente adopta una expresión más seria.

—¿Puedo preguntarte algo? —me dice.

–Claro.

–¿Por qué aceptaste venir a desayunar esta mañana?

No necesito señalar que él forzó su aparición en mi agenda, porque sé que no se refiere a eso. Lo que ha dicho hace un rato es cierto: todos sabemos que no es una persona peligrosa. Si le hubiera dicho que se fuera y que no me volviera a contactar, él hubiera obedecido.

Así que, ¿por qué no he hecho eso?

–No lo sé. Creo que no hubiera sido capaz de decirte que no dos veces.

Le agrada mi respuesta, porque esboza una sonrisita. La nostalgia me inunda las venas.

–Estudiaste Medicina en Hopkins –dice con un asombro silencioso en la voz–. Te graduaste de Tufts. Estoy muy orgulloso de ti, Mace.

Abro los ojos como platos al comprender.

–¿Qué? ¿Me has buscado en Google?

–¿Y tú a mí no? –responde–. Vamos, es lo primero que se hace después de haberte encontrado con alguien de casualidad.

–Llegué a casa después del trabajo a las dos de la mañana. Me desmayé sobre la almohada. Ni siquiera sé si me he cepillado los dientes estos últimos días.

Su sonrisa posee una felicidad tan genuina que abre una puerta con bisagras oxidadas en mi interior.

–¿Siempre planeaste regresar aquí o fue lo que conseguiste?

–Era mi primera opción.

—Querías estar cerca de Duncan. —Asiente como si eso tuviera todo el sentido. Y me destruye que lo tenga—. ¿Cuándo falleció?

—¿*Tú* siempre quisiste vivir aquí?

Nota mi evasión, pero inhala y exhala despacio.

—Mi plan siempre ha sido vivir donde tú vivieras. Como ese plan fracasó, supuse que las probabilidades de verte otra vez serían bastante altas aquí.

Esto me desconcierta. Como si yo fuera el ladrillo con el que han roto el vidrio de una ventana.

—Ah.

—Ya lo sabías. Deberías haber sabido que estaría aquí, esperándote.

Bebo un sorbo de agua rápido antes de responder.

—Creo que no sabía que aún tenías esperanzas de que yo...

—Te *amaba*.

Asiento rápido ante esa interrupción explosiva mientras espero que la camarera me rescate sirviéndonos la comida. Pero ella no aparece.

—Tú también me amabas, lo sabes —afirma con calma—. Lo eras todo para mí.

Me aparto de la mesa como si me hubieran empujado, pero él inclina el torso hacia delante y continúa:

—Lo siento. Sé que esto es demasiado intenso, pero me aterra no volver a tener la oportunidad de decírtelo.

Su teléfono salta de nuevo sobre la mesa, vibrando.

—¿Necesitas responder? —pregunto.

Elliot se frota la cara con las manos y se apoya contra el respaldo de su asiento, con los ojos cerrados y la cabeza hacia atrás. Noto su barba incipiente y lo cansado que luce.

Me reclino en mi asiento.

—Elliot, ¿está todo bien?

Él asiente, endereza la espalda.

—Sí, está todo bien. —Me observa un instante en el que parece decidir si contarme o no lo que está pensando. Lo hace—: Anoche rompí con mi novia. Y ahora no para de llamarme. Cree que quiere hablar, pero en realidad solo quiere gritarme. No se sentirá mejor después de hacerlo, así que por ahora estoy ahorrándonos el mal momento.

Trago con dificultad por el nudo inmenso que tengo en la garganta.

—Rompiste con ella ¿*anoche?*

Asiente, jugando con el envoltorio de la pajilla y le agradece en voz baja a la camarera cuando nos sirve la comida. No bien la mesera se va, admite en voz baja:

—*Tú* eres el amor de mi vida. Suponía que en algún momento te iba a superar, pero ¿cuando te vi ayer? —Niega con la cabeza—. Ya no fui capaz de ir a casa con otra persona y fingir que la amaba a ella y a todas las cosas que tengo.

Siento náuseas. La verdad es que ni siquiera sé cómo interpretar esta emoción pesada que me oprime el pecho. ¿Acaso me siento identificada intensamente con sus palabras pero soy mucho más cobarde que él? ¿O es todo lo contrario: *he seguido adelante*, he encontrado a otra persona y no quiero que Elliot irrumpa en mi fácil y simple vida?

–Macy. –Esta vez lo dice con más desesperación. Abre la boca para continuar, pero se me ha activado otro disparador, otro desafío digno de un programa de juegos. Busco dinero para pagar, compitiendo contra el tiempo, pero esta vez Elliot me detiene; me toma del brazo con una firmeza suave, tiene las mejillas rosadas por la indignación–. No puedes hacer esto. No puedes seguir huyendo de esta conversación. Han pasado once años. –Se inclina hacia delante, aprieta la mandíbula y añade–: Sé que me he equivocado, pero ¿tan malo ha sido todo? ¿Tan terrible ha sido como para que *desaparecieras*?

No, no lo ha sido. Al principio no.

–Esta –digo, mirando a nuestro alrededor– es una pésima idea. Y no por nuestro pasado. Bueno, sí, en parte sí, pero también es por los años que han pasado. Tú rompiste con tu novia anoche después de verme dos minutos. –Lo miro a los ojos–. Elliot, me *voy a casar*.

Me suelta el brazo y parpadea un par de veces, como si se hubiera quedado sin palabras. Es la primera vez que lo veo así.

–Me voy a casar... Y hay demasiadas cosas que no sabes. Muchas no son culpa tuya, pero ¿*esto* –muevo un dedo hacia delante y atrás en el espacio angosto que nos separa– entre nosotros? Es una mierda que haya terminado y a mí también me duele. Pero es así, Ell.

ANTES

Como si supiera que estaba sensible después de la conversación que había tenido con Elliot sobre «Navidad sin mamá», papá estuvo más callado de lo habitual durante la cena el jueves.

–¿Quieres ir a Goat Rock mañana? –preguntó cuando terminó de comer el pollo.

Goat Rock es la playa donde el río Ruso desemboca en el océano Pacífico. Es particularmente fría y ventosa, la peligrosa corriente de retorno hace que la playa sea insegura hasta para chapotear en la orilla y hay tanta arena volando por el aire que es casi imposible asar salchichas.

Me encantaba.

A veces, los lobos y los elefantes marinos holgazaneaban en la desembocadura del río. Una frondosa capa de algas oscuras cubría la orilla, cargada de sal y casi irreal para mí en su extrañeza translúcida de otro mundo. Había dunas de arena por la costa y, en el centro de la playa, fuera de un istmo angosto estaba la solitaria roca gigante de más de treinta metros que sobresalía erguida como si la hubieran lanzado allí.

—Puedes invitar a Elliot, si quieres —añadió.

Alcé la vista para mirarlo y asentí.

Durante todo el viaje en automóvil, Elliot estuvo inquieto. Se movía en su sitio, jalaba el cinturón de seguridad, se pasaba la mano por el cabello, se toqueteaba el arco extraoral. Después de unos diez minutos intentando concentrarme en mi libro, me di por vencida.

—¿Qué te pasa? —le susurré.

Él miró a papá en el asiento del conductor, y luego a mí, que estaba sentada a su lado en el asiento trasero.

—Nada.

Más que verlo, *sentí* a papá mirándonos por el espejo retrovisor.

Le miré las manos, que ahora jugueteaban con la correa de su mochila. Parecían distintas. Más grandes. Aún era muy delgado, pero estaba tan cómodo con su aspecto torpe que yo ni siquiera lo notaba a menos que le prestara mucha atención.

Papá se detuvo en el aparcamiento, bajamos del vehículo

y nos sorprendió que el viento soplara tan fuerte. Nos abrigamos y nos cubrimos las orejas con los gorros.

–Pueden ir por la playa hasta la roca, pero no más lejos –dijo papá mientras se preparaba para darse un gusto (un paquete de cigarros daneses que tomó de su bolsillo). Nunca fumaba cerca de mí; lo había dejado oficialmente en cuanto mamá supo que estaba embarazada. Papá tenía todo el pelo en la cara por el viento y sacudía la cabeza para apartar los mechones rubios mientras me miraba con los ojos entrecerrados y decía sin palabras: «¿Estás de acuerdo con esto?». Asentí y se colocó el cigarrillo entre los labios y añadió:

–Y los quiero mínimo a quince metros de los lobos marinos.

Elliot y yo subimos a una duna, nos detuvimos en la cima y contemplamos el océano.

–Tu papá me intimida muchísimo.

–¿Porque es alto? –Su confesión me dio risa.

–Alto –concordó– y callado. Sin duda tiene una presencia autoritaria.

–Solo dice mucho más con sus ojos que con la boca.

–Desgraciadamente para mí, no hablo danés ocular.

Me reí de nuevo y lo miré de costado mientras él observaba cómo rompían las olas.

–No sabía que fumaba –dijo.

–Solo un par de cigarrillos al año. Supongo que es su lujo privado.

Elliot asintió y soltó:

–Bien, escucha. Te compré un regalo de Navidad.

Gruñí.

–Siempre tan elegante, Macy. –Con una sonrisa, comenzó a bajar por el otro lado de la duna hacia la playa, y recién en ese momento noté que tenía un pequeño paquete bajo el brazo. Avanzamos por la arena gruesa, entre restos de madera abandonada y pequeñas colinas de algas, hasta que llegamos a un recoveco diminuto que nos protegía bastante del viento.

Nos sentamos, tomó el paquete con las dos manos y lo observó. A juzgar por la forma, seguro era un libro.

–No espero que me compres nada –dijo, nervioso–. Pero como siempre paso el rato en tu casa los fines de semana que vienes, sentí que te debía algo.

–No me debes nada. –Me esforcé por esconder la emoción que me causó que me hubiera comprado un libro. No solo porque leer era la actividad que hacíamos juntos, sino por lo que le había contado la noche anterior, sobre mi mamá y los regalos–. Sabes que puedes venir siempre a casa. No tengo hermanos. Solo somos papá y yo.

–Bueno –me entregó el paquete–, quizá por esa razón compré este.

Con curiosidad, rompí el envoltorio y lo miré. Una ráfaga brutal de viento casi me arranca el papel de las manos.

Un puente hacia Terabithia.

–¿Lo has leído? –preguntó Elliot.

Negué con la cabeza, apartándome el pelo de la cara.

–He oído de él. –Lo vi exhalar, aliviado–. Creo.

Asintió y, en apariencia más tranquilo, se inclinó para recoger una roca y lanzarla al agua.

—Gracias —le dije, aunque no estaba segura de que me escuchara por encima del rugido del océano.

Alzó la vista y me sonrió.

—Espero que te guste tanto como a mí. Me dio la sensación de que yo podría ser tu May Belle.

AHORA

Estoy en el autobús y mi teléfono vibra dentro del bolso. Qué conveniente, porque me despierta a solo una cuadra de mi parada.

Lo tomo y me doy cuenta de que otra vez son casi las dos de la mañana. Me quedo mirando la carita de Viv en la pantalla.

—Viv, ¡qué rápido has aprendido a usar la tecnología! —digo mientras me pongo de pie para acomodarme el bolso en el hombro y avanzo tambaleándome por el pasillo angosto del autobús.

Sabrina se ríe del otro lado.

—Te robé el teléfono cuando fuiste a hacer tu pedido y he cambiado la foto con la que me tenías agendada. Es adorable lo predecibles que son tus contraseñas.

Gruño, intentando sonar molesta, pero en realidad, solo dos personas sabrían cuál es el código de cuatro dígitos que uso para prácticamente todo: Sabrina y Elliot. Es mi número de la suerte, quince, repetido.

—La voy a cambiar —digo. Le agradezco al conductor con una sonrisa que él ignora mientras me bajo en mi calle.

—No lo hagas —advierte Sabrina—. Te la vas a olvidar.

—Para que sepas, soy genial con los números —contraataco. Ella no dice nada y, ante ese silencio al otro lado de la línea, agrego—: Al menos con los números matemáticos cuando están escritos delante de mis narices y tengo un lápiz. —Observo la colina empinada que debo subir antes de llegar a mi cama—. ¿Me has llamado solo para acosarme? ¿Qué haces despierta a esta hora?

—Estoy amamantando a Viv, obvio. Supuse que estarías regresando a casa y quería saber cómo estabas. Ayer *huiste*.

Asintiendo, empiezo a subir despacio la calle empinada. El aire está cargado de humedad y la inclinación, después del día que tuve, parece casi vertical.

—Elliot me alcanzó en la acera.

—Lo supuse cuando lo vi salir corriendo.

—No estaba demasiado contento conmigo, ya sabes, por haber perdido contacto.

La oigo resoplar por lo bajo.

—¿Por «haber perdido contacto»? ¿Así lo llamaremos?

Elijo ignorarla.

—Hoy fue al hospital —le cuento—. Rompió con su novia ayer, después de haberme visto...

Sabrina hace un ruido con la boca y me detengo para preguntarle:

—¿Qué quieres decir con eso?

—Nada, que es *tierno*.

—¿Estás de *su* lado?

Hace una pausa y su silencio me comunica lo sorprendida que está.

—¿Me vas a decir que no sentiste ni la más mínima emoción cuando te lo dijo?

—Dices eso porque Sean no te cae bien.

—No seas ridícula. Es el primer tipo que ha logrado durar más de tres citas: por supuesto que me cae bien. Se merece mi estima por haber batido ese récord.

Estoy tan cansada que siento que me está desbordando la irracionalidad. La tensión defensiva me oprime el pecho; se me acelera el pulso.

—Está bien, permíteme aclarar: es porque no quieres que *me case* con Sean.

—Macy, amiga, no quiero que te cases con Sean *todavía*, es verdad, pero no tiene nada que ver con que quiera que te reencuentres con Elliot. Te adoro, lo sabes, pero me has dicho cómo fue todo cuando tu mamá murió y lo mucho que te esforzabas por mantener a todos alejados, algo complicado sobre lo que podemos hablar sin problema si tienes tiempo...

—Sabrina.

—Mi punto es que nunca pudiste alejar a Elliot. Él es tu alma gemela. ¿Crees que no lo sé?

Asiento, caminando de nuevo. He estado parada tanto

tiempo que tengo los dedos de los pies entumecidos. Básicamente, estoy arrastrándome despacio colina arriba.

–Estoy tan cansada.

–Ay, amiga –dice con dulzura.

–Y hay algo más –añado, vacilante.

–¿Qué?

–Él no sabía lo de mi papá. –Esa verdad aún duele.

Sabrina suelta un grito ahogado.

–¿¡Qué!?

–Sí. Esa parte es culpa mía, lo sé. –Me froto la cara con una mano–. Pensé que alguien se lo contaría.

Sabrina se queda callada, y es su silencio lo que casi me destroza porque, mierda, soy un monstruo. Mi amiga debe estar pensando por milésima vez que estoy muerta por dentro.

–¿Estarías bien si sus padres hubieran muerto y él ni siquiera hubiera intentado contactarte? –dice despacio.

Recuerdo los ojos cálidos de la señora Dina y su rostro dulce con hoyuelos profundos, y siento una puntada de dolor en el pecho.

–Ya sé, tienes razón.

Mi amiga se queda en silencio de nuevo; odio tener esta conversación por teléfono. Quiero su presencia tranquilizadora a mi lado en el sofá.

–No sé si Elliot y yo podemos ser solo amigos.

Exhala.

–Creo que vale la pena intentarlo.

¿Sería capaz de mantenerme lejos de él? Si soy sincera,

· 82 ·

¿parte del atractivo de mudarme de nuevo aquí no era estar más cerca de lo que él y yo tuvimos alguna vez?

–¿De verdad crees que es buena idea que retome el contacto con él?

–*Siempre* lo he creído.

–Pero ¿cómo? –Oigo lo débil que me sale la voz. Tomo las llaves y se me caen en el porche a oscuras. Me inclino para recogerlas mientras sostengo el teléfono entre la oreja y el hombro–. Desayunamos y me fui corriendo. No tengo ni su número ni su dirección. Es imposible que él tenga Facebook, Twitter o cualquier otra red social. No puedo usar ninguno de los métodos que se usan para *stalkear*.

Oigo el murmullo pensativo de Sabrina mientras busco a ciegas la llave de mi casa.

–Algo se te ocurrirá.

ANTES

CATORCE AÑOS ATRÁS

De: Macy Lea Sorensen <minlilleblomst@hotmail.com>
Fecha: 1 de enero, 11:00 PM
Para: Elliot P. <elliverstravels@yahoo.com>
Asunto: Libro

Hola, Elliot:

Gracias de nuevo por regalarme Un puente hacia
Terabithia y perdón por haberte cubierto la camiseta de
mocos cuando intentaba hablar sobre el libro. Quizá ahora en
la computadora puedo explicarte lo que quería decir.

Entiendo por qué me diste este libro, y solo quiero que
sepas que fue muy considerado de tu parte. No dejo de
pensar en el día en que te conocí. Verte en mi clóset en cierto
sentido se parece a lo mucho que Jesse odiaba a Leslie

por haberle ganado en una carrera. Yo no te odiaba, pero tampoco estaba segura de si me agradabas. Supongo que no importa, porque ahora siento que eres la persona que mejor me entiende. Jesse y Leslie crearon Terabithia como su santuario y, cuando ella murió, él llevó a May Belle allí para que fuera la nueva princesa. Mamá creó un mundo de libros conmigo, pero sin ella, puedo en cambio llevarte a ti al clóset para compartirlos contigo.

Lo leí de nuevo en el viaje de vuelta y empecé a llorar otra vez y pensé que papá se volvería loco. Probablemente no entendía lo que me pasaba. No paraba de preguntarme «¿Qué sucede, peque?», así que detuvo el automóvil y continuó respirando hondo y preguntándome qué había pasado. Le dije que me habías regalado este libro triste y que me hacía extrañar mucho a mamá. Y luego, él lloró cuando llegamos a casa, me parece. No lo sé con certeza porque siempre es muy silencioso.

Odio estar triste delante de él porque él ya tiene como una bóveda de tristeza gigante que se obliga a cerrar para cuidarme. Y cuando lo pienso, yo todavía lo tengo a él, pero él ha perdido a su mundo entero. Mamá era la persona que él había escogido de entre todas y ella ya no está. No lo sé. Creo que a él no le gusta verme llorar. Pero fue bueno hablar de ella. Me da miedo olvidarla. La extraño tanto que necesito un lenguaje nuevo para expresarlo.

Aquí voy de nuevo. En fin, ¿has terminado *Ivanhoed*? Ese libro era tan largo que me quedaría dormida a los cinco minutos. Leí la primera página cuando fuiste al baño y pensé

¿qué es esto? No entendí ni una palabra. Ni siquiera sé de qué se trata.

Bueno, mañana tengo que ir a la escuela. Gracias de nuevo por el libro. Y por dejarme hablar de eso.

Besos,
Macy

P. D.: Aquí nadie entiende que solo quiero ser una chica más en la escuela y no la niña cuya madre murió y a quien ahora necesitan tratar con cuidado porque se puede romper. Gracias por decir cosas y por no actuar como si fuera un tabú.

De: Elliot P. <elliverstravels@yahoo.com>
Fecha: 2 de enero, 07:02 AM
Para: Macy Lea Sorensen
<minlilleblomst@hotmail.com>
Asunto: Re: Libro

Hola, Macy:
De nada por el libro. A mí también me hizo llorar la primera vez que lo leí. No te lo dije, y debería haberlo hecho.

Sin duda tu papá entendió por qué llorabas. Además, creo que probablemente se alegre de que llores por eso, aunque le entristezca verte triste. Solo espero que no esté enfadado conmigo por hacerte llorar. Es decir, fue culpa del libro... No quisiera que lloraras por mí.

No creo que seas rara o diferente porque tu mamá haya muerto. La verdad, creo que eres genial, y no tiene nada que ver con el hecho de que tengas o no una mamá. Eres genial porque eres tú. Y comentario al margen: por lo que veo, estás lidiando bastante bien con la situación.

Ivanhoe (sin d al final) es bastante bueno. Transcurre en el siglo XII después de la Tercera Cruzada (parte de la idea actual de Robin Hood está basada en Locksley, uno de sus personajes. Pero no es el personaje principal). Me gusta la acción y el estilo del libro. Antes recreaba escenas épicas con mi amigo Brandon en séptimo grado, así que creo que de allí proviene el interés por la Inglaterra del siglo XII. Si todavía te agrada Nicholas Sparks, es probable que no te guste Ivanhoe.

Nos vemos,
Elliot

P. D.: No era mi intención sonar arrogante. Papá me dijo que a veces parece que lo soy, así que no estoy seguro de haberlo sido. Sin duda Nicholas Sparks es muy bueno, pero simplemente es distinto a sir Walter Scott.

De: Macy Lea Sorensen <minlilleblomst@hotmail.com>
Fecha: 2 de enero, 8:32 PM
Para: Elliot P. <elliverstravels@yahoo.com>
Asunto: Re: Libro

Hola, Elliot:

Nicholas Sparks es muy muy bueno. La mamá de mi amiga Elena lo conoció en la presentación de un libro y dijo que fue superamable y que también era muy inteligente. Apuesto a que él leyó *Ivanhoe* (sin d al final).

¿Qué quieres decir con que recreaban escenas épicas con Brandon? ¿Eran como esos ñoños del parque que usan espadas y banderas?

Besos,
Macy

De: Elliot P. <elliverstravels@yahoo.com>
Fecha: 2 de enero, 08:54 AM
Para: Macy Lea Sorensen
<minlilleblomst@hotmail.com>
Asunto: Re: Libro

Hola, Macy:

Sí. Exactamente. Y también usábamos cascos y caballos de cartón.

Elliot

De: Macy Lea Sorensen <minlilleblomst@hotmail.com>
Fecha: 2 de enero, 9:06 PM
Para: Elliot P. <elliverstravels@yahoo.com>
Asunto: Re: Libro

Te juro que me haces reír mucho. Sé que estás bromeando, pero puedo imaginarte a la perfección montado en un caballo de cartón gritando «¡En guardia!» y «¡Ivanhoe!».

Macy

De: Elliot P. <elliverstravels@yahoo.com>
Fecha: 2 de enero, 09:15 PM
Para: Macy Lea Sorensen
<minlilleblomst@hotmail.com>
Asunto: Re: Libro

Hablaba en serio. De verdad recreábamos

escenas de ese estilo. De hecho, es una comunidad muy bien organizada llamada Los Nobles y hay batallas y realeza y es muy divertido. Pero estoy seguro de que no te gustaría porque no hay ningún beso en cámara lenta al final.

Elliot

De: Macy Lea Sorensen <minlilleblomst@hotmail.com>
Fecha: 3 de enero, 6:53 PM
Para: Elliot P. <elliverstravels@yahoo.com>
Asunto: ¡Una locura!

Estoy casi segura de que anoche fuiste arrogante, así que he decidido que seré madura y lo pasaré por alto.

¿Quieres oír una locura? ¡Hoy suspendieron a mi amiga Nikki por besar a un chico en la cafetería! Dios mío, ¡no podía creer lo que estaba pasando! Se lo conté a papá y él preguntó si yo había besado a algún chico y le dije ¡claro que no! ¿A quién besaría en la escuela si son todos unos perdedores?

En fin, ¡fue una locura!

Macy

De: Elliot P. <elliverstravels@yahoo.com>
Fecha: 3 de enero, 08:27 PM
Para: Macy Lea Sorensen
<minlilleblomst@hotmail.com>
Asunto: Re: ¡Una locura!

El año pasado suspendieron a mi amigo Christian
por construir un cohete en el taller de la escuela.
Ni siquiera sé de dónde sacó la gasolina, pero
salió volando por la ventana y se estrelló en el
aparcamiento contra un automóvil. Fue genial.
   Entonces, ¿no te juntas con chicos en la escuela?

Elliot

De: Macy Lea Sorensen <minlilleblomst@hotmail.com>
Fecha: 4 de enero, 7:32 AM
Para: Elliot P. <elliverstravels@yahoo.com>
Asunto: Re: ¡Una locura!

Me junto con Doug y Cody que los conozco desde
primer grado así que somos cercanos pero cercanos como
para besarnos? Ehhh no son buena onda pero creo que
es probable que en algún momento conozca a un chico
universitario porque a los de mi escuela solo les interesan
los videojuegos y las patinetas y Danny (otro amigo)

· 92 ·

intentó tocarme el trasero en un baile, y yo le dije que ni lo pensara

Macy

De: Elliot P. <elliverstravels@yahoo.com>
Fecha: 4 de enero, 07:34 AM
Para: Macy Lea Sorensen
<minlilleblomst@hotmail.com>
Asunto: Re: ¡Una locura!

Macy:
La puntuación es tu amiga.

Elliot

AHORA

L iz *Petropoulos*, qué locura.

Es de estatura mediana, curvilínea y tiene una piel maravillosa. También le he dicho al menos cuatro veces que me encantaría tener sus pómulos. Es una persona sonriente, saluda a todos los que atraviesan la puerta del hospital, detiene a cualquiera que no tenga identificación personal y los hace firmar para ingresar.

Alzo mi identificación como cada mañana. Por suerte, ayer estaba en su descanso cuando entré, exhausta después de mi no-desayuno con Elliot, pero hoy ella sonríe con cierto resplandor en los ojos, como si ahora supiera más de lo que sabía la última vez que la vi.

—Hola, Liz *Petropoulos* —le digo al acercarme, como si la estuviera desenmascarando.

Ella vacila solo un instante antes de responder:

—Hola, Macy *Sorensen*. —Ni siquiera necesita leer mi identificación. Cuando me acerco más, sonríe de nuevo—. Vaya, sí que he oído hablar mucho de ella los últimos siete años. Y pensar que se trataba de la nueva y agradable doctora Sorensen, que siempre me halagaba los pómulos.

—Supongo que Elliot y George deberían dar un paso al costado y dejar que nosotras nos casemos —bromeo y ella se ríe. Es un sonido armonioso y placentero.

Pero, de repente, se pone seria.

—Perdón por haberle dicho cuándo entrabas. —No bien abro la boca para hablar, levanta una mano y añade en voz más baja—: Me comentó que se topó contigo y atamos cabos sueltos. No sabes lo que significa para él haberte visto. Sé que no es asunto mío, pero...

—Hablando de eso. —Apoyo los codos sobre el enorme escritorio de mármol y le sonrió para que sepa que no estoy a punto de hacer que la despidan—. ¿Qué opinas de hacerme un favor y luego dejamos de compartir información confidencial?

—Por supuesto —dice, con los ojos abiertos como platos—. ¿Qué puedo hacer por ti?

—Sería fantástico que me dieras su número de teléfono.

Los amigos llaman a los amigos, pienso. El primer paso para reparar las cosas es hablar, purificar el aire de una vez por todas, para poder luego seguir adelante con nuestras vidas.

Liz toma su teléfono, abre su lista de contactos favoritos

e inclina el torso hacia delante mientras garabatea el número de Elliot.

Elliot está en su marcador rápido.

Pero lo entiendo: es un chico atento, considerado y maduro emocionalmente, lo cual lo convierte en el cuñado perfecto. Por supuesto que ella habla seguido con él.

—No le digas que lo tengo —le pido a Liz mientras arranca la nota adhesiva y me la entrega—. No sé cuánto tiempo pasará antes de que sepa qué decirle.

A quién quiero engañar; es una muy mala idea. Elliot tiene una historia que contar. Yo también tengo la mía. Los dos tenemos tantos secretos que ni siquiera sé si podremos retroceder tanto.

Guardo la nota adhesiva en el bolsillo del pantalón de mi uniforme y, durante todo el camino por el pasillo que conduce a la sala de descanso para residentes, no he parado de revisarlo para asegurarme de no haberla perdido. Aunque, a decir verdad, no la necesitaba. Mientras me dirigía al cuarto piso, no dejé de mirar su número ni un segundo. Era el mismo de siempre. Nunca me lo hubiera imaginado. Su número solía resonar en mi cabeza como el ritmo de una canción pegadiza.

Guardo mi bolso en un casillero de la sala de descanso y miro mi móvil. Mis rondas empiezan en cinco minutos y es una tarea que requiere mucha concentración. Si no lo hago ahora, me voy a sentir como si tuviera una piedra en el zapato todo el turno. El corazón me retumba en los oídos con la fuerza de un tambor.

Sin pensarlo más, escribo un mensaje:

> Hoy trabajo de 9 a 18. Quieres que cenemos juntos? Para hablar.

Apenas unos segundos después, aparecen tres puntos suspensivos. Está escribiendo. Inexplicablemente, me empiezan a sudar las palmas. Hasta ahora, no se me había ocurrido que podría responder: «No, eres demasiado imbécil, olvídalo».

> ¿Eres Macy?

O que él no tendría mi número; soy una idiota.

> Sí, lo siento. Debería habértelo dicho.

> No hay problema.

> Dime el lugar y allí estaré.

ANTES

A medida que se aproximaba mi cumpleaños número catorce, me di cuenta de que papá no sabía bien qué hacer. Desde que tenía memoria, siempre habíamos hecho lo mismo: él preparaba *æbleskivers* para desayunar, por la tarde mirábamos todos juntos una película y luego, para la cena, nos atiborrábamos con un helado gigante y nos íbamos a dormir jurando que nunca más lo volveríamos a hacer.

Después de la muerte de mamá, la rutina no ha cambiado. La constancia era muy importante para mí, un pequeño recordatorio de que ella realmente había existido. Pero este era el primer año que teníamos la casa de fin de semana, y el primer año que tenía un amigo cercano como Elliot.

—¿Podemos ir a la cabaña este fin de semana?

Papá detuvo su café en el aire, mirándome a los ojos a través de la nube de vapor que brotaba de su taza. La sopló, bebió un sorbo, tragó y la dejó en la mesa. Tomó el tenedor, pinchó un poco de huevos revueltos, haciendo su mayor esfuerzo por actuar relajado, como si mi pedido no le resultara ni emocionante ni decepcionante.

Era la primera vez que le pedía ir a la casa, y lo conocía lo suficiente como para darme cuenta de que le aliviaba mucho saber que podía seguir confiando en las predicciones perfectas de la lista de mamá.

—¿Eso quieres hacer este año... para tu cumpleaños?

Bajé la vista hacia mi plato antes de asentir.

—Sí.

—¿Te gustaría hacer una fiesta? Podrías invitar a algunos amigos a la casa. Podrías mostrarles tu biblioteca, quizá.

—No... Mis amigos de aquí no lo entenderían.

—No como Elliot.

Comí un bocado y me encogí de hombros como si nada.

—No —confirmé.

—¿Él es un buen amigo?

Asentí, mirando mi plato mientras pinchaba otro bocado.

—Sabes que eres muy chica para tener citas —me dijo papá.

Alcé la cabeza con brusquedad, con los ojos abiertos como platos, horrorizada.

—¡Papá!

Él se empezó a reír.

—Solo quiero asegurarme de que comprendes las reglas.

Parpadeando y mirando de nuevo mi comida, balbuceé:

—No seas asqueroso. Solo me gusta la casa, ¿está bien?

Mi papá no solía sonreír mucho, no era de esas personas que al pensar en ellas te las imaginas con una gran sonrisa en el rostro, pero cuando alcé la vista de nuevo, papá estaba sonriendo. Sonriendo de verdad.

—Por supuesto que podemos ir, Macy.

El sábado salimos temprano por la mañana, el primer día del receso de primavera. Papá quería tachar dos cosas de la lista esta semana, los ítems cuarenta y cuatro y cincuenta y tres: plantar un árbol que yo pudiera ver crecer durante muchos años y enseñarme a cortar leña.

Antes de que pudiera huir a mi maravilloso mundo literario, papá sacó un árbol pequeño del automóvil y lo llevó al jardín lateral.

—Trae la pala del fondo —me pidió mientras se arrodillaba para, con una hoja de afeitar, recortar el contenedor de plástico del manzano—. Y los guantes de trabajo.

En algunas cosas, siempre pensé que era digna hija de mi madre: me gustaba el color y el desorden de nuestra casa en Berkeley. Me gustaba la música animada, los días cálidos y bailar mientras lavaba los platos. Pero en la cabaña, me di cuenta de que también era digna hija de mi padre. Mientras el viento frío de marzo serpenteaba entre los árboles, cavamos un hoyo profundo sumidos en un silencio cómodo, comunicándonos solo con la punta del dedo o con una inclinación de mentón. Cuando terminamos, y el árbol gravenstein, diminuto y asombroso, estuvo plantado firme en nuestro jardín lateral, en vez de abrazarme con entusiasmo y decirme al oído lo mucho que me quería, papá me tomó el rostro con las dos manos, inclinó el torso hacia abajo y me depositó un beso en la frente.

–Buen trabajo, *min lille blomst*. –Me sonrió–. Iré al pueblo a comprar víveres.

Con ese permiso para irme, arrastrando los zapatos avancé en línea recta por el sendero que conecta nuestra entrada con la de Elliot. Toqué el timbre, que resonó por toda la casa, y lo escuché asomarse por una de las ventanas abiertas de la planta alta. Un ladrido fuerte llegó a mis oídos, seguido del rasguido torpe de las uñas de un perro sobre el suelo de madera.

–Cállate, Darcy –dijo una voz somnolienta, y el perro obedeció, solo emitió un par de gemidos a modo de disculpa.

Me di cuenta de que en los casi seis meses que hacía que teníamos la cabaña, nunca había entrado a la casa de Elliot. La señora Dina nos había invitado, por supuesto, pero papá parecía creer que estaba mal molestarlos. Creo que, además, le gustaba disfrutar de la soledad de nuestra casa los fines de semana; sin contar la presencia de Elliot, claro. A papá le gustaba no tener que salir de su caparazón.

Cuando la puerta se abrió y vi a Andreas, bostezando y despeinado, me puse nerviosa y di un paso atrás.

Sin duda, el segundo hermano mayor de los Petropoulos acababa de salir de la cama: tenía el cabello castaño enmarañado y marcas de sueño en el rostro; llevaba el torso descubierto y unos pantalones cortos de básquetbol que desafiaban la gravedad aferrándose apenas a su cadera baja. Tenía el tipo de cuerpo que, hasta ese instante, yo no había estado segura de que existiera.

¿Así luciría Elliot en un par de años? Mi mente casi no podía procesar esa idea.

–Hola, Macy –me saludó Andreas, con la voz rasposa. Dio un paso atrás, sosteniendo la puerta abierta para que yo entrara–. ¿Entras o no?

Obligué a mis cejas a regresar a su posición natural.

–Sí, claro.

Tenía razón, esa casa *olía* a galletas. A galletas y a varones. Andreas sonrió y se rascó con pereza el abdomen.

–¿Han venido a pasar el fin de semana?

Asentí y él amplió su sonrisa.

–Veo que eres muy conversadora.

–Lo siento –respondí y luego me quedé quieta, con los brazos a los costados del cuerpo, jalando del dobladillo de mis pantalones cortos, sin saber qué decir–. ¿Está Elliot?

–Voy a buscarlo. –Sonrió y caminó hacia la escalera–. ¡Oye, Ell! ¡Vino tu novia! –Su voz resonó en la entrada de madera. De inmediato, un rubor estridente me estalló por dentro y me cubrió todo el cuerpo.

Antes de que pudiera responderle, escuché pasos avanzando por la planta superior.

–¡Eres un idiota! –gritó Elliot y, al bajar corriendo, colisionó con su hermano, quien gruñó por el golpe y lo sujetó con una llave de cabeza. Andreas era más alto y bastante musculoso, pero Elliot tenía a su favor las ganas de evitar la humillación pública.

Los dos chicos lucharon, estuvieron muy cerca de tirar una lámpara al suelo, se dijeron un par de palabrotas y luego por fin se separaron, jadeando.

—Lo siento —me dijo Elliot, aún fulminando a Andreas con la mirada. Se acomodó las gafas y la ropa y agregó—: Mi hermano cree que es gracioso y aparentemente no sabe vestirse. —Le señaló el pecho descubierto.

Andreas despeinó aún más a Elliot y puso los ojos en blanco.

—Apenas es mediodía, imbécil.

—Creo que mamá debería llevarte al médico para ver si no tienes narcolepsia.

Andreas le dio un golpecito en el hombro y se giró en dirección a la escalera.

—Me voy a lo de Amie. Un gusto haberte visto, Macy.

—Igualmente —respondí como una tonta.

Andreas guiñó un ojo por encima del hombro.

—Ah, y ¿Elliot?

—¿Qué?

—Puerta abierta.

Su carcajada ruidosa invadió el pasillo de la planta superior antes de desaparecer detrás del clic de una puerta cerrada.

Elliot comenzó a caminar hacia la escalera, pero luego se detuvo, dio media vuelta y me miró con el ceño fruncido.

—Vayamos a tu casa.

—¿No quieres enseñarme el lugar?

Con un gruñido, Elliot giró en su sitio y me indicó los ambientes a nuestro alrededor:

—Sala de estar, comedor, la cocina está por allí. —Señaló cada lugar con el dedo índice. Lo seguí mientras él subía las escaleras murmurando—: escalera —y— baño —y— habitación de mis padres —y una lista de etiquetas monótonas hasta que llegamos a una puerta blanca. Estaba cerrada y tenía una tabla periódica pegada.

—Esta es mi habitación.

—Guau, me... lo esperaba —dije riendo. Estaba tan feliz de conocerla que me sentía un poco mareada.

—Yo no pegué eso, fue Andreas. —Su voz tenía cierto tono defensivo, como si solo pudiera soportar que lo vieran un noventa y ocho por ciento nerd.

—Pero no lo has quitado —comenté.

—Es un buen póster. Lo consiguió en una feria de ciencias. —Volteó hacia mí y se encogió de hombros, bajando la mirada—. Sería un desperdicio tirarlo a la basura y él me molestaría para siempre si lo pego *dentro* de mi cuarto.

Abrió la puerta sin decir nada, solo retrocedió para que yo entrara primero. El nerviosismo y el entusiasmo me golpearon: estaba entrando a la habitación de un chico.

Estaba entrando en la habitación *de Elliot*.

Era sencilla e inmaculada. La cama estaba tendida, había unas pocas prendas sucias dentro de una cesta en un rincón; las gavetas de su cómoda, perfectamente cerradas. El único desorden era una pila de libros en su escritorio y una caja de libros en una esquina.

Percibí su presencia tensa a mis espaldas, oía la cadencia irregular de su respiración. Sabía que él quería abandonar el caos de su casa y sumergirse en la quietud de mi clóset, pero yo no podía irme de allí. Detrás de su escritorio había una cartelera con algunas medallas clavadas, una fotografía y una postal con una imagen de Maui.

Me acerqué y me incliné hacia delante para verla mejor.

—Son de algunas ferias de ciencia —balbuceó detrás de mí, explicando las medallas.

Primer puesto en su categoría en la feria de ciencias del condado de Sonoma, tres años consecutivos.

—Guau. —Lo miré por encima del hombro—. Eres *inteligente*.

Esbozó una sonrisa torcida, ruborizado.

—Nah.

Me volteé de nuevo y observé la fotografía que estaba en una esquina de la cartelera. Había tres chicos, incluido Elliot, y una chica en el extremo izquierdo. Parecía una fotografía tomada hacía un par de años.

La incomodidad me estrujó el pecho.

—¿Quiénes son?

Elliot tosió y se inclinó hacia delante para señalarlos. Su cercanía vino acompañada de una ráfaga de desodorante (algo cítrico y con aroma a pino) y algo más, un aroma que era cien por ciento varón y que me provocó un nudo en el estómago.

—Ehm, este soy yo y ellos son Christian, Brandon y Emma.

Había oído esos nombres al pasar: historias casuales sobre una clase o un paseo en bicicleta por el bosque. Con una intensa punzada de celos, me di cuenta de que, si bien Elliot estaba convirtiéndose en mi persona, en mi refugio y en el único ser humano más allá de papá en el que podía confiar, conocía muy poco de su vida. ¿Qué aspectos de él veían esos amigos? ¿Ellos le causarían esa sonrisa que empezaba con una ceja en alto y se expandía despacio en una contorsión de labios entretenida? ¿Ellos escucharían esa risa que anulaba su tendencia a ser cohibido y que estallaba en un *jaja-jaja-jaja* fuerte?

—Parecen buena onda. —Retrocedí de espaldas y sentí cómo se alejó rápidamente.

—Sí. —Cuando dejó de hablar, el silencio pareció crecer hasta convertirse en una burbuja resplandeciente a nuestro alrededor. Me empezaron a zumbar los oídos y se me aceleró el corazón mientras imaginaba a esa tal Emma sentada en el suelo, en un rincón, leyendo con él. La voz de Elliot llegó en un susurro detrás de mí—: Pero tú me agradas más.

Me di la vuelta y lo miré a los ojos mientras él hacía su maniobra veloz de fruncir la nariz para subirse las gafas.

—No es necesario que digas eso solo porque...

—Mi mamá está embarazada —soltó de repente.

Y la burbuja estalló. Oí pasos ruidosos que venían del pasillo y el ladrido del perro.

Abrí los ojos como platos mientras asimilaba sus palabras.

–¿Qué?

–Sí, nos dijeron anoche. –Se apartó un mechón de la frente–. Parece que la fecha de parto es en agosto.

–Cielos. Tienes catorce años. El bebé será como quince años menor que tú.

–Lo sé.

–Elliot, es una locura.

–*Lo sé*. –Se agachó para atarse los zapatos–. Pero, en serio, no quiero hablar de esto. ¿Podemos ir a tu casa? Mamá ha estado con náuseas las últimas semanas, papá actúa como un loco. Mis hermanos son unos imbéciles. –Señaló con el mentón la caja de libros y añadió–: Y tengo algunos clásicos para agregar a tu biblioteca.

Papá nos miró con complicidad cuando entramos y subimos corriendo la escalera.

–¿El martes no es tu cumpleaños? –preguntó Elliot, siguiéndome por el pasillo. Sus zapatillas estaban destruidas (su par favorito de Vans a cuadros) y una suela hacía ruido con cada paso.

Lo miré por encima del hombro.

–Te lo dije solo una vez hace, no sé, cinco meses.

–¿Y una vez no *debería* ser suficiente?

Miré de nuevo hacia delante y nos llevé a mi cuarto y hasta el interior del clóset. Desde que nos mudamos, poco a poco había cobrado vida propia, y ahora por fin estaba completo: por supuesto, una pared estaba toda cubierta de estantes, el puf estaba en el extremo opuesto y el sofá estaba contra la pared frente a la estantería. Pero hacía solo unas semanas que papá había pintado las paredes y el techo de azul noche y había añadido estrellas plateadas y doradas en el techo. Dos lámparas pequeñas iluminaban el espacio: una cerca de cada asiento. En medio del suelo había mantas y más cojines. Era el fuerte perfecto.

Elliot se acurrucó en el suelo y se cubrió el regazo con una manta de lana.

—¿Y estás de vacaciones?

Me mordí el labio, asintiendo.

—Sí.

Se quedó un instante en silencio y luego preguntó:

—¿Te molesta no estar con tus amigos?

—*Estoy* con un amigo. —Le dediqué una mirada cargada de significado.

—Me refería a tus amigas —aclaró, pero no pasé por alto el rubor en sus mejillas.

—Ah. No, todo bien. Nikki se va a Perú a visitar a su familia.

Elliot no dijo nada. Me observó escoger un libro y acomodar mis cojines antes de recostarme sobre ellos. Pensando en cómo me había sentido cuando vi esa fotografía de él con sus amigos (y en cuánto más quería saber de su vida fuera de este clóset), seleccioné las siguientes palabras con cautela, les di vueltas en mi cabeza hasta que por fin dije:

—Cuando mi mamá se enfermó, por un tiempo dejé de

salir con la mayoría de mis amigos, para poder pasar tiempo con ella.

Él asintió y, aunque mantuvo la vista fija en el cuaderno que tenía delante, noté que su atención estaba puesta únicamente en mí.

Observé la primera página del capítulo que acababa de empezar.

—Y luego, cuando ella se fue, no tenía ganas de ir a pijamadas a hablar sobre chicos. Es como si ellas hubieran crecido, mientras que yo intentaba reconstruirme. Nikki y yo todavía nos llevamos bien, pero creo que es porque ella tampoco pasa tiempo con amigos fuera de la escuela. Tiene una familia enorme a la que ve mucho.

Ahora sentía que él me miraba, pero no me volteé; sabía que nunca sería capaz de terminar si lo hacía. Las palabras parecían burbujear en mi pecho, eran cosas que nunca había compartido con nadie.

—Papá intentó hacer que saliera más —continué—. Hasta organizó todo para que fuera a un club de chicas cerca de su trabajo o algo así. —Miré rápido a Elliot y luego bajé de nuevo la vista—. Él decía que era para socializar y hacer amigas, pero no era para eso. Era un grupo de chicas que estaban transitando un duelo.

—Oh.

—Pero todas sabíamos para qué íbamos allí. Recuerdo haber entrado a una sala blanca gigante. Las paredes estaban cubiertas de cosas que se supone que les gustan a los adolescentes: pósteres de bandas de chicos, grafitis rosados y violetas sobre las carteleras de anuncios, pufs mullidos y cestos con revistas. –Toqueteé un hilo suelto de mis jeans–. Era como si la mamá de alguien hubiera entrado y hubiera puesto todas las cosas que creía que las adolescentes debían tener en su cuarto.

»Recuerdo haber mirado el lugar ese primer día –continué, colocándome la coleta gruesa a un costado y jugando con las puntas de mi cabello–, pensando lo raro que era que todas esas chicas hubieran ido allí solo a socializar. Después de unos días, noté que todas tenían casi el mismo corte de cabello. Eran como siete, todas más o menos de mi edad y tenían el cabello largo hasta el mentón. Pocas semanas después, descubrí que todas ellas eran como yo: todas habían perdido a sus mamás. A la mayoría les habían cortado el cabello de un modo sencillo y fácil de peinar. –Hice una pausa, y comencé a retorcer las puntas de mi coleta alrededor de mi dedo–. Pero mi papá aprendió a recogerme el cabello en coletas, qué champú comprar, hasta le pidió a alguien que le enseñara a hacer trenzas y a usar la rizadora para ocasiones especiales. Podría haber hecho lo que era más fácil para él y simplemente cortármelo. Pero no lo hizo.

Por primera vez, alcé la vista y vi que Elliot me estaba mirando. Tenía los ojos bien abiertos, llenos de comprensión, cuando se inclinó hacia mí y me tomó una mano.

–¿Alguna vez te dije que tengo el mismo cabello que mi mamá?

Negó con la cabeza y me dedicó una sonrisa genuina.

–Tienes el cabello más bonito que he visto.

AHORA

JUEVES, 5 DE OCTUBRE

Estoy de pie en la entrada de Nopalito en la calle 9 y, sin necesidad de mirar adentro con demasiada atención, sé que Elliot ya está ahí. No me cabe duda porque son las ocho y diez. Acordamos reunirnos a las ocho, y él nunca llega tarde. Algo me dice que eso no ha cambiado.

Entro y lo encuentro de inmediato. En su apuro por ponerse de pie, se le cae la servilleta y, con torpeza, se choca los muslos contra la mesa. Noto dos cosas: uno, tiene puesta una chaqueta elegante, unos jeans bonitos y un par de zapatos de vestir negros que parecen recién lustrados. Dos, se ha cortado el cabello.

Sigue teniendo más largo el pelo en la parte superior y muy corto en los laterales. De algún modo, lo hace lucir menos como un hípster literario intelectual y más como...

un *skater* atractivo. Es maravilloso que un estilo que nunca habría intentado usar en la adolescencia le quede increíble a los veintinueve años. Eso sí, estoy segura de que es todo gracias a su estilista. El chico con el que crecí hubiera pensado más en qué tipo de bolígrafo usar para escribir la lista de compras que en su aspecto en un día cualquiera.

El cariño me invade.

Avanzo hacia él, intentando respirar a través del zumbido eléctrico que fluye por mi torrente sanguíneo. Quizá sea uno de los beneficios de haber tenido tiempo para prepararme esta noche (en vez de llevar puesto el uniforme), pero siento cómo Elliot me recorre con la mirada desde el cabello hasta los zapatos y vuelve a subir la vista.

Es evidente su conmoción cuando me acerco para darle un abrazo rápido.

—Hola.

Tragando con fuerza, él emite un «hola» ahogado y luego corre la silla para que tome asiento.

—Tienes el cabello... Estás... preciosa.

—Gracias. Feliz cumpleaños, Elliot.

Amigos. No es una cita, repito, como una plegaria. *Solo he venido a compensar lo que ocurrió en el desayuno y a aclarar las cosas.*

Intento grabármelo en el cerebro y en el corazón.

—Gracias. —Se aclara la garganta, sonríe sin dientes, con ojos tensos.

El camarero me sirve agua en el vaso y despliega mi servilleta sobre mi regazo. Elliot no para de observarme, como si hubiera regresado de entre los muertos. ¿Así se siente para él? ¿En qué momento habrá dejado de intentar ponerse en contacto conmigo, o será que *nunca* se había rendido?

—¿Qué tal el trabajo hoy? —pregunta, empezando con un tema seguro.

—He tenido un día ajetreado.

Él asiente, bebe un sorbo de agua y luego posa el vaso. Con un dedo sigue las gotas de condensación que se deslizan por el vaso.

—Trabajas en pediatría.

—Sí.

—¿Y ya sabías que querías ser pediatra cuando empezaste a estudiar Medicina?

Me encojo de hombros.

—Prácticamente.

Tuerce la boca con una sonrisa exasperada.

—Dame *algo*, Mace.

Me hace reír.

—Lo siento. No es mi intención actuar raro. —Después de una inhalación larga y profunda y de una exhalación temblorosa, admito—: Estoy nerviosa me parece.

No porque sea una cita.

Es decir, por supuesto que no lo es. Le dije a Sean que hoy saldría a cenar con un viejo amigo y me prometí que le contaría toda la historia en cuanto regresara a casa; lo cual aún tengo intenciones de hacer. Pero él estaba ocupado configurando su nueva televisión y no pareció notar que me fui, la verdad.

–Yo también estoy nervioso –dice Elliot.

–Ha pasado mucho tiempo.

–Así es –concuerda–, pero me alegra que me hayas llamado. O mejor dicho, que me hayas escrito.

–Respondiste muy rápido –digo, pensando de nuevo en su viejo teléfono con tapa–. No me lo esperaba.

Él sonríe con un orgullo fingido.

–Ahora tengo un iPhone.

–Déjame adivinar: ¿Nick Jr. te ha dado su teléfono viejo? Elliot frunce el ceño.

–Por favor. –Bebe otro sorbo de agua y añade–: Andreas cambia el móvil mucho más seguido.

Nuestra risa desaparece, pero mantenemos el contacto visual.

–Bueno, por si te lo preguntabas –comienzo a decir–, estamos a mano, uno a uno. Liz me dio tu número. Aunque debería haberlo recordado. Es el mismo de siempre.

Él asiente y baja la mirada, pensativo, cuando se muerde y lame el labio.

–Liz es genial.

–Ya lo creo. Me agrada. –Me aclaro la garganta y añado en voz baja–: Hablando de eso... Perdóname por haberme ido en el desayuno.

–Lo entiendo –responde rápido–. Es mucho para asimilar.

Es casi gracioso; nos separa un océano de información y hay infinitos lugares por los que empezar. Empezar por el principio y avanzar. Empezar por el presente y retroceder. Empezar por algún momento intermedio.

–La verdad es que no sé por dónde comenzar –admito.

–Quizá... –vacila–. ¿Por qué no miramos el menú, pedimos vino y luego nos ponemos al día? Ya sabes, como hace la gente en una cena...

Asiento, aliviada de que él parezca tan sólido mentalmente como siempre, y levanto el menú para leerlo, pero no consigo hacerlo porque tengo tantas preguntas en la cabeza que es como si las palabras en la página estuvieran desordenadas.

¿En qué parte de Berkeley vive?

¿De qué se trata su novela?

¿Qué ha cambiado en él? ¿Qué permanece igual?

Pero el pensamiento mezquino y traicionero que acecha en las sombras culposas de mi cerebro es lo valiente que ha sido al terminar una relación después de haberme visto por menos de dos minutos. A menos que no fuera una relación muy estable.

O que ya estuviera muy desgastada.

¿Es el peor lugar para empezar? ¿Me he vuelto completamente loca? O sea, por lo menos fue el último tema real del que hablamos ayer, ¿o no?

–¿Todo marcha bien con... con...? –pregunto, con una mueca de dolor.

Él alza la vista del menú y quizá mi expresión levemente ansiosa le da una pista.

–¿Con Rachel?

Asiento, pero su nombre me pone a la defensiva: él *debería* estar con una persona llamada Rachel, alguien que lee cada edición del *New Yorker* y que trabaja en una organización sin fines de lucro, y que composta sus cáscaras de huevo y betabeles para poder cultivar su propia huerta. Mientras que yo soy un desastre, tengo infinitos préstamos para pagar la facultad pendientes de pago, problemas con mami, problemas con papi, problemas con él y una suscripción vergonzosa a *US Weekly*.

—De hecho, todo anda bien —dice—. Creo. Espero que con el tiempo podamos ser amigos de nuevo. En retrospectiva, nunca hubiera podido ser más que una amistad.

Un sentimiento se introduce en mi flujo sanguíneo, cálido y eléctrico.

—Elliot.

—Escuché lo que dijiste —responde con sinceridad—. Estás comprometida, lo entiendo. Pero será difícil para mí ser *solo* tu amigo, Macy. No está en mi ADN. —Me mira a los ojos y deja el menú cerca de su brazo—. Lo intentaré, pero ya sé cómo soy.

Siento que su honestidad me desarma y erosiona la capa de resiliencia que me rodea. Me pregunto cuántas veces más podría decirme que me ama antes de que me derrita a sus pies.

—Entonces creo que necesitamos algunas reglas básicas —digo.

—Reglas básicas —repite, asintiendo despacio—. ¿Por ejemplo no tener expectativas? —Asiento—. ¿Y quizá... yo te digo cualquier cosa que quieras saber y viceversa?

Para que esto sea un intercambio justo, tendré que actuar

con madurez y hacerlo. A pesar de que por dentro estoy gritando de pánico, acepto.

–Entonces –dice Elliot, con una sonrisa relajada–, no sé qué te gustaría saber sobre Rachel. Empezamos siendo amigos. Lo fuimos muchos años, mientras hacíamos nuestro posgrado y después también.

La idea de que él fuera amigo de otra mujer *durante años* es como un cuchillo que se me clava en el esternón. Bebo un sorbo de agua y logro hacer una pregunta fácil:

–¿Posgrado?

–Una maestría en Bellas Artes en la Universidad de Nueva York –explica, sonriendo. Se pasa una mano por el cabello como si todavía no estuviera acostumbrado a la sensación del nuevo corte y añade–: En retrospectiva, cuando cumplimos veintiocho nos pareció que lo lógico era empezar una relación.

Sé a qué se refiere. Cumplí veintiocho y terminé en una relación con Sean.

Elliot lee mentes.

–Cuéntame sobre el tipo con el que te casarás.

Es un campo minado, pero lo mejor será que le cuente todo y que sea honesta.

–Nos conocimos en una cena de bienvenida para los nuevos residentes –explico, y él no necesita que haga la cuenta por él, pero yo sí–: en mayo.

Alza despacio las cejas debajo de su abundante jopo de cabello.

–Ah.

—Nos caímos bien de inmediato.

Elliot asiente, observándome con intensidad.

—¿Qué otra cosa podrías hacer?

Parpadeo mirando la mesa, carraspeando e intentando no responder a la defensiva. Siempre ha sido brutalmente honesto, pero nunca había sido así de brusco *conmigo*. Siempre tenía palabras amables y cariñosas para mí. Ahora me late tan rápido el corazón que siento que resuena entre nosotros, y hace que me pregunte si nuestros corazones rotos están resolviendo esto a puñetazos desde el interior de nuestros cuerpos.

—Lo siento —murmura, extendiendo la mano sobre la mesa, pero luego piensa que es mejor no tocarme—. No era mi intención decirlo así. Es solo que me parece muy poco tiempo, nada más.

Alzo la vista y esbozo una sonrisa débil.

—Lo sé. Hemos avanzado rápido.

—¿Cómo es él?

—Dulce. Bueno. —Retuerzo la servilleta que tengo sobre el regazo, deseando encontrar mejores adjetivos para describir al hombre con quien me voy a casar—. Tiene una hija.

Elliot me escucha, casi sin parpadear.

—Es uno de los benefactores del hospital. Bueno, en cierto sentido. Es artista. Su trabajo es... —Percibo que empiezo a alardear y no sé por qué me hace sentir incómoda—. Es bastante popular en este momento. Dona muchas de las instalaciones de arte más nuevas al hospital Benioff Mission Bay.

Elliot inclina el torso hacia delante.

–¿Sean Chen?

–Sí. ¿Has oído hablar de él?

–Aquí los libros y el arte se mueven por círculos similares –explica, asintiendo–. He oído que es un buen tipo. Su arte es maravilloso.

El orgullo me infla el pecho con calidez.

–Lo es. Sí. –Y, antes de que pueda evitarlo, suelto otra verdad–: Y es el primer hombre con el que he estado sin sentir que...

Mierda.

Intento pensar en una mejor manera de terminar la oración que no sea la verdad cruda, pero no se me viene nada a la mente, salvo la expresión sincera de Elliot y la dulzura con la que sostiene el vaso de agua. Él me desarma.

Espera, y por fin pregunta:

–¿Qué, Mace?

Maldita sea.

–Que era una traición estar con él...

–Ah. Sí –responde con amabilidad. Lo miro a los ojos–. Nunca me ha pasado –añade en voz baja.

Sin duda esto *es* un campo minado. Parpadeando, con los ojos clavados en la mesa y con el corazón en la tráquea, continúo:

–Así que por eso acepté de inmediato cuando me propuso matrimonio. Siempre me he dicho que me casaría con el primer hombre con el que estuviera sin sentirme mal.

–Parece... un buen criterio.

–*Siento* que es lo correcto.

–Pero en realidad –empieza a decir, deslizando un dedo sobre una gota de agua que ha llegado a la mesa–, según ese criterio, técnicamente esa persona sería yo, ¿no?

El camarero es mi nuevo humano favorito porque se acerca con la intención de tomar nuestro pedido justo después de que Elliot haya dicho semejante cosa, y evita que baile la incómoda danza de la no-respuesta.

Mirando el menú, digo:

–Voy a pedir los tacos dorados y la ensalada cítrica, por favor. –Levanto la vista y añado–: Dejaré que él escoja el vino.

Como podría haber adivinado, Elliot pide caldo tlalpeño (siempre le ha gustado la comida picante) y una botella de *sauvignon blanc Horse & Plow* antes de entregarle su menú al camarero con un agradecimiento silencioso.

Me mira de nuevo y dice:

–Sabía con exactitud lo que pedirías. ¿Ensalada cítrica? Es como la comida soñada de Macy.

Mis pensamientos se tropiezan entre sí por lo fácil que es esto, por la sincronía que aún compartimos. Es demasiado fácil, la verdad, y siento que, de un modo *muy* surrealista y retrógrado, le estoy siendo infiel al hombre que está a un par de kilómetros instalando una televisión en el pequeño hogar que compartimos. Enderezo la espalda, intentando infundirle cierta distancia emocional con mi postura.

–Y se aleja... –dice, observándome.

–Lo siento –respondo. Es capaz de leer cada movimiento

que hago por más ínfimo que sea. No puedo culparlo; yo hago lo mismo–. Empezó a sentirse demasiado familiar.

–Por el prometido. –Inclina la cabeza hacia atrás, como diciendo «que no está aquí»–. ¿Cuándo es la boda?

–Mi cronograma es una locura, así que aún no hemos puesto una fecha.

En parte es la verdad.

La postura de Elliot me indica que le agrada esa respuesta (por más hipócrita que sea) y eso despierta el nerviosismo en mi estómago.

–Pero pensamos hacerlo el próximo otoño –añado rápido, ahora alejándome aún más de la verdad. Sean y yo ni siquiera hemos conversado sobre fechas posibles. Elliot entrecierra los ojos–. Aunque si dependiera de mí, iría al juzgado en cualquier momento, sin importar la ropa que lleve puesta. Aparentemente, no tengo ningún interés en planificar una boda.

Elliot se queda unos intensos segundos en silencio y deja que mis palabras resuenen a nuestro alrededor. Luego, emite un simple:

–Ah.

Me aclaro la garganta, incómoda.

–Pues cuéntame: ¿qué has estado haciendo?

Justo el camarero nos interrumpe un instante para dejarnos el vino. Le muestra la etiqueta a Elliot, abre la botella en la mesa auxiliar y le ofrece probar. La confianza de Elliot a veces me desconcierta, y esta es una de esas ocasiones. Él creció en el corazón del condado vitivinícola de California, así que debería estar cómodo con esto, pero nunca lo he visto probar un vino en la mesa. Éramos tan pequeños...

–Excelente cabernet –le dice al camarero y luego me mira mientras el hombre nos sirve las copas, apartándolo de sus pensamientos sin dudar–. ¿Por dónde debería empezar?

–¿Qué te parece por el presente?

Elliot se reclina en la silla, piensa unos instantes y luego parece definir por dónde empezar. Y después, todo brota de él con facilidad y detalles. Me cuenta que sus padres aún viven en Healdsburg («No logramos convencer a papá de que se jubilara»); que Nick Jr. es fiscal de distrito del condado de Sonoma («Se viste como si fuera un personaje de un programa policial malo y, que esto quede entre nosotros, pero nadie debería vestir zapa»); Alex está en la preparatoria y es una gran bailarina («Ni siquiera puedo sentirme culpable por mi arrogancia de hermano orgulloso, Mace. Es muy talentosa»); George, como ya sé, está casado con Liz y viven en San Francisco («Va a la oficina de traje. La verdad es que nunca recuerdo de qué trabaja»); y Andreas vive en Santa Rosa, enseña matemática en quinto grado y se casará a fin de año («De todos nosotros, el que menos creíamos que terminaría trabajando con niños era él, pero resulta que es muy bueno en eso»).

Mientras me pone al día de su vida, no puedo dejar de pensar en que solo estoy recibiendo la cereza del pastel. Debajo, aún hay mucho más. Un gran volumen de pequeños detalles que me he perdido.

Llega la comida, y está muy rica, pero la como sin

prestarle atención, porque estoy ávida de información, y él también. Esbozamos años de universidad como si se tratara de una vieja película en blanco y negro. Intercambiamos historias de terror de nuestros posgrados entre risas, con la complicidad de dos personas que han sufrido y visto lo que hay del otro lado. Pero no hablamos de enamorarnos de otras personas ni de dónde nos deja eso ahora, y sin importar cuán presente esté en cada respiración, en cada palabra, no hablamos de lo que pasó la última vez que lo vi, hace once años.

ANTES

Nuestro primer verano con la cabaña, mi papá y yo estuvimos allí casi todos los días e hicimos solo un viaje a casa, a fines de julio, porque Kennet, el hermano de papá, vino de visita.

Tenía dos hijas y estaba casado con Britt, una mujer cuya idea de afecto era ponerme una mano en el hombro. Así que cuando le susurré algo horrorizada que me parecía que había empezado a menstruar, ella me trató con la emoción esterilizada esperable: me compró una caja de toallas íntimas y una caja de tampones e hizo que su hija menor, Karin, me explicara con incomodidad cómo se usaban.

Papá estuvo mejor, pero solo porque cuando regresamos a la cabaña ese fin de semana, mencionó la lista de mamá. El punto veintitrés decía:

Cuando Macy empiece a menstruar, asegúrate de
que no tenga dudas sobre lo que le está pasando a
su cuerpo. Sé que es incómodo, meu amor, pero ella
necesita saber que es maravillosa y perfecta, y que
si yo estuviera allí, le contaría la historia que está
dentro del sobre con el número 23.

Papá lo abrió con las mejillas rosadas.

–Cuando empecé... –Tosió y se corrigió–: Cuando tu madre empezó con la... ehm...

Le quité la carta de las manos y subí rápido la escalera para refugiarme en mi biblioteca. Ver la caligrafía de mi mamá me hizo doler el pecho.

Tenía los peores calambres y en los momentos más
inesperados. Cuando estaba de compras con mis
amigas o en una fiesta de cumpleaños. El Midol
me ayudó cuando lo descubrí, pero lo que más me
ayudaba era visualizar el dolor evaporándose de
mi estómago.

Lo imaginaba una y otra vez, hasta que el dolor se
calmaba un poco.

No sé qué funcionará para ti ni si necesitarás esto,
pero de ser así, imagina mi voz ayudándote. Querrás
odiar tu cuerpo, pero es la manera que tiene de
decirte que todo funciona bien, y eso es un milagro.

Pero más que nada, meu docinha, imagina lo orgullosa que estoy de compartir esto contigo. Estás creciendo. Empezar a menstruar fue el proceso que, con el tiempo y cuando estuve lista, me permitió quedar embarazada de ti.

Trata a tu cuerpo con cariño. Cuídalo. No permitas que nadie lo maltrate y no lo maltrates tú tampoco. Hice cada centímetro de tu piel con esmero, me deslomé durante meses por ti. Eres mi obra maestra.

Te extraño. Te amo.

Mãe

Parpadeé, confundida. En algún momento mientras leía, Elliot se había materializado en la puerta, pero no vio mis lágrimas hasta que me volteé hacia él. Su sonrisa desapareció despacio mientras daba un paso, dos, acercándose a mí, hasta arrodillarse en el suelo junto al sofá donde estaba sentada.

Sus ojos buscaron los míos.

—¿Qué sucede?

—Nada —dije, moviéndome en mi asiento mientras doblaba la carta. Él le echó un vistazo antes de mirarme de nuevo.

Casi quince años y ya era demasiado perceptivo.

Cada vez me molestaba más que no supiéramos nada de nuestras vidas cotidianas. Sí, nos poníamos al día cada vez que nos reuníamos aquí: con quiénes pasábamos el rato, qué estábamos estudiando, conversábamos sobre quienes nos molestaban, a quiénes admirábamos y, por supuesto, compartíamos nuestras palabras favoritas. Él sabía los nombres de mis dos amigos más cercanos (Nikki y Danny), pero no sabía cómo eran físicamente. Yo tenía la misma información limitada sobre sus amigos de la escuela. Sabía que Brandon era tranquilo y silencioso y que Christian era un legajo criminal en potencia. Aquí leíamos, conversábamos y aprendíamos el uno del otro todo el tiempo, pero ¿cómo podía contarle lo que me estaba pasando?

No era solo el hecho de que había empezado a menstruar mucho más tarde que todas mis amigas, o que a papá le resultaba difícil identificarse conmigo, o que mi mamá estaba muerta, nada de eso. O tal vez era *todo* eso. Amaba a mi papá más que a nadie, pero no estaba para nada preparado para algunas cosas. Sin duda, sabía que estaba abajo, caminando de un lado a otro, esperando a oír mi voz para saber si había sido lo correcto haberle permitido subir a Elliot o si su instinto se había equivocado.

—Estoy bien —dije, esperando haberlo dicho a un volumen bastante alto como para que las palabras llegaran a la planta baja. Lo último que quería era tener a los dos aquí, preocupándose por mí.

Frunciendo el ceño, Elliot me tomó del rostro en un gesto que me tomó por sorpresa, y buscó mi mirada con la suya.

—Por favor, dime qué sucede. ¿Es tu papá? ¿La escuela?

—De veras no quiero hablar del tema, Ell. —Retrocedí un poco, limpiándome la cara. Elliot tenía los dedos húmedos, lo cual explicaba su pánico. Debí haber estado llorando mucho cuando entró.

–Nos contamos todo, ¿recuerdas? –Con reticencia, retrocedió–. Ese es el trato.

–No creo que quieras saber esto.

Me miró, imperturbable.

–Quiero saberlo todo.

Con la tentación de exponerlo, lo miré directo a los ojos y le dije:

–He empezado a menstruar.

Él parpadeó varias veces antes de enderezar la espalda. El rubor se extendió desde su cuello hasta sus pómulos.

–¿Y estás molesta por eso?

–No estoy molesta. –Me muerdo el labio, pensando–. Estoy aliviada, más que nada. Y luego leí una carta de mi mamá y ¿ahora estoy un poco triste?

Él sonrió.

–Eso suena demasiado como una pregunta.

–Es solo que toda la vida escuchas hablar de la menstruación. –Conversar de esto con Elliot era... Bueno, no estaba tan mal–. Te preguntas cuándo sucederá, cómo será, si te sentirás distinta después. Cuando les llega a tus amigas, piensas ¿qué anda mal en mí? Es como si tuvieras una bomba de tiempo biológica esperando en tu interior.

Se muerde el labio, intentando reprimir una risa incómoda.

–¿Hasta ahora?

–Sí.

—Bueno, ¿entonces? ¿Te sientes distinta?

Niego con la cabeza.

—La verdad, no. No me siento como pensé que me sentiría. Parece como si algo estuviera intentando salir de mi estómago con sus garras. Y estoy un poco malhumorada.

Elliot tomó la manta, se acomodó a mi lado y me pasó un brazo por los hombros.

—No seré de mucha ayuda, pero creo que supuestamente debo estar feliz por ti.

—Estás actuando con mucha madurez y muy poco como cualquier chico lo hubiera hecho. Esperaba menos compasión y más fastidio. —Me embriagó la calidez de su cuerpo y la sensación de su brazo rodeándome.

Exhaló una risa sobre mi cabello.

—Tengo una hermanita en camino y una mamá que insiste en que es mi trabajo enseñarle cómo son las cosas, ¿recuerdas? Así que te necesito para que me expliques todo.

Me acurruqué contra el costado de su cuerpo y cerré los ojos para combatir el ardor de las lágrimas.

—¿Hay algo que pueda hacer? —preguntó en voz baja.

Un peso me aplastaba el pecho.

—No, a menos que puedas traer a mi mamá de vuelta.

El silencio latía a nuestro alrededor y lo escuché inhalar un par de veces para prepararse antes de hablar. Al final, emitió algo simple:

—Ojalá pudiera hacerlo.

Me acurruqué aún más contra él, inhalando el aroma intenso de su desodorante, el olor persistente a sudor de varón, el olor a algodón húmedo de su camiseta causado por haber corrido cuatro metros bajo la lluvia veraniega de su porche al mío. Qué raro, solo escucharlo decir algo así me hizo sentir un millón de veces mejor.

–¿Quieres hablar de eso? –susurró.

–No.

Con una mano me recorrió con suavidad el brazo, de arriba abajo. Sabía, sin necesidad de buscar demasiado, que no había otros chicos como Elliot, en ninguna parte.

–Lamento que estés de malhumor.

–Yo también.

–¿Quieres que traiga una botella de agua tibia? Es lo que hago con mamá.

Negué con la cabeza. Quería a mi mamá, leyéndome su carta.

Se aclaró la garganta y me preguntó despacio:

–¿Porque si lo hago parecería que soy tu novio?

Tragué con fuerza y la atmósfera cambió en un instante. «Novio» no parecía ser suficiente. Elliot era mi persona.

–¿Supongo?

Enderezó la espalda, aún era puro brazos delgados y largas piernas torcidas, pero estaba convirtiéndose en algo nuevo, algo más... hombre que niño. Con casi quince años, se le notaba la nuez de Adán y tenía cierta barba incipiente en el mentón y los pantalones le quedaban demasiado cortos. La voz se le había puesto más grave.

–Creo que todavía no tenemos edad para eso.

–Sí. –Asentí e intenté tragar, pero tenía la boca seca.

AHORA

VIERNES, 6 DE OCTUBRE

La primera luz de la mañana ingresa a través de las cortinas translúcidas y tiñe todo de un azul tenue. Afuera, en la calle Elsie, los camiones de basura traquetean sobre el asfalto. Se oye el chirrido del metal sobre el metal, el ruido de los cubos de basura contra el camión y el sonido de la cascada de desechos cayendo dentro de la compactadora. A pesar de que el mundo sigue girando al otro lado de la ventana, no estoy segura de estar lista para empezar el día.

Todavía me zumban en los oídos fragmentos de la conversación de anoche durante la cena. Quiero aferrarme a ellos solo un rato más para disfrutar de la alegría de haber recuperado la presencia de mi mejor amigo en mi vida antes de que todas las complicaciones que eso conlleva logren salir a la superficie.

Sean se voltea hacia mí, me abraza contra su cuerpo y entierra su rostro en mi cuello.

—Buenos días —gruñe con las manos ya ocupadas, con la boca sobre mi garganta y mi mentón. Me baja los pantalones cortos de pijama y rueda sobre mí—. ¿Has logrado dormir toda la noche?

—Ha ocurrido el milagro de los milagros: lo *he hecho*. —Le deslizo una mano por el cabello, hurgando en su melena gruesa entrecana. El hambre se despierta en mí; no hemos tenido sexo en una semana.

Llevamos tan poco tiempo de relación que no sé si alguna vez hemos pasado tanto tiempo sin hacerlo.

Cuando él busca mi boca, lo beso una vez antes de que me invadan las dudas y me alejo un poco.

—Espera.

—Oh. ¿Estás menstruando? —pregunta, con las cejas en alto.

—¿Qué? —Niego con la cabeza—. No, solo quería contarte cómo me fue anoche.

—¿Anoche? —repite, confundido.

—Cené con Elliot.

Ahora, Sean relaja el ceño.

—¿Podría esperar hasta después de...? —Presiona su cuerpo contra el mío, de modo sugerente.

—Oh. —Supongo que podría esperar. Pero la realidad es que probablemente no debería.

Elliot y yo ni siquiera nos tocamos después de que yo lo abrazara para saludarlo. No *sucedió* nada. Pero siento que estoy mintiendo si no le cuento quién es Elliot. O, más bien, quién era él.

—No es nada malo —digo, pero, de todos modos, Sean rueda y se recuesta a mi lado—. Es que... Uno de los desafíos que tenemos por enfrentar es que ambos tenemos historias enormes que aún no hemos podido compartir porque hace poco tiempo que estamos juntos.

Él lo reconoce asintiendo apenas con la cabeza.

—Te dije que anoche cenaría con un viejo amigo, lo cual es cierto.

—¿Okey?

—Pero él es más bien mi viejo... *todo*.

Lo miro a los ojos y me derrito un poco. Es lo primero que noté en él porque son muy profundos, expresivos y brillantes. Son maravillosos: castaños, con pestañas gruesas y apenas rasgados, lo que los convierte en los ojos más seductores que he conocido. Pero ahora mismo, lucen más reservados que juguetones.

Me encojo de hombros y me corrijo:

—Él fue mi *primer* todo.

—Tu primer...

—Mi primer amigo de verdad, mi primer amor, mi primera...

—Experiencia sexual —concluye por mí.

—Es complicado.

—¿Qué tan complicado? —pregunta con dulzura—. Todos tenemos exparejas. ¿Él te... lastimó?

Niego rápido con la cabeza.

—Verás, después de la muerte de mamá, papá era mi mundo entero, pero él no sabía cómo contenerme como lo hacía mi madre. Y luego, conocí a Elliot y fue como si... —busco las palabras indicadas— tuviera a alguien de mi edad que me entendía y me veía exactamente como era. Él fue como una mejor amiga y un primer novio al mismo tiempo.

Sean suaviza su expresión.

—Me alegra, cariño.

—Una noche discutimos y... —Ahora me doy cuenta de que voy a terminar aquí la historia. No sé si soy capaz de contarla toda—. Necesitaba un poco de tiempo para pensar y «un poco de tiempo» se transformó en once años.

Sean abre un poco los ojos.

—¿Qué?

—Y hace unos días, nos topamos en la calle.

—Entiendo. Y es la primera vez que se hablan después de tantos años.

Trago con dificultad.

—Sí.

—Y tienen que resolver algunas cosas —dice, esbozando una pequeña sonrisa.

Asiento y repito:

—Sí.

—¿Y has cargado con esta relación todo este tiempo?

No quiero mentirle.

—Así es.

Además de la muerte de mis padres, no hay nada en mi vida que me afecte tanto como Elliot.

—¿Aún lo amas?

Parpadeo y aparto la mirada.

—No lo sé.

Sean usa un dedo amable para girar con dulzura mi rostro hacia el suyo.

—No me molesta que lo ames, Mace. Ni siquiera que creas que lo amarás para siempre. Pero si eso hace que dudes de lo que estás haciendo aquí, conmigo, entonces *sí* necesitamos hablar al respecto.

—No me hace dudar, en serio. Es solo que verlo ha sido muy conmovedor.

—Te entiendo —dice con calma—. Ha revivido muchas cosas del pasado. Estoy seguro de que también sería muy difícil para mí ver a Ashley de nuevo. Tendría que lidiar con el enojo, el dolor y, sí, el amor que aún siento por ella. Nunca he llegado a desenamorarme del todo; simplemente seguí adelante cuando ella se fue.

Es una descripción perfecta. Nunca he llegado a desenamorarme del todo; simplemente seguí adelante.

Me da un solo beso.

—No tenemos dieciocho años, cariño. No hemos llegado a esta relación sin daños en nuestra armadura. No espero que en tu corazón tengas lugar solo para mí.

Me siento tan agradecida con él que casi quiero llorar.

—Pues bien, trabaja en esa amistad. Haz lo que necesites hacer. —Se vuelve a recostar sobre mí, su cuerpo empuja el mío, firme y listo—. Pero ahora mismo, vuelve conmigo.

Lo rodeo con los brazos, presiono el rostro contra su

cuello, pero mientras él se mueve encima de mí y entra en mi cuerpo, tengo un momento breve de pura honestidad. Es buen sexo, siempre lo ha sido, pero no siento que sea lo *correcto*.

No me dispara todas las alarmas que tengo en la cabeza, claro, pero tampoco me eriza la piel. No me da ese dolor placentero en el pecho que me corta la respiración. No lo deseo de una manera desesperada ni urgente, tampoco me quema la piel de las ganas de estar con él. Y en el gemido tenso que Sean interpreta como placer, me preocupa que Elliot tenga razón y que yo esté equivocada y que, como siempre, él esté cuidando el corazón de los dos mientras yo doy vueltas, intentando comprenderlo todo.

Siento que mis pensamientos giran en torno a algo, siempre lo mismo, una y otra vez: que después de haberme visto, Elliot se fue a su casa y terminó con Rachel.

Solo tuvo que verme para saberlo, mientras que yo no puedo confiar ni en uno solo de mis sentimientos.

ANTES

Papá empujó el carrito por el pasillo y se detuvo delante de un freezer lleno de pavos enormes.

Los observamos juntos. Aunque habíamos conservado muchas tradiciones desde la muerte de mamá, nunca habíamos festejado el Día de Acción de Gracias solos.

Aunque tampoco lo habíamos celebrado *con* ella. En el siglo XXI, con dos padres hijos de inmigrantes, Acción de Gracias nunca nos había importado demasiado a ninguno de los tres. Pero ahora, teníamos la cabaña y una semana por delante sin nada que hacer excepto cortar leña y leer frente a las llamas. Parecía un desperdicio, algo completamente ilógico, ni siquiera preparar una comida para celebrar.

Pero de pie allí, la idea de cocinar semejante plato solo para dos personas parecía sin duda un desperdicio mayor.

–Pesa seis kilos –aseguró papá–, como mínimo. –Con desagrado, tomó un pavo del freezer y lo inspeccionó.

–¿No venden solo las...? –Señalé la carnicería, donde estaban exhibidas las pechugas.

Papá me miró sin comprender.

–¿Las qué?

–Ya sabes, ¿las partes más pequeñas?

Se rio a carcajadas.

–¿Las *pechugas*?

Gruñí, pasé a su lado y encontré una pechuga de pavo con hueso que podíamos cocinar en menos de medio día.

Papá se me acercó por detrás y dijo:

–Tienen un tamaño más adecuado. –Inclinó el torso hacia delante y añadió, conteniendo la risa–: Estas pechugas tienen un tamaño decente.

Avergonzada, me alejé y fui a la sección de vegetales en busca de patatas. De pie allí, con Alex en un portabebés, estaba la mamá de Elliot, la señora Dina.

Tenía un carrito lleno de comida, el teléfono sobre la oreja mientras conversaba con alguien, la bebé dormida sobre el pecho mientras inspeccionaba unas cebollas blancas como si tuviera todo el tiempo del mundo. Había dado a luz hacía tres meses y allí estaba, preparándose para cocinar una comida inmensa para su tropa de varones hambrientos.

La miré sintiendo una combinación retorcida de admiración y derrota. La señora Dina hacía que todo pareciera muy fácil; papá y yo apenas podíamos descifrar cómo hacer una comida de Acción de Gracias para dos.

La señora Dina me echó dos rápidos vistazos antes de mirarme de verdad y, quizá por primera vez en mi vida, me imaginé cómo me vería otra persona: mis pantalones del equipo de natación, la vieja sudadera holgada de Yale que papá le había comprado a mamá, mis chanclas. Y quieta, observando la variedad de productos, sin madre y evidentemente abrumada.

La señora Dina terminó su llamada y avanzó con su carro hacia mí.

Observó mi rostro, luego me miró de arriba abajo con disimulo.

—¿Tu papá y tú planean cocinar mañana?

Esbocé lo que esperaba que fuera una sonrisa graciosa y confiada.

—Lo intentaremos.

Ella hizo una mueca, miró detrás de mí y fingió inquietarse.

—Macy —susurró y se me acercó con complicidad—. Tengo tanta comida que no sé qué haré con ella, y con la pequeña Alex aquí... me ayudaría mucho que tu papá y tú vinieran a casa. Si me pudieran ayudar a pelar las patatas y a hacer el pan, me salvarían la vida.

Ni loca me hubiera negado.

Todo el día se sentía el aroma a pastel recién horneado, a mantequilla derretida y a pavo; hasta en nuestra casa. El viento hacía que esos aromas se colaran por nuestra ventana, y mi estómago protestaba.

La señora Dina nos había dicho que fuéramos a las tres, y ni siquiera podía contar con Elliot para que me entretuviera hasta que se hiciera la hora porque lo habían puesto a trabajar.

Oía la cortadora de césped y que estaban aspirando la casa. Y, por supuesto, oía el rugido del fútbol americano proveniente de la televisión que tenían en la sala de estar y llegaba hasta la nuestra. Cuando llegamos con vino y flores dos minutos antes de las tres en punto, yo estaba cargada de expectativas.

Papá ganaba bien y nuestra casa en Berkeley tenía cada posesión material que necesitábamos o queríamos; pero lo que nunca podríamos comprar era el caos y el bullicio. Nos faltaba ruido, descontrol y la alegría de fuentes rebosantes porque todos insistían en que prepararan sus platillos favoritos.

Con tan solo cruzar la puerta, la locura nos capturó como el imán atrapa al metal. George y Andreas gritaban delante de la televisión. En el cómodo sillón de la esquina, el señor Nick jugaba a hacer ruidos con la boca sobre el estómago de Alex. Nick Jr. ordenaba la mesa del comedor mientras que la señora Dina pincelaba con mantequilla derretida los panes trenzados antes de colocarlos en el horno y Elliot estaba junto al fregadero, pelando patatas.

Corrí hasta él para quitarle el pelador de las manos.

–¡Le he dicho a tu mamá que yo las pelaría!

Él parpadeó, mirándome sorprendido, y se acomodó las gafas con un dedo cubierto de cáscara de patata. Sabía que ayudarla con la cena solo era una farsa (después de todo, se había sentido olor a comida todo el día), pero por alguna razón, era incapaz de renunciar a mi tarea.

La cuestión es que a los catorce ya era bastante grande como para entender que muchas de las personas que habían vivido en Healdsburg durante muchos años no podrían costear vivir en Berkeley. Aunque Healdsburg había recibido dinero del Área de la Bahía y del fanatismo por el vino de los noventa, a muchas personas que vivían allí les pagaban salarios mínimos y vivían en casas más viejas y sencillas.

Aquí la riqueza era lo que yacía *dentro*: la familia Petropoulos, la calidez y el conocimiento, pasado de generación en generación, de cómo cocinar una comida así para una familia de ese tamaño.

Observé a la señora Dina darle otra tarea distinta a Elliot (lavar y cortar la lechuga para la ensalada), lo cual él hizo sin quejas y sin necesidad de más indicaciones.

Mientras tanto, ataqué las patatas hasta que la señora Dina se acercó y me mostró cómo pelarlas más despacio, en tiras largas y suaves.

—Bonito vestido —dijo Elliot cuando su madre ya se había ido, con un delicado sarcasmo en la voz.

Me miré el desalineado jumper de denim que llevaba puesto.

—Gracias. Era de mi mamá.

Elliot abrió los ojos como platos.

—Dios mío, Macy, lo sien...

Le lancé una cáscara de patata.

—Es broma. Me lo compró papá. Sentía que tenía que usarlo alguna vez.

Él parecía escandalizado, pero luego sonrió.

—Eres malvada —siseó.

—El que juega con fuego... acaba quemado.

Sentí que me observaba y esperé que notara mi sonrisa.

Mamá siempre había tenido un sentido del humor retorcido.

Papá tomó asiento y, con falso interés, miró el partido de los Niners con el señor Nick y los chicos hasta que la señora Dina nos llamó a comer.

Cuando nos sentamos a la mesa, comenzó un ritual, una escena coreografiada que papá y yo seguimos con detenimiento: todos ocuparon sus sillas y se tomaron de las manos. El señor Nick dio las gracias y luego cada uno tuvo su turno para decir por lo que estaba agradecido.

George estaba agradecido por haber sido seleccionado para el equipo universitario de atletismo.

La señora Dina estaba agradecida por tener una bebé saludable (quien dormía tranquila en una silla vibradora cerca de la mesa).

Nick Jr. agradeció ya casi estar terminando su primer semestre de universidad, porque, hombre, apestaba.

Papá estaba agradecido por haber tenido un buen año de negocios y una hija maravillosa.

Andreas estaba agradecido por su novia, Amie.

El señor Nick estaba agradecido por tener a sus chicos y, ahora, a sus dos chicas. Le guiñó un ojo a su esposa.

Elliot estaba agradecido por la familia Sorensen y, en especial por Macy, a quien extrañaba durante la semana cuando ella regresaba a casa.

Desde mi asiento, lo miré e intenté encontrar algo distinto que decir, algo igual de bueno.

Me centré en un punto fijo de la mesa mientras hablaba con palabras temblorosas:

—Estoy agradecida de que la preparatoria no sea horrible. Al menos por ahora. Agradezco que no me haya tocado al señor Syne en matemática. —Alcé la vista hacia Elliot—. Pero más que nada, estoy agradecida porque hayamos comprado la cabaña y por haberme hecho un amigo que no me hace sentir rara por estar triste por mamá o por querer estar en silencio, y que siempre tendrá que explicarme todo dos veces porque es mucho más inteligente que yo. Estoy agradecida porque su familia es muy agradable, porque su mamá prepara cenas deliciosas, y porque papá y yo no tuvimos que intentar preparar un pavo por nuestra cuenta.

La mesa permaneció en silencio, y oí a la señora Dina tragar un par de veces antes de decir con alegría:

—¡Perfecto! ¡A comer!

Y del calmo ritual pasamos al frenesí de cuatro adolescentes varones cerniéndose sobre la comida. Los panes pasaban de un lado a otro, mi plato estaba lleno de pavo y salsa, y saboreé cada bocado.

No era tan delicioso como la comida que mamá preparaba todos los días, y mamá estaba perdiéndose de algo que le hubiera encantado (una sala llena de familia bulliciosa), pero fue el mejor día de Acción de Gracias que había tenido. Ni siquiera me dio culpa sentirme así, porque sabía que mamá querría que tuviera una vida llena de días como ese, y mejores.

Más tarde, en casa, papá me acompañó a la planta alta y, de pie detrás de mí, me cepilló el pelo como solía hacerlo mientras me lavaba los dientes.

—Discúlpame por haber estado tan callado esta noche —dijo, con vacilación.

Lo miré a los ojos a través del espejo.

—Me gusta tu tipo de silencio. Tu corazón no es silencioso.

Papá se inclinó hacia delante, presionó su mejilla contra mi sien y me sonrió a través del espejo.

—Eres maravillosa, Macy Lea.

AHORA

La idea de tener un fin de semana libre es incluso más milagrosa que dormir de corrido una noche entera. Un sábado libre es como tener diez años y poder gastar veinte dólares en una tienda de dulces. Ni siquiera sé por dónde empezar.

Bueno, no es del todo cierto. Sé que no quiero pasar ni un segundo del día encerrada. El hospital tiene ventanas por todas partes, pero cuando eres residente pediátrico, no notas nada que no sea el niño que tienes delante o tu jefe diciéndote dónde te necesitan.

El viernes por la tarde, en un recreo breve después de mis rondas, le recuerdo a Sean nuestro plan de hacer un pícnic en el parque Golden Gate. La llamo a Sabrina y me confirma que ella, Dave y Viv pueden venir. Invito a dos viejos amigos de mi vecindario en Berkeley que aún viven en la zona: Nikki y Danny. Y luego, vuelvo a trabajar sintiendo un zumbido en los oídos, la estática de mis pensamientos. No puedo dejar esto sin terminar todo el día.

Después de entregarles los resultados de un análisis de sangre a mi nuevo par favorito de padres, cuya hija es paciente de oncología, corro a la sala de descanso y me escondo detrás de mi casillero para escribirle a Elliot:

> Mañana vamos a hacer un pícnic en el parque Golden Gate. ¿Quieres venir?

> ¿A qué hora?

> A la tarde pensaba ir a comer una hamburguesa, pero convénceme.

> Nos encontraremos a las once en la puerta del jardín botánico.

> No hay problema si no puedes venir, sé que es a último momento.

> Vendrán algunos amigos míos, Sean, etc.

> Allí estaré. Me encantaría conocerlos a todos.

ANTES

—Odio a los chicos.

El viento soplaba entre nosotros mientras estábamos agazapados de nuevo en la playa Goat Rock, preparándonos para comer salchichas asadas con nuestras familias, jugar al fútbol bandera y ver los fuegos artificiales de Año Nuevo sobre el mar.

–¿Quiero saber? –me preguntó Elliot, sin siquiera despegar la vista de su libro.

–Probablemente no.

Siendo justa, no tenía sentimientos fuertes por ninguno de los chicos de mi escuela, pero parecía que desde que habíamos comenzado la preparatoria hacía cuatro meses, ninguno de ellos tenía ningún tipo de sentimiento por mí. Danny, mi mejor amigo varón, me dijo que sus amigos Gabe y Tyler pensaban que yo era bonita, pero, cito, «estaba demasiado metida con los libros».

No podía evitarlo; todos empezaban a salir con alguien, mientras que yo ni siquiera había besado a un chico.

Supongo que iría al baile de fin de año con Nikki.

Elliot me miró rápido.

—¿Puedes contarme más acerca de tu odio hacia los chicos?

—A los chicos que les gustan las chicas que son *interesantes* —protesté—. Quieren chicas con pechos grandes que se vistan como zorras y coqueteen.

Elliot dejó el libro, despacio, sobre un sector con césped playero a su lado.

—Yo no quiero eso.

Ignorándolo, continué:

—Y las chicas *quieren* chicos que sean interesantes. Las chicas quieren geeks tímidos que saben todo, que tienen manos grandes y dientes lindos y dicen cosas dulces. —Me mordí los labios para cerrarlos. Tal vez había dicho demasiado.

Elliot me miró con una sonrisa enorme y dientes perfectos, por fin sin brackets metálicos.

—¿Te gustan *mis* dientes?

—Qué raro eres. —Para cambiar de tema, le pregunté—: ¿Palabra favorita?

Él miró hacia el océano unas respiraciones más antes de decir:

—*Arrobamiento.*

—¿Qué quiere decir?

· 152 ·

—Sentir admiración o alegría tan intensas que no es posible pensar ni sentir nada más. ¿La tuya?

Ni siquiera necesitaba pensarlo.

—*Castración.*

Elliot hizo una mueca. Se miró las manos, apoyadas en su regazo, y las hizo girar mientras las observaba con detenimiento.

—Bueno, si sirve de algo –susurró–, Andreas piensa que eres linda.

—¿Andreas? –Oí el desconcierto en mi propia voz. Entrecerré los ojos mientras miraba el sitio de la playa en el que Andreas y George estaban luchando, y me imaginaba besando a Andreas. Tenía buena piel, pero el cabello demasiado desgreñado para mi gusto y era un poco tonto.

—¿Él dijo eso? Pero si está con Amie.

Elliot frunció el ceño, recogió una roca pequeña y la lanzó hacia la rompiente.

—Terminaron. Pero le dije que si te tocaba, le patearía el trasero.

Me reí a carcajadas.

Elliot era demasiado racional para ofenderse por mi reacción: lo que a Andreas le faltaba de cerebro, lo compensaba con músculos.

—Sí, así que me hizo un *tackle.* Luchamos. Rompimos un florero de mamá, ya sabes ¿el feo que estaba en el pasillo?

—¡Ay, no! –Mi preocupación era convincente, pero en realidad estaba exultante de saber que se habían peleado por mí.

—Ella nos castigó a los dos.

Me mordí el labio, intentando contener la risa, y extendí la mano sobre la arena para tomar mi libro. Me perdí en las palabras, leyendo una y otra vez la misma frase: «Parecía viajar con ella, arrastrarla a lo más alto con su poder y hacerla moverse entre la gloria de las estrellas; y, por un momento, ella también sintió que las palabras *oscuridad* y *luz* no tenían sentido y que solo esta melodía era real».

Debían haber pasado horas cuando escuché a alguien aclararse la garganta a nuestras espaldas. Era papá. Su espalda cubría el sol y proyectaba una sombra fría sobre el lugar donde estábamos recostados.

Solo cuando él llegó noté que lentamente había ido cambiando de posición y que ahora tenía la cabeza apoyada sobre el estómago de Elliot, en nuestro sector de arena resguardado. Me incorporé con incomodidad.

—¿Qué hacen?

—Nada —dijimos al unísono.

Me di cuenta de inmediato lo culpables que nos hacía sonar nuestra respuesta.

—¿Seguro? —preguntó papá.

—Sí —afirmé, pero él ya no me miraba. Él y Elliot estaban teniendo una suerte de intercambio masculino digno de la película *Códigos de Guerra* que incluía contacto visual prolongado, carraspera y quizá una forma misteriosa de comunicación directa entre sus cromosomas Y.

—Solo estábamos leyendo —le explicó Elliot por fin, su voz se volvió más grave a mitad de la oración. No sabía si esa señal de masculinidad inminente lo perjudicaba o lo favorecía a ojos de mi papá.

–En serio, papá –aseguré.

Él posó la mirada en la mía.

–Está bien. –Por fin pareció relajarse y se puso de cuclillas a mi lado–. ¿Qué estás leyendo?

–*Una arruga en el tiempo*.

–¿Otra vez?

–Es muy bueno.

Él me sonrió y me acarició la mejilla con el pulgar.

–¿Tienes hambre?

–Sí.

Papá asintió, se puso de pie y avanzó hacia el sitio donde el señor Nick estaba ocupado prendiendo el fuego.

Pasaron unos segundos antes de que Elliot pareciera capaz de respirar.

–En serio, creo que las palmas de tu papá son del tamaño de mi cara.

Imaginé la mano de papá sujetando la cabeza entera de Elliot y, por alguna razón, la imagen fue tan cómica que me hizo reír con un graznido agudo.

–¿Qué? –preguntó Elliot.

–Nada, me lo imaginé y me dio risa.

–No lo es si eres yo y él te mira como si tuviera una pala con tu nombre escrito.

–Ay, por favor. –Lo miré boquiabierta.

–Créeme, Macy. Sé cómo son los padres con las hijas.

–Hablando de mi papá –dije, acomodando la cabeza sobre

su estómago para estar más cómoda–, adivina qué descubrí la semana pasada.

–¿Qué?

–Que tiene revistas para adultos en la cabaña. Muchas.

Elliot no respondió, pero sentí que se movía debajo de mí.

–Están en una cesta en el estante superior, en un rincón de su clóset. *Detrás de la escena del pesebre.* –La última parte me parecía, por algún motivo, muy importante.

–Eso fue extrañamente específico. –Su voz me vibró en la nuca y unos escalofríos me recorrieron los brazos.

–Bueno, es un lugar extrañamente específico para guardar algo así, ¿no crees?

–¿Por qué le revisaste el clóset?

–Ese no es el punto, Elliot.

–Es precisamente el punto, Mace.

–¿Por qué?

Él colocó un marcapáginas entre las hojas y se incorporó para mirarme de frente, por lo que también me obligó a hacerlo.

–Es un hombre. Un hombre *soltero*. –Elliot se empujó las gafas con la punta del dedo índice y me sostuvo la mirada con seriedad–. Su habitación es su fortaleza de la soledad; su clóset es su *bóveda*. Bien podrías haber revisado la gaveta de su mesa de noche o debajo del colchón. –Abrí los ojos como platos–. ¿Qué esperabas encontrar en el estante superior, en un rincón inaccesible de su clóset, detrás del pesebre?

–¿Álbumes de fotos? ¿Recuerdos queridos de una

juventud perdida? ¿Suéteres de invierno? ¿Cosas de naturaleza parental? –Hice una pausa y le sonreí con culpa–. ¿Mis regalos de Navidad?

Negando con la cabeza, él volvió a mirar su libro.

–Husmear siempre termina mal, Mace. Siempre.

Me quedé pensando en que papá no tenía muchas citas... De hecho, *nunca* había salido ahora que lo pensaba; se pasaba la mayor parte del tiempo en el trabajo o conmigo. Nunca me había detenido a pensar en este tipo de cosas. Busqué la página con la esquina doblada en mi libro y me recosté sobre el césped que tenía detrás.

–Es... asqueroso. Eso es todo.

Elliot se rio: un resoplido fuerte y abrupto, seguido del movimiento negativo de su cabeza.

Fulminándolo con la mirada, le pregunté:

–¿Acaso acabas de negar con la cabeza por lo que dije?

–Sí. –Usó un dedo para marcar hasta dónde había leído–. ¿Por qué es asqueroso? El hecho de que tu padre tenga esas revistas o que las use para...

Como acto reflejo, me tapé los oídos.

–*Nonono.* Si terminas esa oración, te juro que te doy una patada en las pelotas, Elliot Petropoulos. No todos hacen eso.

Elliot no respondió, solo recogió su libro y continuó leyendo.

–¿O *sí?* –pregunté en voz baja.

Él volteó la cabeza para mirarme.

–Sí. Lo hacen.

Me quedé en silencio un instante mientras digería esa información.

—Entonces..., ¿*tú* también lo haces?

El rubor que le subió por el cuello exhibió su vergüenza, pero unos segundos después, asintió.

—¿Mucho? —Mi curiosidad era genuina.

—Supongo que depende de tu definición de «mucho». Soy un chico de quince años con una imaginación maravillosa. Eso debería responder tu pregunta.

Sentía que habíamos descubierto una nueva puerta en el pasillo que llevaba a una habitación nueva que contenía un nuevo *todo*.

—¿En qué piensas? Cuando haces eso.

Mi corazón parecía un martillo debajo de mis costillas.

—En besar. En tocar. En sexo. En partes que no tengo y cosas que las personas hacen con ellas —añadió subiendo y bajando las cejas. Puse los ojos en blanco—. En manos. Cabello. Piernas. Dragones. Libros. Bocas. Palabras... Labios... —Se quedó en silencio y hundió de nuevo la nariz en su libro.

—Guau —exclamé—. ¿Has dicho *dragones*?

Se encogió de hombros, pero no me miró de nuevo. Lo observé con curiosidad. No había pasado por alto su mención de libros, palabras y labios.

—Como dije —balbuceó mirando las páginas—, tengo una imaginación maravillosa.

AHORA

—¿Es posible que esté empezando a valorar mi uniforme? —protesto.

—¿Qué sucede, cariño? —Sean asoma la cabeza en la habitación.

—Nada —digo, lanzando otra falda a la pila de prendas rechazadas que se formó sobre la cama—. Es solo que... llevo siglos sin ver a algunas de estas personas. Y haremos un pícnic. Necesito verme bonita y arreglada porque nunca tengo la oportunidad de vestir ropa de verdad. Creo que he olvidado cómo vestirme.

—¿Acaso no te vestiste elegante para cenar con él la semana pasada?

—No me refería solo a *Elliot*.

La sonrisa juguetona de Sean me indica que cree que

le estoy mintiendo y eso me hace reír, pero me detengo inmediatamente. No se trata de estar linda y arreglada para Elliot; él me ha visto con ropa formal, con un jumper gastado y con nada puesto. Y quizá sea solo algo de chicas (y explicarlo hace que suene absurdo), pero quiero verme bonita para mis *amigas*. Pero si Sean piensa que estoy agonizando porque no sé qué ponerme para Elliot, ¿eso no debería molestarle aunque sea un poco?

Aparentemente no, porque él se va de nuevo a ocuparse de la cesta de comida que está preparando para el pícnic. Me encanta que le guste cocinar, en especial porque lo mucho que le gusta es directamente proporcional a lo mucho que yo odio pasar tiempo en la cocina.

Lo oigo murmurar algo y luego Phoebe entra, salta y se zambulle en la pila de prendas en medio del edredón.

–¿Falta mucho para ir al jardín *bobánico*?

Le doy un beso en la frente.

–Botánico. Y nos vamos en... –Miro el reloj que está sobre la mesita de noche–. Uf, veinte minutos.

–Me gusta lo que tienes puesto –dice, señalando con pereza en mi dirección–. Papi dice que pierdo tiempo cuando me cambio demasiado seguido de ropa.

En algunos momentos siento que es mi deber impartirle cierta sabiduría feminista a Phoebs, pero, como siempre, Sean se me ha adelantado.

Habiendo perdido interés en mi dilema de moda, ella se recuesta con dramatismo.

–Tengo hambre.

–¿Quieres que te traiga algo? Vi que había fresas.

Ella arruga la nariz.

–No, gracias. Le pediré a papá.

Se pone de pie justo cuando Sean habla desde la cocina después de habernos oído:

–Tengo una banana para que comas, hijita. Las fresas son para el pícnic y ya las he guardado.

Y antes de que pueda estar más tiempo con ella, Phoebe se va de la habitación. Cuando lo pienso, esta semana, como mucho, debemos haber pasado media hora juntas. Siempre me digo que es importante que tenga una presencia maternal, pero por lo que he visto, ¿soy eso? ¿Y ella lo necesita? En parte me pregunto si lo que Sean murmuró antes de que ella viniera no fue un recordatorio para la pequeña de que me tiene que hacer sentir bienvenida aquí, y que debía saludarme.

Dios, actúo como una ridícula. Pero la verdad es que Sean y Phoebe parecen un dúo completamente autosuficiente. Nunca me sentí así con mi papá. Nos queríamos, por supuesto, pero sin mamá los dos estábamos un poco perdidos, con los brazos extendidos hacia delante, tanteando el camino a seguir cada día.

Por millonésima vez pensé en Ashley y en qué tipo de esposa habrá sido para Sean antes de que él fuera el nuevo artista popular de San Francisco; cuando él era un artista *pobre*, casado con una mujer que iba camino al estrellato en su maestría en Finanzas. Sé que ellos no planeaban tener hijos cuando llegó Phoebe y la carrera de Ashley aún estaba en pleno ascenso. ¿Habrá estado en casa alguna vez? ¿O

Sean crio a la pequeña Phoebe y la cuidó todo el tiempo hasta que empezó la escuela, tal como lo había hecho mi mamá conmigo?

¿Qué tan diferente hubiera sido mi vida si papá hubiera estado más tiempo en casa cuando era pequeña? ¿Cómo hubiera sido si *él* hubiera muerto a mis diez años en vez de mamá?

La idea me pareció repulsiva, como si acabara de desear una realidad alternativa que mataría primero a mi padre. Con culpa, le susurré al aire a mi alrededor: «No era en serio», queriendo retractarme de cualquier cosa mala que acabara de pensar sin querer. Aunque él también ya se ha muerto.

Sean y Phoebe se divierten jugando al veo veo durante el viaje breve en carro hasta el parque. Cuando llegamos al aparcamiento, Sabrina y Dave nos están esperando con la pequeña Viv recostada en un aparato estrafalario parecido a una carriola. Sean, Dave, y los niños van al parque en busca de un buen sitio, mientras que Sabrina y yo nos quedamos cerca del estacionamiento esperando a los demás.

Observo a los dos hombres alejarse, admirándolos.

—Son atractivos —comento y luego me volteo y descubro que Sabrina me observa con intensidad—. ¿Qué?

—¿Cómo estás? —dice—. Estás muy *sensual* hoy.

Miro la ropa que finalmente me he puesto para este día

un tanto caluroso: una camiseta sin mangas blanca, jeans con los extremos doblados y un collar dorado grueso. Me he recogido el cabello con esmero en un rodete desordenado, y me pregunto si parece que me he esforzado demasiado; sé que el collar está de más. Sabrina tiene puestos unos jeans rotos viejos y una camiseta para amamantar.

—¿Es demasiado? Siempre me preocupa haber olvidado cómo vestirme.

—¿Nerviosa?

Niego con la cabeza.

—Entusiasmada.

—Yo también. No lo conozco.

—Quiero decir que me entusiasma tener un día libre, pequeña cómplice. Pero, ya que lo mencionas, tampoco conoces a Nikki ni a Danny —le recuerdo.

Sabrina se ríe y se acerca más a mí para rodearme los hombros con un brazo.

—Sé que los conoces desde la primaria, pero creo que las dos sabemos quién me da más curiosidad.

Miro hacia atrás, y Sean y Dave han desaparecido de vista.

—A Sean parece no molestarle la situación de Elliot.

—¿Y eso no es bueno?

Me encojo de hombros.

—Sí, pero igual me da culpa pensar tanto en Elliot y en el pasado; y luego, cuando lo hablo con Sean, me dice: «No hay problema, cariño, no pasa nada». Pero quizá es porque no estoy siendo del todo sincera con él sobre lo que siento al *ver* a Elliot... Aunque –añado, pensando en voz alta– cuando se lo conté, Sean asumió de inmediato que fue más que solo ponerme al día con un viejo amigo, y aun así ni siquiera le molestó. ¿No *es* raro?

Sabrina responde mi balbuceo con una mirada indefensa. Al menos no soy la única que está confundida.

Resoplo.

–Es probable que lo esté pensando demasiado.

–Oh, sin duda. –Oigo el tono en su voz, la falta absoluta de convicción, pero no tengo tiempo de cuestionarla porque veo a Nikki y a Danny caminando por el sendero hacia nosotras. Troto y corro hacia ellos y abrazo primero a Nikki y luego a Danny.

Aunque he vuelto al Área de la Bahía hace unos seis meses, aún no los he visto, y es surrealista y maravilloso ver cómo han cambiado y, aún más, ver como no lo han hecho. Nikki y yo nos conocimos en tercer grado, éramos compañeras de escritorio, y sus padres claramente hicieron un mejor trabajo que la mayoría aconsejándola sobre tener una amiga que perdió a su mamá el año siguiente, porque si bien Nikki no siempre sabía qué decir, tampoco dejó de intentarlo, nunca. Danny vivía en Los Ángeles y se mudó a Berkeley cuando estábamos en sexto grado, así que él se perdió la peor parte de mi corazón roto y los problemas sociales consiguientes, pero, de todos modos, siempre ha sido alguien ajeno al drama.

Y para los ojos que no la han visto en casi siete años, Nikki está espectacular. Ambas tenemos sangre latina, pero mientras que yo heredé la estatura baja de mi madre y su piel oscura (en vez de la altura de papá y su tez clara), Nikki tiene piel pálida y ojos verdes y siempre ha sido curvilínea. Ahora parece la capitana de un equipo deportivo de alto rendimiento.

En contraste con ella, Danny se ve como cualquier tipo de veintiocho años que vive en Berkeley: apenas unos kilos de más, sonriente, con cierta necesidad de una ducha.

Acabábamos de empezar a ponernos al día (resulta que Nikki es entrenadora de baloncesto femenino en la escuela secundaria Berkeley High y Danny es programador y trabaja desde casa) cuando algo capta mi atención por encima del hombro de Sabrina.

Una silueta sale de un entrañable Honda Civic azul, toma un suéter del asiento trasero y comienza a caminar hacia nosotros con pasos largos y constantes. Sé que me ha visto y me pregunto si le tiemblan las piernas cada vez que me ve, como me sucede a mí cada vez que lo veo.

—Ha llegado Elliot —digo; detecto el temblor nervioso de mis palabras demasiado tarde.

—Aquí vamos —canturrea Sabrina en voz baja y ni siquiera puedo apartar los ojos el tiempo suficiente para fulminarla con la mirada.

—¿*Elliot*-Elliot? —pregunta Niki, con los ojos abiertos como platos—. ¿El Elliot secreto?

Danny se voltea y mira.

—¿Quién?

—Ay, por Dios —susurra Nikki—. Estoy tan entusiasmada.

–¡Yo igual! –Sabrina aplaude y ahora me doy cuenta de que Elliot contempla un muro de mujeres (y Danny) que esperan su llegada con sonrisas gigantes.

–¿Elliot es el novio de Macy? –pregunta Danny apenas moviendo la boca, y luego se gira hacia Sabrina, justo, y añade–: Oh, un momento, es el chico del pueblo de vacaciones.

–Elliot *era* su novio –confirma Sabrina en un susurro alegre y escandalizado.

–Lo fue como por diez minutos –le recuerdo.

–Estuvieron juntos como *cinco años* –me corrige–. Y considerando que tienes apenas veintiocho, es una gran parte de tu vida amorosa.

Resoplo, preguntándome por primera vez si todo esto no es una terrible idea.

Sabrina ya ha visto tres veces a Sean y, si bien asegura que le cae bien, piensa que es «extrañamente poco profundo para ser *artista*» y que «no le da vibras de persona *cálida*». No ayuda que Sabrina haya conocido a Dave en nuestro primer año en Tufts y que hayan salido durante siete años antes de casarse, porque eso hace que sea inconcebible para ella pensar en comprometerse después de salir solo dos meses. Le enciende todas las alarmas.

Antes de Sean, tuve un par de relaciones, pero, tal como Sabrina me recuerda, yo era «la amiga molesta que encontraba fallas en todos». No se equivocaba. Para resumir: Julián tenía un apego extraño con su guitarra. Ashton besaba horrible y, sin importar lo adorable o divertido que fuera, fue imposible ignorar eso. Jaden tenía un problema con la bebida, Matt era el típico chico de fraternidad y Rob era demasiado sensible.

Después de conocer a Sean, Sabrina me preguntó qué creía que le encontraría de malo. Y, claro, dado que salíamos hacía apenas unos meses y estábamos en la etapa de enamoramiento absoluto, mi respuesta en un estado medio de ebriedad fue: «¡Nada!».

Pero en la privacidad de mis propios pensamientos, no puedo culparla por pensar que Sean no es muy cálido. Él es maravilloso en situaciones sociales, pero sé que es alguien que parece algo distante. Responde preguntas usando la menor cantidad de palabras posible, no muestra mucho interés por mis amigos, no puede mantener conversaciones profundas por más de tres minutos antes de cambiar de tema y en público no es muy cariñoso con nadie, excepto con Phoebe.

Pero, no sé. Me hace sentir cómoda que sea reservado. Para mí tiene sentido, porque si bien a Elliot le permití entrar mucho en mi espacio mental y emocional, nunca fui capaz de dejar entrar a nadie después de él. Era demasiado difícil. Quizá lo mismo le ocurrió a Sean con Ashley y estamos rotos de la misma manera. En el espectro de hombres progresistas, Sean y Elliot son tan distintos que están en extremos opuestos.

Necesito un Sean en mi vida.

Necesito un Elliot tanto como necesito un agujero en la cabeza.

Elliot llega con una sonrisa igual a la nuestra y nos mira uno por uno.

—Supongo que este es el comité de bienvenida...

Sabrina avanza con la mano extendida. La voz le sale aguda y ahogada:

—Soy Sabrina. Fui compañera de cuarto de Macy en la universidad y hace *siiiiglos* que quiero conocerte.

Elliot se ríe a carcajadas, mirándome con las cejas levantadas.

Coloco una mano en el hombro de Sabrina y le susurro al oído:

—Tranquilízate un poco.

Elliot opta por darle un abrazo y un apretón de manos. Sabrina es bastante alta, pero Elliot la hace parecer bajita cuando la rodea con sus brazos sorpresivamente musculosos, bronceados y tonificados debajo de las mangas cortas de su camiseta negra. Le acerca el rostro al de ella para abrazarla y, con ese único movimiento, me doy cuenta de que él acaba de ganarse el afecto de Sabrina para toda la eternidad. Nadie adora un buen abrazo más que ella.

—Bueno —dice Elliot al retroceder y sonreírle—, es un placer por fin conocerte.

Sabrina parece a punto del desmayo por la euforia. Elliot se voltea y me mira, expectante.

—Ella es Nikki —indico, señalando—. Y él, Danny.

Veo cómo a Elliot le cambia la expresión de la cara como respuesta a los nombres de las personas de las que ha oído durante tanto tiempo y solo ha visto en fotografías.

—Ah, sí —dice Elliot, sonriendo; le estrecha la mano a Danny antes de abrazar a Nikki—. He oído mucho sobre ustedes.

Suelto una risa, porque lo único que ha oído ha sido todo el drama de la preparatoria. Me pregunto si está pensando lo mismo que yo: el lado alocado de Nikki y las erecciones vergonzosas de Danny. Elliot me mira a los ojos y el resplandor en los suyos me responde la pregunta. Reprime una sonrisa y yo me muerdo el labio para hacer lo mismo.

—Pues bien —digo—, vayamos a buscar comida.

Dave y Sean encontraron un lugar bonito a la sombra. Phoebe está dibujando en silencio sobre la manta, Viv duerme en su carriola y los dos hombres conversan, pero veo que Dave le lanza a Sabrina la mirada de *rescátame* cuando nos acercamos. Eso me despierta el instinto de protección que siento hacia Sean, pero la sensación desaparece con una ola de adrenalina cuando él se pone de pie, se limpia las manos en los jeans y avanza hacia nosotros. Hacia Elliot.

¿Qué estoy haciendo?

Primero le presento a Nikki y a Danny: los fáciles. Es evidente que Danny está desorientado y se pregunta qué demonios está pasando cuando me oye decir la palabra «prometido», y mira rápido a Elliot como si se hubiera perdido de algo importante.

Sean se voltea hacia Elliot y la estática vibra a mi alrededor. La tensión es evidente también en Elliot: en sus hombros, en su ceño. Sean está relajado como siempre.

—Sean, él es Elliot —digo y añado inexplicablemente—: mi amigo más antiguo.

—¡Oye! —exclama Nikki, y Danny hace eco del sentimiento en cuanto asimila lo que dije. Me río.

–Lo siento, no me he expresado bien. Solo...

Elliot acude a mi rescate:

–Un gusto conocerte, Sean –dice mientras le estrecha la mano y ,Dios, esto es tan incómodo. En tantos niveles.

–Creía que *yo* era tu amigo más antiguo –bromea Sean guiñándome un ojo y con una sonrisa relajada.

Todos se ríen con cordialidad y Sean suelta la mano de Elliot y se gira para darme un gran beso en la boca. Y, en serio, ¿qué carajo? ¿Sean está celoso o no? Su reacción me toma tan desprevenida que ni siquiera cierro los ojos, mi mirada vuela hacia el rostro de Elliot, y lo veo respirar agitadamente. Se recupera apartándose rápido y se sienta junto a Phoebe y Dave, presentándose. Mientras Sean se aleja de mí, oigo la voz grave de tenor de Elliot preguntándole a Phoebe qué dibuja.

La nostalgia me invade los pensamientos, me lleva atrás en el tiempo, a cuando Elliot se sentaba así con la bebé Alex y la observaba y la admiraba en silencio. Ahora, recoge un crayón y le pregunta a Phoebe si le enseñaría a dibujar una flor como las que hace ella.

–Explosión de ovarios –me susurra Sabrina al oído, fingiendo darme un beso en la mejilla.

–Algo así –murmuro, secándome las manos en los jeans. Creo que estoy sudando.

Desempacamos la comida, repartimos los sándwiches, las bebidas y la fruta para todos. La conversación fluye en cuanto Nikki empieza a hablar de baloncesto, porque Dave es un exjugador. Gracias a Dios que los dos están aquí: aportan el entusiasmo necesario para cualquier buen pícnic. Cuando Viv se despierta, Phoebe la sostiene en brazos y la alegría en sus ojos nos convierte en desastres muertos de amor. En conclusión, el pícnic transcurre como debería: comida, conversaciones, algunas batallas ínfimas contra insectos y cierta incomodidad por estar sentados en mantas sobre el césped.

Pero algo irreparable ha sucedido en mi corazón. Esa grieta en mi convicción que comenzó con el sexo que apenas pude tener con Sean la otra mañana, hoy terminó de partirme al medio al verlos a los dos aquí. Sé que Sabrina nota las miradas que Elliot y yo parecemos incapaces de dejar de compartir. Quizá ella también nota que Sean y yo apenas interactuamos.

Me está afectando de una manera muy extraña que Elliot esté aquí, porque él *está* aquí. Lo tengo enfrente, accesible. Podría extender la mano y tocarlo. Podría arrastrarme hasta él, a su regazo, sentir la calidez de sus brazos a mi alrededor.

Todavía podría ser mío. ¿Por qué no he tenido esta reacción cuando debería haberla tenido: hace dos semanas? Pienso en todas las cosas que me han sucedido desde nuestra separación y, excepto la muerte de papá, nada más se siente tan importante. Es como si mi vida hubiera estado en pausa, como si yo hubiera seguido la corriente, haciendo cosas, pero sin *vivir* de verdad. ¿Es horrible o fantástico? No tengo idea.

Sabrina me toma una mano y la miro a los ojos, intentando descifrar cuánto es capaz de leer en mi expresión.

–¿Todo bien? –me pregunta y asiento, me obligo a sonreír y deseo con todas mis fuerzas creer que es cierto.

ANTES

DOCE AÑOS ATRÁS

El único motivo por el que sobreviví al primer año de preparatoria y a casi todo el segundo año fue gracias a Elliot... Y a la buena predisposición de papá para pasar casi todos los fines de semana en Healdsburg. Los fines de semana allí los pasábamos leyendo, paseando por el bosque y visitando ocasionalmente Santa Rosa. Una vez, Elliot y yo nos aventuramos hasta un concierto lejos, en Oakland. Elliot era más familia que amigo y, con el tiempo, se convirtió también en algo más personal que la familia.

Sin embargo, toda esa cercanía implicaba que, cada vez que no íbamos a la cabaña a pasar el fin de semana, los días hábiles en medio parecieran interminables. A ambos nos iba bien en la escuela, pero yo odiaba la farsa social y las políticas de las amistades de preparatoria. Nikki y Danny opinaban como yo y nunca tuvimos problemas: almorzábamos juntos todos los días como un grupo de marginados por elección, sentados en una colina cubierta de césped, observando cómo se desarrollaba la mayoría del caos.

Pero después de la escuela, Nikki pasaba tiempo con su abuela, Danny se juntaba a andar en patineta con los chicos de su calle y yo realizaba mi rutina semanal que ya era casi un ritual: práctica de natación, tarea, cena, ducha, cama. Que no hiciéramos nada juntos fuera de la escuela dificultó que creáramos lazos emocionales firmes entre nosotros, y eso, extrañamente, a los tres nos parecía bien.

Cuando la primavera del segundo año de preparatoria estaba llegando a su fin, tomé consciencia de que Elliot se estaba convirtiendo en... algo más. No solo a nivel intelectual; también a nivel físico. Verlo solo los fines de semana y durante el verano me hacía sentir como si estuviera viendo un video en cámara rápida del crecimiento de un árbol, del florecimiento de una planta, de un campo cubriéndose de flores a lo largo del año.

—Palabra favorita. —Él se giró sobre la pila de cojines, posó los ojos en mí. Aparentemente, su mirada también estaba poniéndose al día.

Era el 14 de mayo, y no había visto a Elliot desde el fin de semana de mi cumpleaños de dieciséis, en marzo: el mayor tiempo que habíamos pasado sin vernos en casi dos años. Él estaba... diferente. Más robusto y, en cierto modo, más sombrío. Tenía gafas nuevas, con marco grueso negro; y el cabello, demasiado largo. La camiseta se ajustaba a su pecho. Los jeans le rozaban la parte superior de sus tenis negros, por lo que eran pantalones nuevos.

—*Tremor* —dije—. ¿La tuya?

Tragó y respondió:

—*Sardónico.*

—Uhh, buena palabra. ¿Actualizaciones? —Me acomodé y recogí un libro de Dickinson que papá había dejado en mi cama.

—Estoy pensando en aprender a patinar.

Alcé la mirada hacia él, con los ojos abiertos como platos.

—¿Patinar sobre hielo?

Él me fulminó con la mirada.

—No, Macy. *En patineta.*

Me reí por el énfasis que le dio a la palabra, pero me detuve cuando noté su expresión. En un impulso, me pregunté si quería aprender porque sabía que era algo que Danny hacía...

—Lo siento, es que... podrías haber dicho *andar en patineta.*

Asintió, tenso.

—Como sea. Ahorré y estoy evaluando qué tablas comprar.

Reprimí una sonrisa. El chico no tenía remedio.

—Estoy segura de que hay una página web que enseñe la jerga de los *skaters* o algo así.

Él inclinó la cabeza y entrecerró los ojos, molesto.

—Lo siento. Continúa.

—También —agregó, mirándose la camiseta como si estuviera ensimismado con el dobladillo— haré algunas de mis clases del próximo semestre en Santa Rosa.

–¿¡Qué!? –exclamé–. ¿Santa Rosa? ¿Nivel universitario? –Él asintió–. ¿Clases para alumnos en el *penúltimo* año de secundaria?

Sabía que Elliot era inteligente, pero... todavía estaba en segundo año de la secundaria y ¿ya calificaba para tomar clases en la universidad?

–Sí, lo sé. Biología y... –Parpadeó y apartó la mirada, de pronto fascinado por algo en un rincón de la habitación.

–¿Biología y *qué*, Elliot?

–Un poco de matemática.

–¿*Un poco* de matemática? –Lo miré boquiabierta. ¿Ya había terminado con cálculo avanzado? Mentalmente, insulté a mi próximo curso de álgebra.

–Así que aprender a andar en patineta quizá me ayude a socializar con algunos de los estudiantes de mi clase.

La vulnerabilidad en su voz me hizo sentir como una idiota colosal.

–Pero estás con ellos todos los días en la escuela. ¿No?

Él me observó en silencio.

–Sí, después de la escuela. En el almuerzo.

–Un momento, ¿no estás en clase con chicos de tu curso?

–Solo en el aula. –Tragó e intentó sonreír–. He estado estudiando solo en la escuela, pero este semestre empezaré a tomar clases en la Universidad de Santa Rosa.

Miré el libro que él tenía en la mano. *Franny y Zooey.* Los bordes de las páginas estaban marcados porque los dos lo habíamos leído varias veces.

–¿Por qué no me has dicho que eras tan especial?

Rio por lo bajo ante mi pregunta y luego desató un ataque de risa absoluto.

–Lo siento –se disculpó, recobrando el aliento despacio–. La verdad es que no me parece que sea especial.

Lo miré, intentando descifrar por qué le resultaba tan gracioso.

–Es algo que ha pasado este semestre –explicó–. Y, no sé. –Alzó la vista y, de pronto, parecía mucho más grande. Empecé a preguntarme cómo serían nuestras vidas en el futuro, si seríamos así de cercanos, y sentí una punzada en el pecho. La posibilidad de que no fuera así me repugnaba–. No me parecía bien incluirlo en un correo electrónico porque sonaría un poco egocéntrico.

–Bueno, estoy muy orgullosa de ti.

Él se mordió el labio mientras sonreía.

–¿Muy?

–Sí. *Muy*. –Alcé la cabeza y acomodé mi cojín–. ¿Alguna otra novedad?

–Hay un nuevo «*skatepark*» –hizo las comillas con los dedos y esbozó una sonrisa burlona– pasando el supermercado, pero yo he estado aprendiendo en el aparcamiento viejo detrás de la lavandería. Y... ¿qué más?... Brandon y Christian este verano se van un mes a Yellowstone a hacer senderismo con el padre de Brandon.

Sus dos amigos varones más cercanos.

–¿Tú no vas?

–Nah. Christian ya está hablando de cuánto alcohol esconderá en su maleta, y suena a que será un desastre.

No insistí. De todas formas, no me imaginaba a Elliot acampando en Yellowstone.

—Continúa.

—Fui a un baile de graduación —balbuceó.

Ante la magnitud de semejante confesión, en mi cabeza fue como si unos neumáticos hubieran chirriado contra el asfalto para detenerse. Incluso las clases en la universidad parecían una nimiedad en comparación.

—*¿Un baile de graduación?* Pero si estás en segundo año.

—Fui con alguien de penúltimo año.

—¿Era atractivo? —Tragué mi reacción más honesta y amargada.

—Ja, ja. Es bastante boni-*ta*. Se llama Emma.

Hice una mueca. Él la ignoró.

—«Bastante bonita» —repetí—. Vaya cumplido.

—Fue bastante aburrido. Baile. Ponche. Silencios incómodos.

Sonreí.

—Qué pena.

Él se encogió de hombros, pero me devolvió la sonrisa, y no una sonrisa a medias; una amplia y entusiasta. Pero desapareció despacio cuando me cambió la cara al recordar que así se llamaba la linda chica de mejillas rosadas que estaba en la fotografía de la cartelera de Elliot.

—¿Es la misma Emma de tu foto?

Él se encogió de hombros, relajado.

—Sí. Nos conocemos desde siempre.

Desde siempre. Se me retorció el estómago.

–¿Y tuviste suerte? –pregunté, manteniendo el tono liviano.

Él entrecerró los ojos y negó con la cabeza.

–No... No sé si me gusta de ese modo.

¿No sé?

–¿Acaso les importa a los chicos?

Él continuó mirándome, confundido.

–¿La *besaste*?

Sus mejillas se tiñeron de rosado y, con eso, obtuve mi respuesta.

Elliot había *besado* a alguien.

Quizá había besado a muchas personas.

Es decir, *por supuesto* que lo había hecho. No todos eran tan exigentes y atrofiados socialmente para los juegos ro-mánticos como yo. Elliot cumpliría diecisiete años en cues-tión de meses. Era casi gracioso que me imaginara que él fuera tan inocente como yo. Sin duda él había hecho mucho más que besar. La sangre parecía hervirme en el pecho y emití un gruñido por lo bajo mirándome el regazo.

–¿Por qué de pronto estás tan enfadada? –me preguntó con calma.

Mantuve la cabeza gacha.

–No lo sé.

Después de todo, Elliot era solo mi amigo.

Mi gran amigo.

–¿Cuáles son *tus* novedades? –quiso saber.

Alcé la vista de nuevo, con la mirada encendida.

–Tuve mi primer orgasmo.

Él alzó las cejas, con el rostro rojo y su boca adoptó cien formas diferentes antes de exclamar:

–¿¡Qué!?

–Or-gas-mo.

–Tienes... dieciséis años. –Parecía darse cuenta al mismo tiempo que yo de que no era realmente una edad para escandalizarse.

–¿Quieres decir que es vergonzoso sea tan mayor? –Soltó una risa nerviosa–. Además –agregué, mirándolo–, tú has tenido uno. Tal vez cientos de ellos, pensando en dragones.

El cuello se le tiñó de rojo y se sentó con las manos entre las rodillas.

–Pero... estaba solo.

Sus palabras hicieron que una ola fría de alivio me recorriera el cuerpo, pero mi temperamento ya estaba desbocado.

–Bueno, ¿qué pensaste que quería decir?

De pronto, me miró fijamente las manos.

–Ah. Entonces, nadie...

–¿Me ha tocado? –completó mi frase. Alcé el mentón, obligándome a mirarlo–. No.

–Ah. –Lo escuché tragar con fuerza. A nuestro alrededor, los muros azules parecían cernirse sobre nosotros.

–Qué rara esta actualización, ¿no te parece? –pregunté.

Él se movió en su sitio, con incomodidad.

–Un poco.

Me sentía avergonzada. El rubor que había estado reprimiendo pareció estallarme bajo la piel y quería darme media vuelta y enterrar el rostro en un cojín. Me había puesto celosa, había intentado provocarlo y básicamente le recriminaba su propia honestidad.

—Lo siento —me disculpé.

—No, es... —Elliot se rascó la ceja y empujó sus gafas sobre la nariz, ya recuperado—. Está bien que me lo hayas contado.

—Dijiste que también lo habías hecho.

Él se aclaró la garganta y asintió con seriedad.

—Es normal para chicos de mi edad.

—¿Entonces no es normal para las *chicas*?

Con una tos, logró responder:

—Claro que lo es. Me refería a que...

—Estoy bromeando. —Cerré los ojos por un instante, intentando controlar mi propia locura. ¿Qué me sucedía?

—¿Qué pensaste? —La última palabra de Elliot sonó pegajosa, atrapada en su voz apenas entrecortada. Lo miré.

—Pensé: «Mierda, esto es genial».

Se rio, pero fue un sonido raro y agudo.

—No. Antes. Durante.

Me encogí de hombros.

—En que alguien me tocara así. ¿Todavía piensas en dragones?

Posó su mirada en cada parte de mí al mismo tiempo.

—No —dijo, sin reír ni un poco ante mi broma—. Pienso en... muñecas y orejas y piel y piernas. En partes femeninas. En chicas. —Sus palabras salían todas juntas y tardé un instante en separarlas.

¿Chicas? Me hervía la sangre de celos.

–¿Alguna *chica* en particular?

Él abrió un libro y dio vuelta la página. Permaneció quieto como lo hacía cuando omitía información.

–A veces.

Ese fue el final de la conversación. No me preguntó nada más y no contó nada más.

AHORA

SÁBADO, 14 DE OCTUBRE

Soy consciente de que Elliot y yo somos como una pecera; Sabrina y Nikki observan cuánto tiempo pasamos orbitando uno alrededor del otro. Así que, a pesar de ser constantemente consciente de la presencia de Elliot, no hablo mucho con él en el pícnic, y eso me pone nerviosa porque me pregunto qué opina él de todo esto. Elliot pasa la mayor parte del tiempo hablando con Danny, mientras que Nikki, Sabrina, Dave y yo nos ponemos al día. Tengo la clara impresión de que cuando Sabrina y Dave estén solos en su automóvil volviendo a casa resoplarán con exasperación al concordar que Sean es el más aburrido de todos.

Pero de acuerdo con mis propias observaciones, no puedo culparlos. Sean está abocado a Phoebe, pero cuando no lo está, pasa el rato con su móvil o participa de conversaciones solo para dar su opinión y abandonarlas inmediatamente después. Sé, con una extraña y burbujeante certeza, de que nunca había estado con él en una situación como esta: sentada con mi grupo de amigos en vez de con un grupo de entusiastas del arte o de benefactores que se mueren por captar la atención de Sean Chen. Y, parece que, a menos que lo estén halagando, se aísla socialmente. Me carcome el miedo de que siempre haya sido igual pero que yo nunca lo haya notado porque nunca habíamos pasado el rato con amigos.

¿Acaso Sean siquiera *tiene* amigos?

Cerca de las cuatro, se nubla el cielo como si se fuera a largar a llover en cualquier momento. Dado que California se está convirtiendo en un desierto de gente, limpiamos contentos, como si fuéramos un grupo de parientes entrometidos que se marchan para darles privacidad a un par de recién casados cuando lleguen.

Nos dirigimos hacia el aparcamiento. Sean lleva a Phoebe sobre los hombros y yo los sigo junto a Sabrina, quien empuja la carriola en la que Viv está recostada.

—Debes admitir que eso es muy tierno —le digo, señalando con el mentón al dúo delante de nosotras. El instinto protector que sentí antes hacia Sean ha mutado a una especie de desesperación. Somos una gran pareja; lo éramos antes de Elliot y lo somos ahora. Busco evidencias, y la ternura que siento al verlo con Phoebe es una buena.

Contemplar su trasero en esos jeans también es otra evidencia.

Sabrina se ríe.

–Parece que es un gran *papá*.

Suspiro.

–Okey. Recibí el mensaje.

Con la voz aún baja para que nadie la escuche, Sabrina me dice:

–Necesitamos tener una conversación seria sobre esto. Una intervención.

–No empieces.

–¿Cuándo te he persuadido para *terminar* una relación? –Tiene los ojos abiertos como platos–. ¿Acaso eso no tiene peso?

Abro la boca para responder cuando por el rabillo del ojo me doy cuenta de que Elliot está atrás, apenas a unos pasos de nosotras, y de que es probable que haya oído cada palabra.

Le lanzo a Elliot una mirada cómplice.

–Ey.

Se hace el concentrado en su móvil, pero es pura farsa. A Elliot le interesa tanto pasar el rato con su iPhone como meterse una cuchara en la oreja. Nos alcanza con dos pasos largos y se ubica entre las dos y nos pasa un brazo por los hombros.

–Damas.

–Has oído cada palabra, ¿cierto? –pregunto.

Él me mira de reojo, se encoge de hombros.

–Sí.

–Qué chismoso.

Mi comentario lo hace reír.

—Estaba acercándome para agradecerte la invitación. No me esperaba atraparte debatiendo sobre Sean. —Con un tono cargado de significado, murmura—: Créeme.

—Tu sinceridad me conmueve —responde Sabrina—. No sé si debería tirar una bomba de humo e irme o quedarme y oír más. —Hace una pausa—. Tengo muchas ganas de saber más.

—Las cosas siempre han sido así entre nosotros —le digo.

—Es cierto —concuerda Elliot—. Nunca hemos sido buenos mintiéndonos. Cuando yo tenía quince, Macy me dijo que cambiara de desodorante. Insinuó que el que usaba ya no me estaba haciendo efecto.

—Elliot señaló el día específico en que se dio cuenta de que me estaban creciendo los pechos. —Sabrina nos mira—. Lo hice llevar pastillas para la diarrea cuando fuimos a ver a los Backstreet Boys porque yo estaba mal del estómago.

—Lo vergonzoso de eso es que fui a ver a los Backstreet Boys —comenta Elliot.

—No —lo corrijo—, lo vergonzoso fue que te vi bailando.

Él lo reconoce subiendo y bajando las cejas.

—Sabía moverme.

—Sí. —Me río—. Decir que te *movías* es la única manera de describir lo que hacías.

Sabrina suelta una carcajada al escucharnos y, cuando Dave la llama, se aleja deprisa. Elliot me detiene con una mano sobre el brazo y recibimos algunas miradas curiosas mientras el resto del grupo continúa avanzando hacia el aparcamiento. Por suerte, Sean y Phoebe aún están delante de todos.

—Ey. Entonces. —Elliot guarda las manos en los bolsillos. Se encoge de hombros. Todavía es tan anguloso, tan largo.

—Ey. Entonces —repito.

—Gracias por invitarme hoy. —Me dedica esa sonrisa que no sé cómo describir. Es la sonrisa que dice «Sé que nos conocemos desde siempre, pero igual valoro mucho que me hayas incluido aquí». Nunca sabré cómo transmite eso con una simple curvatura de labios y un poco de contacto visual.

—Bueno —respondo—, quizá deberías saber que he organizado todo esto para presentarte a mis amigos. —Solo cuando lo digo en voz alta me doy cuenta de que es verdad. Esto es lo que Elliot me hace: logra que, de entre el desorden de mi cerebro emerja la honestidad.

Entrecierra los ojos, sus iris florecen mientras sus pupilas se vuelven dos puntitos bajo la luz tenue que atraviesa las nubes.

—¿Eso es cierto?

—¿Por qué me detuviste? —le pregunto en vez de responder. Ni siquiera sé qué quiero que me diga. ¿Y si me dijera que ha recobrado la cordura y que se ha dado cuenta de que yo tengo razón y de que solo podemos ser amigos? ¿Cómo me sentiré? Una parte traicionera de mí no quiere ni saberlo.

—Quería preguntarte algo.

Mi pecho es una jungla; mi corazón, un tambor. ¿Estoy entusiasmada o aterrada?

—¿Cuándo podríamos juntarnos de nuevo? —añade.

–Ah. –Parpadeo mirando por encima de su hombro los árboles de eucalipto gigantes que se balancean en el cielo cada vez más oscuro–. Creo que tengo tiempo libre cerca de Acción de Gracias.

Él asiente y mi corazón se desanima un poco. ¿Por qué he dicho eso? Siento que Acción de Gracias está muy lejos.

Se aclara la garganta y dice:

–Andreas se casa en diciembre.

–¿Diciembre? –Parece un mes raro para una boda. Además, está mucho más lejos que Acción de Gracias, si es que piensa en que nos veamos para esa ocasión.

–En la víspera de Año Nuevo, de hecho –aclara–. Y me preguntaba si querrías venir conmigo.

Víspera de Año Nuevo.

Víspera de Año Nuevo.

De verdad me lo está preguntando.

Y por la expresión en sus ojos, sé que es consciente del peso de esa fecha.

Pero, en vez de enfrentar a esa bestia, pregunto:

–¿No quieres que nos veamos hasta *diciembre*?

Mis palabras le causan entusiasmo, me lo dicen sus ojos castaños.

–Claro que quiero verte antes. –Se ríe–. Estoy libre prácticamente en cualquier momento que tú quieras. Pero como la boda es en un feriado, quería preguntarte con anticipación si quisieras ir.

–No puedo ir como tu cita.

Elliot negó con la cabeza.

—Macy, no estoy invitándote como mi *cita* mientras que tu prometido y tu futura hijastra están unos metros más adelante subiéndose al automóvil.

—Entonces, es solo... —vacilo, buscando las palabras— ¿acompañarte?

—Sí —afirma—, acompañarme. A Healdsburg. —Luego, añade—: A pasar el fin de semana.

Deja caer los hombros como si fuera tan sencillo.

Ven conmigo.

Compartiremos el automóvil.

Será divertido.

Pero las palabras flotan entre los dos y, cuanto más tiempo tardo en responder, más cambia el tono con el que resuenan en mi mente.

Ven conmigo a pasar un fin de semana.

Cuarenta y ocho horas con Elliot.

Si las cosas entre nosotros ya son demasiado confusas, ¿cómo estarán dentro de dos meses y medio?

Parpadeo y miro a Sean, que está poniéndole el cinturón de seguridad a Phoebe en el Prius.

—A todos les encantaría verte y soy el padrino, así que estaría bueno tener a una amiga conmigo —añade, tratando de que esta conversación no muera—. Mamá y papá me han preguntado por ti... Están locos de emoción desde que saben que nos hemos vuelto a hablar.

—Necesito preguntarle a Sean qué planes tiene —digo como una tonta—. Quizá ya tiene agendada una exhibición o un evento para esa fecha.

Elliot asiente.

—Por supuesto.

—¿Puedo confirmarte después?

—Claro. —Esboza una sonrisa pequeña; el rugido de un trueno hace que dirija su atención al cielo. Cuando me mira de nuevo, me siento tan estable como las nubes tormentosas y amenazantes que nos cubren. Durante un instante, me imagino abrazándolo. Le rodearía el cuello con los brazos y hundiría el rostro allí, inhalando su aroma. Él se inclinaría más cerca de mí, soltaría ese suspiro ínfimo de alivio que siempre hace. Tengo tantas ganas de abrazarlo que se me hace agua la boca y debo obligarme a dar un paso atrás.

—Será mejor que... —digo, señalando el automóvil.

—Lo sé —responde, observándome, con expresión tensa.

Otro trueno.

—Que descanses, Elliot.

Y por fin me voy.

ANTES

Estábamos recostados en el techo plano del garaje de Elliot, disfrutando del sol. Llevábamos dos semanas de vacaciones y estar allí arriba era parte de nuestra rutina: nos encontrábamos a las diez en el techo, almorzábamos cerca del mediodía, íbamos a nadar al río y a la tarde cada uno se iba a su casa y se quedaba con su familia.

Por mucho que papá disfrutara de mi compañía, también le agradaba la calma de la soledad. O quizá una hija adolescente era algo agotador y extraño para él. Sea como sea, parecía satisfecho con permitirme salir a hacer lo que quisiera con los Petropoulos hasta que los insectos hicieran más ruido y oscureciera.

Yo estaba en medio de Andreas y Elliot. Un hermano jugaba a algo con su PSP, el otro leía a Proust.

—Es imposible que ustedes dos sean de la misma familia —susurré, volteando la página de mi libro.

—Él es un perdedor —se rio Andreas—. Y no me refiero a los juegos.

—Él es un imbécil —retrucó Elliot y luego me sonrió—. Solo piensa con su...

Un claxon sonó en la entrada y todos nos incorporamos para ver un Pontiac oxidado detenerse sobre la grava.

—Ay —exclamó Elliot; me miró y luego se incorporó de un salto—. Mierda. Mierda. —Se dio media vuelta y se jaló de la parte delantera del cabello, parecía haber entrado en pánico. Luego, se trepó por la ventana de la sala de estar y, un minuto después, apareció en el jardín delantero. Una chica bajó del carro y le entregó una pila de papeles.

Era de estatura mediana, tenía cabello oscuro, abundante y le llegaba a los hombros. Su cara era bonita pero promedio y me resultaba vagamente familiar. Deportista pero no robusta. Con senos.

Gruñí por dentro.

Ella le dijo algo a Elliot, él asintió y luego miró hacia arriba, donde Andreas y yo estábamos sentados, observándolos.

—¿Quién es esa? —le pregunté a Andreas.

—Una chica de la escuela, Emma.

—¿Emma? ¿Emma la del *baile de graduación*? —Me congelé por dentro—. ¿A él le gusta?

Andreas vio mi expresión y soltó una carcajada.

—Oh, sí, esto será genial.

—No, Andreas, no... —siseé, frenética.

–¡Elliot! –gritó Andreas, ignorándome–. ¡Sube aquí con tu novia para que conozca a tu otra novia!

Cerré los ojos y gruñí.

Cuando miré de nuevo hacia el suelo, Emma me miraba, inspeccionándome, con los ojos entrecerrados. Elliot también me observaba, con los ojos abiertos como platos y cara de terror, y luego la miró a ella.

La saludé con la mano. No participaría de ese juego desagradable.

Ella devolvió el saludo y gritó:

–Soy Emma.

–Hola, soy Macy.

–¿Acabas de mudarte aquí?

–No –respondí–, vivimos al lado los fines de semana y venimos a veces de vacaciones.

–Elliot no me ha hablado de ti.

Elliot la miró atónito y, a juzgar por su expresión, diría que él hablaba *mucho* de mí. Bueno. Parecía que Emma *sí* participaría de ese juego desagradable.

–Es mi mejor amiga, ¿recuerdas? –Escuché que le dijo Elliot, tenso–. Estudia en Berkeley High.

Emma asintió y luego lo miró de nuevo, le colocó una mano sobre el brazo y se rio mientras le susurraba algo al oído. Él sonrió, pero esa sonrisa cortés forzada.

Me recosté de nuevo sobre mi manta, ignorando las náuseas que me subían por el estómago. Las palabras que Elliot me había dicho hacía apenas una semana (cuando había estado a punto de quedarse dormido en el techo y había admitido en voz baja que se sentía más cómodo conmigo que con nadie) me dieron vueltas por la mente.

Le había respondido que a mí me pasaba lo mismo. Durante el año escolar, los días de la semana eran borrosos, las horas se entremezclaban en un desorden de tarea, natación y arrastrarme hasta la cama esperando que lo que fuera que hubiera aprendido ese día no se me saliera por los oídos y se escurriera sobre la almohada durante la noche. En cierto modo, mi tiempo lejos de Elliot parecía como ir a trabajar, y los fines de semana y el verano eran como regresar a casa: relajarme, estar con él y con papá, ser *yo misma*. Pero luego, sucedían cosas como esta y recordaba que la mayor parte del mundo de Elliot existía sin mí.

Pasó un buen rato hasta que el automóvil arrancó y se alejó. Unos minutos después, Elliot subió por la ventana de nuevo hasta el techo. Hundí rápido mi nariz en el libro que estaba leyendo.

—Qué sutil, Ell —dijo Andreas.

—Cállate.

Los pies de Elliot aparecieron detrás de mi libro y fingí estar tan concentrada en la lectura que ni siquiera los vi.

—Oye, ¿quieres comer algo? —me preguntó Elliot en voz baja.

Continué leyendo a medias.

—Estoy bien.

Se puso de rodillas cerca de mí e inclinó más la cabeza para verme a los ojos. Veía sus disculpas escritas en todo su rostro.

—Entremos, hace demasiado calor.

Una vez en la cocina, tomó una jarra de limonada y dos vasos, y empezó a preparar sándwiches para los dos. Andreas se había quedado arriba y la casa estaba fresca, oscura y silenciosa.

—Emma parece encantadora —solté con ironía, rodando un limón sobre la mesada.

Él se encogió de hombros.

—Es a ella a quien besaste en el baile, ¿no?

Él alzó la vista hacia mí y se acomodó las gafas frunciendo la nariz.

—Sí.

—¿La sigues besando?

Centrando de nuevo la atención en los sándwiches, esparció la mantequilla de maní sobre el pan y le untó un poco de jalea antes de responder:

—No.

—¿Es una mentira por omisión?

Cuando me miró de nuevo a los ojos, su mirada era tensa.

—La he besado algunas veces, sí. Pero *ya* no la beso.

Sus palabras me golpearon los oídos como ladrillos que caían de un avión.

—¿La has besado otras veces además de en el baile de primavera?

Él se aclaró la garganta y adoptó un tono escarlata brillante. Idiota.

—Sí. —Se acomodó de nuevo las gafas, más arriba esta vez—. Dos veces más.

Sentía que había tragado un hielo serrado, porque sentía algo frío y pinchudo en el pecho.

—Pero ¿ella no es tu novia?

Negó con la cabeza despacio.

—No.

—¿*Tienes* novia? —Me cuestioné por qué le tuve que hacer esa pregunta. ¿Acaso no me lo contaría? ¿O no pasaría tiempo con ella en el verano en vez de conmigo? Él siempre era sincero, pero ¿era directo?

Dejó el cuchillo y armó los sándwiches antes de mirarme con una sonrisa.

—No, Macy. He estado contigo todos los días de este verano. No lo hubiera hecho si tuviera novia.

Quería lanzarle el limón a la cabeza.

—¿Me *contarías* si tuvieras novia?

Elliot lo pensó bien antes de responder, mirándome fijamente a los ojos.

—Creo que sí. Pero, para serte sincero, este es el único tema sobre el que nunca sé cuánto compartir contigo.

Aunque una gran parte de mí sabía a qué se refería, aun así odié esa respuesta.

—¿Has tenido novia alguna vez?

Parpadeó, desvió la mirada y centró de nuevo la atención en los sándwiches.

—No. Técnicamente no.

Hice rodar de nuevo el limón y se me cayó al suelo. Él lo recogió y me lo devolvió.

—Escucha, Macy. Creo que lo que intento decirte es que

no querría saber si has besado a alguien, a menos que haya significado algo; y besar a Emma no significó nada para mí. Por esa razón nunca te lo conté.

–¿Y para ella significó algo?

Verlo encogerse de hombros dijo todo lo que su silencio omitió.

–Quizá no sea asunto mío –añadí–, pero yo *sí* quiero saber estas cosas. Me siento rara porque no me hayas contado que tienes algo con ella.

–No tenemos *algo*.

–¡La besaste en tres ocasiones distintas!

Él lo aceptó, asintiendo.

–¿*Tú* has besado a alguien? –me preguntó.

–No.

Elliot se quedó helado con el sándwich a medio camino de la boca.

–¿A nadie?

Negué con la cabeza, mordí un bocado y rompí el contacto visual.

–Te lo hubiera *contado*.

–¿En serio?

Asentí, con el rostro ardiendo. Tenía dieciséis años y no me habían besado. Su «¿A nadie?» resonaba en mi cabeza y me sentí absolutamente patética.

–¿Y qué hay de Donny? O... ¿Cómo se llama?

Lo miré con los ojos entrecerrados. Sabía *bien* el nombre de mi amigo.

–¿Danny?

Elliot sonrió, sabía que lo había descubierto.

—Sí, Danny.

—Nop. Ni siquiera besé a Danny. Como dije, te lo hubiera contado. Porque eres *mi mejor amigo*, idiota.

—Guau.

Le dio un bocado gigantesco a su sándwich y me miró mientras masticaba.

Pensé de nuevo en todos los fines de semana que habíamos pasado juntos, todas las historias que me había contado sobre Christian siendo un maníaco y Brandon siendo malísimo para conquistar chicas en la escuela. Pensé en las novedades que me contó sobre sus hermanos y sus novias, y me pregunté por qué Elliot siempre era tan reservado sobre sus propias experiencias. Me desconcertaba. Me hacía sentir que tal vez no éramos tan cercanos como yo creía.

—¿Has besado a muchas chicas?

—Algunas —murmuró.

Algo en mi interior gritaba.

—¿Has hecho algo más que besarlas?

Se puso más rojo y asintió mientras daba otro mordisco gigantesco para no tener que entrar en detalles.

Despacio, la mandíbula se me fue cayendo al suelo. Esperé hasta que él terminara de masticar y de beber un sorbo de limonada para preguntarle:

—¿Qué tan lejos llegaste?

En lo que Elliot tardó en responder, se podrían haber fundado nuevos países, podrían haber ido a la guerra y haberse convertido en otros más pequeños.

—Elliot.

—Nos quitamos las camisetas. —Se rascó una ceja y, con la punta del dedo, se empujó de nuevo las gafas sobre la nariz. Ganando tiempo. Evitando el contacto visual—. Ehm... Y con una chica, no con Emma, hubo manos dentro del pantalón.

—*¿En serio?* —Sentía que se me saldrían los ojos—. ¿Con quién?

—Con Emma solo nos quitamos la camiseta. El resto fue con otra chica, Jill.

Dejé mi emparedado, perdí el apetito por completo. La cocina estaba en el lado más oscuro de la casa a esta hora del día y, de pronto, me pareció demasiado fría. Me froté los brazos expuestos en busca de un poco de calor.

—Macy, no te enfades.

—¡No estoy enfadada! ¿Por qué lo estaría? —Bebí con brusquedad un sorbo de limonada, intentando calmarme—. No soy tu novia. Solo soy tu mejor amiga, quien aparentemente no sabe *nada* de ti.

Él dio un paso alrededor de la isla de la cocina y se detuvo.

—Macy.

—¿Estoy exagerando?

—No... —dijo y dio otro paso más hacia mí—. A mí sin duda tampoco me gustaría si supiera que un tipo te ha puesto las manos en *tus* pantalones.

—Creo que tampoco te gustaría si sucediera *y nunca te lo contara*.

Pareció reflexionar bastante al respecto.

—Como dije, depende. Me molestaría, sí, así que no querría saberlo a menos que sintieras algo más que... una atracción momentánea.

—¿Eso fue lo tuyo con Emma? —le pregunté—. ¿Atracción momentánea?

Él asintió.

—Sin duda.

—¿Cuándo fue la última vez que saliste con alguien? —quise saber. Él suspiró y apoyó un lado de su cadera contra la encimera, donde permaneció quieto de pie—. Si la situación fuera al revés, estarías actuando como en la Inquisición española —señalé—. No *suspires*.

—Emma y yo solo salimos en marzo, luego fuimos al baile en mayo y nos besamos de nuevo el fin de semana siguiente, pero no fue nada. Fue como... —Vaciló un poco, mirando el techo—. Si nunca has besado a nadie, es difícil explicarte lo que quiero decir, pero estábamos todos en el parque y ella se me acercó y no sé, simplemente sucedió.

Hice una mueca y él se rio con incomodidad, encogiéndose de hombros.

—Jill es una prima cristiana. Vino de visita el diciembre pasado y nos besamos una vez. No he hablado con ella desde entonces.

Le resté importancia a Jill sacudiendo la mano.

—Entonces, ¿Emma no te gusta?

—No del modo que piensas.

Aparté la mirada para tomarme un minuto para recobrar la calma. Tenía ganas de irme hecha una furia y obligarlo a seguirme y suplicarme todo el día, pero me di cuenta de que hubiera sido muy teatrero.

—Salí con Emma porque ella está aquí —dijo en voz baja—. Tú estás en Berkeley, nosotros *no estamos juntos* y vivo en este pueblo rural diminuto. ¿A qué otra persona voy a besar si no?

Algo cambió en aquel momento, algo que nunca volvería a ser igual.

¿A qué otra persona voy a besar si no?

Miré sus manos grandes y su nuez de Adán. Permití que mis ojos se detuvieran en sus brazos musculosos, que antes eran tan delgados y largos, y en sus piernas que se extendían, tonificadas, bajo sus jeans rotos. Observé los botones al frente de esos jeans. Desvié la mirada parpadeando y me concentré en el clóset de la cocina. Miré a todas partes, menos a esos botones. Quería tocarlos, presionarlos y, por primera vez, me di cuenta de que no quería que nadie más los tocara.

—No lo sé —balbuceé.

—Entonces acércate —dijo con la misma voz tranquila—. Bésame *tú* a mí.

Subí la mirada hacia la de él.

—¿Qué?

—Bésame.

Creía que él estaba desafiándome, pero estaba distraída por la situación con Emma y el aspecto de Elliot, posado contra la mesada, observándome. Tenía calor porque ahora sus manos parecían enormes; su mandíbula, muy angulosa... y los botones de sus jeans...

Rodeé la isla y me detuve frente a él.

—Bueno.

Me miró con una sonrisa juguetona, pero el gesto desapareció cuando se dio cuenta de que yo hablaba en serio.

Presioné las manos contra su pecho y me acerqué más. Estaba tan cerca que podía oír cada respiración, veloz y acelerada; podía ver el temblor de su mandíbula.

Fascinado, él acercó una mano a mis labios y presionó dos dedos contra ellos mientras me observaba. Sin pensar, abrí la boca y permití que deslizara su índice dentro, contra mis dientes. Cuando gimió por lo bajo, deslicé mi lengua sobre la punta de su dedo. Sabía a jalea.

Elliot retrocedió con brusquedad. Parecía a punto de devorarme: ojos alocados, hambrientos, labios abiertos, su pulso era una presencia latente en su cuello. Y, como quería besarlo, lo hice. Me puse de puntillas, le deslicé las manos por el cabello y presioné mi boca contra la suya.

Fue diferente a lo que había esperado e imaginado (podía admitirlo en secreto). Fue más suave y firme a la vez, y sin duda más atrevido. Un beso breve, otro y, luego, inclinó la cabeza y me cubrió la boca con la suya. Su lengua me recorrió el labio inferior y, como acto reflejo, le permití entrar, para saborearme.

Creo que quizá eso fue su perdición. Sin duda fue la mía, porque para mí todo se disolvió, desapareció y me quedé solo con las sensaciones, con todas las imágenes prohibidas de él, carne y fantasía; secretos que ni siquiera me admitía a mí misma me desgarraron la mente y supe, no sé cómo, que él pensaba lo mismo: en lo bien que se sentía estar así de cerca... y en todo lo demás a lo que podría llevar tocarnos así.

Con una mano me recorrió desde la espalda hasta el cabello y fue el peso de ese contacto, creo, lo que evitó que empezara a flotar. Pero cuando deslizó la otra mano por mi costado, sobre mis costillas, y un poco más arriba, di un paso atrás.

—Lo siento —se disculpó él de inmediato, instintivamente—. Mierda, Mace. Fue demasiado rápido, lo siento.

—No, es solo que... —vacilé, mi boca de pronto estaba llena de palabras que no quería estar pensando y mucho menos quería expresarlas en voz alta—. Hacer eso quizá no significó nada para Emma —dije, tocándome los labios, que aún cosquilleaban—. Pero significa todo para mí.

AHORA

Sean deja las llaves en el cuenco cerca de la puerta y se quita los zapatos presionando un pie contra otro y gruñendo feliz.

–¿Tienes hambre, hijita? –le pregunta a Phoebe, y los dos desaparecen en la cocina.

Coloco sus zapatos uno al lado del otro en el pequeño organizador cerca de la puerta y cuelgo nuestras chaquetas de los ganchos. Sus voces resuenan por el pasillo; Phoebe insiste en convencerlo de tener una mascota, cualquiera: rana, hámster, pájaro, pez.

La verdad, no sé qué sentir. Sean y yo hemos tenido un comienzo muy intenso y hemos adoptado una rutina doméstica con mucha facilidad, pero esa rutina en verdad solo consta de que yo comparta su cama y de que nuestros horarios giren uno en torno del otro como engranajes bien aceitados.

Mudé todo lo que necesitaba de la casa de Berkeley, pero aún está casi llena y completamente deshabitada mientras estoy viviendo aquí. Sean dice que le encanta que duerma en su cama. Phoebe siempre parece feliz de verme. Pero al observarlo hoy, me doy cuenta de que en realidad no lo conozco tan bien. Él y Phoebe tienen su propio vínculo. Pero si yo quiero formar parte de él, necesito *hacerme* parte de él.

—¿Quieren que prepare la cena? —les pregunto al entrar después de ellos; dejan de hurgar en el refrigerador ambos, levantan la vista y se me quedan mirando—. Pasta —digo, haciéndome la ofendida—. Creo que puedo lidiar con la pasta.

—¿Segura? —Phoebe aún no está convencida.

—Sí, cabeza de chorlito. —Y le doy un beso en la mejilla.

Ella chilla y huye de la cocina; Sean avanza a la alacena y toma una caja de pasta y un frasco de salsa para mí.

—¿Necesitas ayuda?

—Puedes hacerme compañía. —Señalo con la cabeza la barra desayunadora, pidiéndole que tome asiento y converse conmigo. Que me ayude a aliviar este sentimiento de que él y yo jamás lo lograremos, que me carcome el pecho. Nunca tenemos tiempo para estar juntos los fines de semana y tengo la terrible sospecha de que por esta razón somos prácticamente desconocidos fuera de la cama.

Toma asiento, lee sus correos desde el móvil mientras yo pongo agua a hervir.

Quiero casarme con este hombre; quiero que él quiera casarse conmigo.

Me agrada estar con él.

Me agrada su trasero en esos jeans.

—¿Te divertiste en el pícnic? —pregunto, conservando el tono relajado.

—Sí.

Desliza la pantalla una y otra vez.

Abro la tapa del frasco de salsa con un pop satisfactorio y vierto la marinara en la sartén que he puesto sobre el fuego. Sean alza la vista ante el sonido, con cierto desagrado.

—¿Te gustó conocerlos a todos? —indago—. Les caíste muy bien.

Él aparta la vista del fuego parpadeando y me mira a los ojos, sonriendo como si supiera que no estoy siendo sincera.

—Sí, cariño, son geniales.

Su tono es tan casual, tan desinteresado, que quiero partirle el frasco vacío contra la frente. Quiero suplicarle que negociemos. Pero en vez de eso, limpio el frasco y lo dejo en el cubo de reciclaje. Me irrita, como si su actitud me generara un sarpullido en la piel.

—Intenta contener el entusiasmo.

—¿Qué quieres decir? —pregunta, un poco a la defensiva—. Estuvo bien, Mace, pero son tus amigos, no los míos.

—Bueno, con el tiempo podrían también ser amigos tuyos —le digo—. ¿No es acaso lo que hacen las parejas? ¿Compartir cosas? ¿Entrelazar sus vidas?

En este momento, me doy cuenta de que nunca hemos

discutido. Ni siquiera sé cómo es no estar de acuerdo. Como mucho nos vemos despiertos una hora al día. Si calculo la cantidad de horas que hemos pasado juntos, ¿qué tan desastroso sería el resultado? ¿Nos importa lo suficiente como para discutir?

Mi teléfono vibra sobre la encimera y lo recojo; Sabrina me ha enviado un mensaje:

> Hola, hermosa, perdona si fui demasiado brusca cuando te dije ya sabes qué.

Sé que no debería responderle ya mismo, pero si no me tomo este descanso ínfimo, es probable que le diga a Sean algo de lo que me arrepentiré. Inhalo profundo y escribo una respuesta.

> Está bien.

> ¿Quieres que almorcemos la semana que viene? Puedo llevar a Viv a la ciudad.

> ¿Para que puedas hacerme una intervención?

Ella responde con una sucesión de emojis con ojos de corazones y me doy cuenta de que su disculpa inicial solo fue un plan para ablandarme y profundizar más en el mismo tema de conversación. Como siempre, es impecable su capacidad de interceder en el momento oportuno. Dejo el móvil boca abajo en la encimera, miro de nuevo a Sean, decidida a salvar esto, a hacer planes, a hacer *algo*.

—¿Qué harás esta semana? —pregunto.

—No mucho. Quizá vamos con Phoebs al museo. Pensaba también ir a acampar un par de noches. —Se encoge de hombros y señala el fuego con el mentón—. El agua hierve.

—Nada de actuar como copiloto, señor —digo, intentando bromear—. Yo me encargo.

—¿Quieres que haga una ensalada o algo? —Centra la atención en el refrigerador, lo que indica que hay ingredientes para hacerla.

—¿Te tranquilizaría preparar algo?

—Me da igual —responde, mirando de nuevo su teléfono—. No quiero cenar solo fideos con salsa, eso es todo.

Lo miro unos instantes en silencio. Un «gracias» me vendría de maravillas.

—Por supuesto.

Con esto, me doy la vuelta para tomar la lechuga y unos vegetales del refrigerador.

Más tarde, en la cama, Sean se acurruca contra mí y murmura sobre mi cuello:

—Mmm, cariño, hueles bien.

Miro el techo, intentando descifrar qué quiero decir. Organicé un pícnic en mi día libre, le di la oportunidad de conocer a mis amigos y él apenas ha hablado con ellos sobre sus vidas, sus empleos, sus intereses. Volvimos a casa y me ofrecí a cocinar; él comió sin decir nada, amontonado con Phoebe en el extremo opuesto de la mesa, ayudándola a dibujar un unicornio.

Phoebe me lo mostró con orgullo después de cenar, pero más allá de eso, fue como si yo ni siquiera hubiera estado presente.

¿Siempre ha sido así y yo nunca me había dado cuenta porque estaba feliz de que me incluyeran en su dúo y estaba muy ocupada como para que me distrajera? ¿Tan grande fue el alivio que me dio tener algo resuelto, no sentir nada (ni culpa ni amor ni miedo ni incertidumbre) que permití que esta rutina se convirtiera en mi futuro?

¿O algo ha cambiado desde que Elliot reapareció y, sin importar cuánto Sean lo niegue, eso ha creado una grieta en nuestra vida fácil e insulsa?

Sean me besa la clavícula y luego sube por mi cuello. Tiene una erección, se quita los calzoncillos, listo para actuar, aunque no hayamos intercambiado más de tres palabras en las últimas dos horas.

–¿Puedo preguntarte algo? –digo.

Él asiente, pero no detiene su avance hacia mi boca.

–Lo que quieras –responde, hablando mientras me besa.

–¿Te entusiasma casarte de nuevo?

Él extiende una mano entre los dos, me separa las piernas, como si planeara responder la pregunta después de haber empezado a tener sexo conmigo. Pero yo me alejo y él suspira sobre mi cuello.

—Sí, cariño.

No me gusta su respuesta.

—¿«Sí, cariño»?

Con un gruñido, Sean rueda a mi lado.

—¿No es lo que tú quieres? Quiero decir, yo ya he estado casado —responde—. Sé lo que tiene de maravilloso y lo que no tiene de maravilloso. Pero si tú quieres casarte...

Lo interrumpo alzando una mano.

—¿Recuerdas cómo sucedió?

Él piensa un instante.

—¿Te refieres a la noche que hablamos del tema?

Asiento aunque «la noche que hablamos del tema» no es la mejor descripción. Después de una noche divertida en el cine con Phoebe, la habíamos acostado en su cama y luego Sean me había llevado a su cuarto, cumplió todas mis satisfacciones y luego murmuró: «Phoebe cree que deberíamos casarnos» antes de quedarse dormido entre mis senos.

La mañana siguiente se acordó y me preguntó si lo había escuchado.

Confundida al principio, al final le dije:

—*Te escuché.*

—*Por Phoebe, si hacemos esto, quiero que sea en serio.*

En ese momento no tuvimos tiempo para seguir hablando, porque yo tuve que irme al hospital, pero sus palabras estuvieron todo el día revoloteando por mi cabeza: «Si hacemos esto, quiero que sea en serio».

Al pensar en ello, solo recuerdo el alivio abrumador que sentí ante la idea de resolver esa parte de mi vida de una manera tan práctica. No había nada complicado ni turbulento. Con Sean, no teníamos momentos de alegría extrema, pero tampoco pasábamos momentos malos llenos de ansiedad. Era relajado y él y Phoebe eran una familia a la que yo podía simplemente... unirme. Pero, viéndolo en retrospectiva, en el contraste evidente con la intensidad de emociones que sentía cerca de Elliot, casi parecía una locura que aquel día hubiera llegado a casa y le hubiera dado un sí lleno de entusiasmo a Sean.

A decir verdad, no hemos planeado mucho más desde entonces. Aún no hemos escogido el anillo, quizá porque nos dimos cuenta de que a Phoebe no le importaba demasiado la presencia de esa mujer nueva en su casa o si esa mujer sería su nueva mami.

La única persona que pregunta siempre cómo viene la organización de la boda es Sabrina y ella es la única que me ha dicho sin rodeos que cree que es una gran farsa.

Sean desliza una mano sobre mi cadera.

—Cariño, creo que necesitas descubrir qué quieres.

Lo miro a los ojos.

—¿Lo que yo quiero?

—Sí. A mí, a Elliot, a ninguno de los dos.

¿Y quién *actúa* así? ¿A quién le puede afectar tan poco la posible pérdida de su prometida como para sugerirle que lo piense mejor mientras le acaricia la cadera insinuando que la relación quizá termine pero que el sexo puede continuar?

—¿Acaso te importa que las cosas se hayan vuelto tan raras entre nosotros?

Sean aparta la mano y suspira profundamente con los ojos cerrados.

—Por supuesto que me importa. Pero he vivido estos momentos buenos y malos y no puedo permitir que me dominen. No puedo controlar lo que sientes.

Y entiendo que lo que dice es la reacción ideal para la situación en la que estamos, es la versión medida y básica de esta conversación difícil, pero ¿de verdad funciona así el corazón humano? ¿Le ordenas que se calme y lo hace?

Ahora lo miro, con su brazo sobre los ojos, e intento encontrar esa chispa de algo más grande, una emoción que me consuma. Hago lo que solía hacer a veces con Elliot: me imagino a Sean levantándose, atravesando la puerta para nunca regresar. Con Elliot, sentía como si me hubieran dado un puñetazo en el estómago.

Con Sean, siento cierto alivio.

Pienso en la cara que puso Elliot cuando le dije que estaba comprometida. Pienso en su rostro ahora: el anhelo, la puntada ínfima de dolor que le veo en los ojos cuando nos despedimos y tomamos direcciones opuestas. Once años más tarde, todavía anhela lo que tuvimos.

Me aterra lo que me está pasando; me siento como si me acabara de despertar. Creía que no quería intensidad, pero, de hecho, estoy desesperada por tenerla.

Miro a Sean y siento que estoy en la cama con alguien casual, con alguien de una noche.

Me incorporo y me pongo de pie.

—¿A dónde vas? —pregunta.

—Al sofá.

Me sigue.

—¿Estás loca?

Dios, es la situación más rara en la historia de las situaciones raras, y Sean está tan... tranquilo. ¿Cómo he terminado aquí?

—Creo que tienes razón –digo–. Quizá necesito descubrir lo que quiero.

ANTES

Elliot estaba recostado en el suelo, mirando el techo. Hacía un rato que estaba así, su libro gastado de *Los viajes de Gulliver* estaba abandonado sobre el cojín a su lado. Parecía tan concentrado en lo que pensaba que ni siquiera notó cómo le recorría el cuerpo con la mirada cada vez que yo volteaba una página.

Empezaba a preguntarme si alguna vez él dejaría de crecer. Con casi diecisiete años, hoy tenía puestos unos pantalones cortos y sus piernas parecían infinitas. Eran más peludas de lo que recordaba. No demasiado peludas, solo tenían una capa delgada de vello sobre su piel bronceada. Lucía masculino. Me gustaba.

Una de las cosas más extrañas de pasar mucho tiempo sin ver a alguien es pensar en todos los cambios que pasarías por alto si los vieras todos los días. Como el vello en las piernas. O los bíceps. O las manos grandes.

En su recuento de novedades, Elliot dijo que su mamá le había preguntado si quería hacerse una cirugía láser de ojos para no tener que usar más gafas. Intenté imaginarlo sin ellas, verle esos ojos verdes dorados sin los marcos negros a su alrededor. Me encantaban sus gafas, pero la idea de estar tan cerca de él sin ellas me generó cosas cálidas y extrañas en el estómago. De algún modo, era como imaginármelo desnudo.

–¿Qué quieres para Navidad? –me preguntó.

Me sobresalté un poco, sorprendida. Estaba bastante segura de que me veía exactamente como alguien a quien atraparon mirando a su mejor amigo pensando cosas para nada inocentes.

No nos habíamos besado de nuevo. Pero tenía muchas ganas de hacerlo.

Su pregunta me resonó como un eco en la cabeza.

–¿Navidad?

Elliot juntó las cejas, serio.

–Sí. Navidad.

Intenté disimular.

–¿En eso has estado pensando todo este tiempo?

–No.

Esperé a que desarrollara, pero no lo hizo.

–No sé –respondí–. ¿Hay alguna razón por la que me preguntas esto en septiembre?

Elliot se puso de costado para mirarme, con la cabeza apoyada en una mano.

—Solo me gustaría darte un buen regalo. Algo que quieras.

Posé mi libro y también me puse de lado para mirarlo.

—No tienes que regalarme nada, Ell.

Emitió un sonido de frustración y se incorporó. Sobre la alfombra, se acomodó para ponerse de pie. Extendí la mano y le sujeté la muñeca. Aparentemente, la lujuria contenida entre los dos solo había sido cosa mía.

—¿Estás enfadado por algo?

Elliot y yo no peleábamos, y la idea de que algo anduviera mal entre nosotros me afectaba el equilibrio interno, me causaba ansiedad inmediata. Sentía su pulso como un tambor constante bajo su piel.

—¿Piensas en mí cuando no estás aquí? —Sus palabras sonaban firmes, exhaladas con brusquedad.

Tardé un segundo en procesar la pregunta. Se refería a cuando estaba en casa. Lejos de él.

—Por supuesto que sí.

—¿Cuándo?

—Todo el tiempo. Eres mi mejor amigo.

—Tu mejor *amigo* —repitió.

Se me estrujó el corazón, casi con dolor.

—Bueno, también eres más que eso. Eres mi mejor *todo*.

—Me besaste este verano y luego actuaste como si nada hubiera pasado.

Esto fue como una puñalada en los pulmones. Cerré los ojos y me tapé la cara con las manos. *Sí, lo había hecho.* Después de besarlo en su cocina, me encargué de que todo fuera como siempre: leíamos en el techo por la mañana, almorzábamos en la sombra, nadábamos en el río. Había sentido su mirada sobre mí, la contención temblorosa de sus manos. Recordé la calidez de sus labios y lo encendida que me sentí cuando gruñó en mi boca.

—Lo lamento —dije.

—¿Por qué te *lamentas*? —preguntó con cautela, poniéndose de cuclillas a mi lado—. ¿No te gustó besarme?

Lo miro, atónita. Tengo las manos frías.

—¿Te pareció que no me gustó?

—No sé —respondió, encogiéndose de hombros con impotencia—. Sentí que te gustó. *Mucho*. Y a mí también. No puedo dejar de pensar en eso.

—¿En serio?

—*Sí*, Mace, y luego... —Me miró con el ceño fruncido y expresión seria—. Empezaste a actuar raro.

Mis pensamientos se enredaron; el recuerdo de Emma a su lado en la entrada del garaje y el pánico que siempre sentía cuando lo imaginaba saliendo de mi vida para siempre.

—Es que Emma...

—*A la mierda* con Emma —dijo con brusquedad y me sorprendió tanto que me alejé un poco de él.

De inmediato, Elliot pareció arrepentido y extendió una mano para apartarme un mechón de cabello del rostro.

—En serio, Mace. No sucede nada entre Emma y yo. ¿Por ese motivo no quieres hablar de lo que pasó en la cocina?

—Creo que también es porque me aterra arruinar esto. —Bajé la vista y añadí—: Nunca he tenido novio ni nada. Eres la única persona más allá de papá que realmente me importa, y la verdad es que no estoy segura de poder soportar no tenerte en mi vida.

Cuando cerraba los ojos por la noche, lo único que veía era a Elliot. La mayoría de las noches estaba desesperada por llamarlo antes de quedarme dormida, para poder oír su voz. Odiaba pensar más allá del próximo fin de semana, porque no sabía con certeza cómo se alinearían nuestros futuros a partir de entonces. Me lo imaginaba yendo a Harvard y a mí en alguna parte de California, convirtiéndonos de a poco en meros conocidos. Esa posibilidad me retorcía el estómago.

Cuando lo miré de nuevo a los ojos, noté que había suavizado la tensión de su boca. Tomó asiento delante de mí, sus rodillas tocaban las mías.

—No me iré a ninguna parte, Mace. —Me tomó una mano—. Te necesito del mismo modo que tú me necesitas, ¿lo entiendes?

—Sí.

Elliot miró mi mano en la suya y movió nuestras palmas para presionarlas juntas y entrelazar nuestros dedos.

—¿Piensas en *mí*? —le pregunté. Ahora que él lo había planteado, me carcomía la duda.

—A veces siento que pienso en ti a cada minuto —susurró.

Una burbuja de emoción apareció tensa bajo mis costillas y me tocó un punto débil. Observé nuestras manos unidas un largo rato antes de que él hablara de nuevo.

Hice un esfuerzo por mantener mis ojos apartados de su cuerpo.

−¿Palabra favorita? −susurró.

−*Cremallera* −respondí sin pensar y, sin mirar, supe que había sonreído como respuesta−. ¿La tuya?

−*Chisporroteo*.

−¿Tienes novia? −quise saber. Las palabras sonaron como si hubiera abierto una ventana y hubiera entrado una fuerte ráfaga de incomodidad.

Alzó la vista de nuestras manos, con el ceño fruncido.

−¿En serio lo preguntas?

−Solo para estar segura.

Él me soltó la mano y regresó a su libro. No estaba leyendo; parecía tener deseos de lanzármelo.

Me acerqué un poco más a él.

−No puede sorprenderte que te lo haya preguntado.

Me miró boquiabierto y soltó el libro.

−Macy, acabo de preguntarte si piensas en mí. Te pregunté por qué comenzaste a actuar raro después de nuestro beso. ¿De verdad crees que mencionaría el tema si tuviera novia?

Me mordí el labio, avergonzada.

−No.

−¿Acaso *tú* tienes novio?

Esbocé una sonrisa burlona.

−Un par.

Él soltó una risa irónica y negó con la cabeza mientras recogía su libro de nuevo.

Por supuesto que cada vez que me imaginaba besando a alguien, siempre era a Elliot. Y ya lo habíamos hecho.

· 220 ·

Una fantasía perfecta, sublime realidad, consecuencias potencialmente problemáticas. Incluso la idea de besarlo me llevaba a pensar en una separación incómoda y desagradable que me causaba espasmos de dolor en el estómago.

Sin embargo..., no podía dejar de *mirarlo*. ¿En qué momento perdió toda su torpeza y se convirtió en alguien tan perfecto? ¿Qué haría con él si alguna vez tuviera la oportunidad? Elliot, de casi diecisiete años, era una obra de líneas largas y definidas. No sabría cómo tocarlo. Conociéndolo, él me enseñaría. Quizá me daría una guía de anatomía masculina y me haría algunos diagramas. Mientras me observa los senos.

Solté una risa. Él alzó la vista.

—¿Por qué me miras así? —indagó.

—No te... estoy mirando.

Emitió un sonido seco y breve de incredulidad.

—De acuerdo. —Estiró el cuello y bajó de nuevo la mirada—. Me sigues mirando.

—Solo me pregunto cómo funciona —comenté.

—¿Cómo funciona *qué*?

—Cuando... —Hago un gesto evidente con la mano—. Cómo a los chicos se... Ya sabes.

Alzó las cejas, esperando. Vi el instante en que comprendió a qué me refería. Se le dilataron tan rápido las pupilas que sus ojos parecían negros.

—¿Quieres saber cómo funcionan los *penes*?

—¡Ell! No tengo hermanas. Necesito que alguien me cuente estas cosas.

—Ni siquiera puedes hablar acerca de besarme y ¿quieres que te diga cómo es cuando me masturbo?

Tragué el entusiasmo que me obstruía la garganta.

—Está bien, no importa.

—Macy —dijo, ahora con más dulzura—, ¿por qué nunca sales con nadie cuando estás en tu casa?

Boquiabierta, le respondí lo que pensaba que era obvio:

—No me interesan otros chicos.

—¿*Otros* chicos?

—Es decir —añado al notar mi error—, nadie.

—«Otros» implica que hay un chico —levantó una mano— y luego, otros chicos —levantó la otra mano—, pero en este caso, dijiste que no te interesan otros. Así que, ¿hay un chico que *sí* te interesa?

—Deja de actuar como si me estuvieras analizando.

Esbozó una sonrisa torcida.

—¿Quién es?

Lo observé un rato. Respiré profundamente y decidí que no era tan grave admitir:

—Sabes que comparo a todos los chicos contigo. No es ninguna revelación.

—¿Sí? —Elliot amplió la sonrisa.

—Por supuesto. ¿Cómo no hacerlo? Eres mi mejor todo, ¿recuerdas?

—Tu mejor todo al que le preguntas sobre masturbación.

—Exacto.

—Tu mejor todo incomparable con cualquier otro chico y cuya lengua permitiste que tocara la tuya.

–Sí. –No me agradaba hacia dónde iba esto. Iba hacia las confesiones, y las confesiones cambiaban las cosas. Las confesiones intensificaban los sentimientos simplemente porque les dan espacio para respirar. Las confesiones llevan al amor, y admitir estar enamorado es como amarrarte a las vías de un tren.

–Entonces quizá tu mejor todo debería ser tu novio.

Nos miramos fijamente.

Hablé sin pensar:

–Quizá.

–Quizá –concordó en un susurro.

AHORA

Fiel a su promesa, Sabrina trae a Viv a la ciudad para almorzar juntas. Hace dos semanas que no nos vemos, desde el pícnic. Durante ese tiempo, básicamente me he sumergido en el trabajo. Es extraño decirlo, pero he visto a Sean despierto solo tres veces.

Quizá se debe a que estoy durmiendo en el sofá.

No sé por qué no puedo dar el último paso: empacar mis maletas y mudarme de nuevo a Berkeley. Tal vez es el tedio del viaje o los fantasmas de mi pasado que sé que aún viven allí: mamá y papá están en cada partícula de aire.

Desde que empecé la universidad, he regresado a esa casa un total de siete días. Sería como entrar a una cápsula del tiempo.

La expresión de Sabrina cuando entro al Wooly Pig me

dice todo lo que necesito saber: si esta mañana he logrado taparme bien las ojeras o no.

—Jesucristo —murmura cuando tomo asiento frente a ella—. Te ves como si acabaras de resucitar en el cementerio de animales.

Me río y tomo el vaso de agua que tengo delante.

—Gracias.

—Si hubiera sabido lo que me esperaba, te habría esperado con un expresso.

—Nada de café —digo, negando con la mano—. Ha sido mi única fuente de calorías esta semana y necesito algo... jugoso. Un batido o algo así.

Siento que me inspecciona mientras reviso el menú.

—De acuerdo, dime qué pasa —dice, acercándose a mí—. Te vi hace dos semanas, y hoy estás completamente diferente.

—He trabajado mucho. Es una época muy ajetreada; empieza la temporada de gripes. —Sin pensar, miro a Viv, dormida en su carriola junto a la mesa—. Y las cosas con Sean no marchan muy bien.

—¿¡No!? —exclama Sabrina, y no me atrevo a mirarla porque no sé cómo me sentiré si su expresión concuerda con el timbre entusiasta de sus palabras—. ¿Qué ocurre?

Finalmente, la miro a los ojos, con mi expresión de «por favor, no».

—Sabrina.

—¿Qué?

—¿Es necesario que hablemos de esto? —Siento que romperé en llanto—. *Sabes* lo que pasa. —Con una mano levantada, empiezo a enumerar los eventos con los dedos–: Es un tipo que apenas conozco. Nos hemos comprometido a los dos meses de salir juntos. Me topo con Elliot en Saul y verlo es como..., no sé, una patada al alma. Y luego, vaya novedad, Elliot regresa a mi vida y ¡sorpresa! Creo que tal vez las cosas con Sean no eran tan geniales como pensaba.

Sabrina asiente, pero no dice nada.

–¿*Ahora* decides quedarte callada? Creí que te alegraría oír esto.

–El punto es que quiero que *seas* feliz. Quiero ver esa chispa que vi el otro día. Quiero ver que te sonrojas cuando alguien simplemente te *mira*.

–Sabrina, *he sido* feliz con Sean. Solo porque me siento *más* completa cuando Elliot está cerca no significa que ese sentimiento sea más válido ni más feliz.

–¿En serio? ¿De verdad sabes cómo luce la felicidad? De hecho, el otro día me preguntaba si te había visto feliz alguna vez antes del pícnic.

Esto es una sacudida violenta, porque viene de alguien que me conoce hace diez años.

–Estás bromeando.

Sabrina niega con la cabeza.

–Cuando Elliot se nos acercó..., te juro que esa fue la primera vez que te vi sonreír así, con todo el cuerpo, y eso hizo que me cuestionara toda tu personalidad.

–Guau –digo despacio. Se siente como... una revelación inmensa.

–Crees que eres feliz, pero apenas vives.

—Sabrina, así es como luce la residencia y trabajar más de ochenta horas por semana.

—No —responde, negando con la cabeza con seguridad. Se reclina en la silla, sosteniendo su taza de café—. ¿Recuerdas el primer año?

Siento la sombra fría de esa época cerniéndose sobre mí.

—Poco.

—Desde que te conocí, Elliot ha sido la tercera persona presente con nosotras a cada segundo. A veces siento que las cosas que me contaste me las dijiste solo porque él no estaba ahí. —Levanta una mano cuando intento responderle—. Por cierto, no es una queja. Yo tenía a Dave y a ti. Tú me tenías a mí... Pero también lo tenías *a él*: en tus pensamientos y en cada cosa que hacías. Cuando salías con chicos, era como si... te escabulleras cuando volvías a la noche, como si alguien se fuera a enfadar porque habías tenido una cita.

La observo, exhalando y odiándola por hacer esto, por exponer al público estas verdades que por mucho tiempo vivieron solo en las sombras polvorientas de mi memoria.

—¿Recuerdas la primera vez que te acostaste con Julian?

Emito una mezcla de risa y gruñido. Lo recuerdo. Fue a mediados del primer año. Julian, guitarrista de cabello largo, era un semidios en el campus y estudiante de penúltimo año. Hermoso, un poco engreído, no tan profundo como él creía ser... O quizá esa es mi opinión en retrospectiva. No sé por qué, empezó a cortejarme en octubre, lo cual causó celos violentos en las fanáticas de su banda. En un momento, accedí a salir con él; pensaba que quizá tener algo con otra persona haría que todo lo ocurrido en California desapareciera.

Tuvimos sexo en su casa después de la primera cita. No recuerdo mucho más. Solo que, mientras sucedía, pensé que al menos quince mujeres más querrían estar en ese instante en esa cama, y que él seguro lo estaba haciendo bastante bien, pero que lo único que yo quería era que terminara de una vez para poder irme a casa y hacerme un ovillo.

Regresé al dormitorio que compartía con Sabrina y, antes de que le pudiera decir una sola palabra, le vomité su par de zapatos favorito, color púrpura, y luego, en un brote de locura, le conté todo sobre Elliot.

—Pobre Julian —dije.

—Era lindo —responde ella—. Y funcionó un tiempo porque no estabas involucrada emocionalmente. Nunca te *involucras*, Macy. Solo tienes un par de personas a las que puedes llamar «amigos de verdad» y luego le pones distancia a todo el mundo.

Intento objetar, pero ella, atrevida, levanta una mano para detenerme.

—Déjame decirte algo, he estado trabajando en este discurso desde el pícnic.

Sonrío a pesar de mi enojo.

—De acuerdo.

—Estoy segura de que Sean es un gran tipo, pero es otra versión de lo tuyo con Julian: es todo superficial. Nunca sientes lo que sentías por Elliot, pero es conveniente: de todos modos, no quieres sentir eso de nuevo.

Asiento, tensa. No puedo culparla por decir en voz alta cosas que yo también he empezado a cuestionarme.

–Pero, mierda, Mace –dice con dulzura–, ¿no te parece un poco egoísta? Das solo lo que estás dispuesta a dar. Por suerte esta vez, Sean está encantado con las sobras.

Poso la espalda contra el respaldo de mi silla.

–Vaya... –digo–. No te contengas tanto.

Ella se muerde el labio, observándome.

–¿Me equivoco?

Me froto la cara con las manos, me siento más cansada de lo que he estado en toda la semana.

–No es tan simple y lo sabes.

Sabrina cierra los ojos, inhala y exhala despacio. Me mira de nuevo y dice con amabilidad:

–Lo sé, amiga. La cuestión es... que finges que puedes alejarte de Elliot. Pero ¿puedes? Y si no es así, ¿por qué sigues comprometida con otro hombre?

–Ya sé, ya sé. –Tengo el estómago revuelto.

Sabrina suaviza la expresión.

–¿No quieres ver qué pasaría con Elliot? Lo peor que puede suceder es que no funcione y se vaya de tu vida. –Se inclina hacia mí de nuevo y añade en voz más baja–: Sabes que puedes sobrevivir a eso. Al menos, mínimamente.

Giro mi tenedor sobre la mesa.

–¿Qué hace que sigas con Sean?

Sé que quiere una respuesta seria, pero estoy harta de la intensidad de esta conversación.

–La ubicación de su casa es muy conveniente.

Sabrina suelta una carcajada que sorprende a Viv y la despierta.

—Están acomodando tus almohadas en el infierno, Macy Lea Sorensen.

—No creo que usen almohadas en el infierno —digo, devolviéndole la sonrisa—. Y estoy bromeando. Solo me resulta difícil hacerles caso a estas dudas nuevas porque hace unas semanas estaba feliz con Sean. ¿Y si es solo una crisis?

Sabrina emite un «ajá» escéptico.

—Oye. —La miro, parpadeando.

—*Oye* tú. Sabes que tengo razón. Sean es fácil, lo entiendo. Es un cactus y Elliot es una orquídea. También lo entiendo, pero...

—¿Pero qué?

—Pero no lloriquees como un varón con esto. —Sabrina odia usar la expresión «como una niña» para referirse a la *debilidad*, en especial después de haber parido a su bebé de cuatro kilos y medio de manera tradicional—. Cuando piensas en besar a Elliot, ¿qué sientes?

Todo mi cuerpo estalla de calor y sé que de inmediato se vuelve evidente en mi rostro. *Sé* cómo es besar a Elliot. Sé cómo suena cuando acaba. Sé cómo sus manos se vuelven salvajes y exploradoras cuando está excitado. Sé cómo aprendió a tocar, a besar y a dar placer, porque aprendió conmigo.

Sé cuán fantástico era, a pesar de que lo tuve poco tiempo.

—Ni siquiera necesito que respondas. —Se reclina en su asiento cuando la camarera llega para tomar nuestra orden.

Cuando se marcha, mi teléfono vibra dentro del bolso y lo tomo, riendo. Es un mensaje de Elliot, con quien no he hablado desde el pícnic.

¿Ya le contaste a Sean lo de Año Nuevo?

Me encantaría que vinieras conmigo.

Piénsalo como una oportunidad de investigar para la boda que no tienes ganas de planear.

Se lo muestro a Sabrina y ella se ríe, negando con la cabeza.

—Intervención completada.

ANTES

Elliot estaba recostado en el suelo; tomó del futón un cojín nuevo y peludito y se lo puso debajo de la cabeza. Eran casi las dos de la tarde, y papá y yo habíamos logrado llegar a la cabaña de casualidad, porque el motor del Volvo no paraba de emitir un traqueteo seco. Mientras papá y el señor Nick se habían puesto a trabajar en el carro del automóvil, Elliot y yo habíamos devorado unas sobras de pollo frías en los escalones de la entrada. Cuando regresamos a la calidez de la casa, yo estaba más preparada para dormir una siesta que para leer un capítulo entero.

La voz de Elliot parecía más grave de lo que había sido el fin de semana anterior.

–¿Palabra favorita?

Cerré los ojos para pensar.

—*Insoportable.*

—Guau. —Elliot hizo una pausa y, cuando lo miré, me observaba con curiosidad—. Vaya elección. ¿Sucedió algo?

Me quité los zapatos con los talones y uno de ellos casi le golpea el costado de la cabeza. Habíamos pasado la última hora juntos, pero estar de nuevo dentro del clóset, con las paredes azules, las estrellas y la calidez de su cuerpo cerca parecían liberar todo en mi interior. Las cosas habían sido difíciles en noveno y décimo, ¿pero el penúltimo año? Sin duda era el peor.

—Odio a las chicas. Se la pasan chismoseando, son mezquinas y detestables —solté.

Elliot marcó hasta dónde había leído su libro, lo cerró y lo colocó a su lado.

—Desarrolla.

—A mi amiga, ¿Nikki?, le gusta un tal Ravesh. Pero Ravesh me invitó al baile de primavera y le dije que no porque es solo un amigo, pero Nikki igual está enfadada conmigo, como si yo pudiera haber evitado que me invitara a mí y la invitara a ella. Así que Nikki le dijo a nuestra amiga...

—Respira.

Respiré profundamente.

—Le dijo a nuestra amiga, Elyse, que *yo* le había dicho a la amiga de Ravesh, Astrid, que quería ir con él solo para que él me invitara, y luego le dije que no. Elyse le creyó y ahora ni ella o Nikki me hablan.

—Ni ella ni Nikki te hablan —me corrigió y luego, ante mi mirada fulminante, me pidió disculpas en voz baja y añadió–: Sin duda ni Elyse *o* Nikki son menos que unas perras.

Me reí, y luego solté una carcajada más fuerte. Todo parecía tan fácil en el clóset. ¿Por qué no podía ser siempre así?

Él se rascó la mandíbula, observándome.

–Deberías llevarme *a mí* al baile de primavera.

–¿Irías? Odias esas cosas.

Elliot asintió y se humedeció los labios, lo que me distrajo.

–Iría.

–Todos quieren conocerte. –Descubrí que era incapaz de apartar la vista de su boca, de imaginarme saboreándolo.

–Bueno, por el contrario, yo no me muero de ganas de conocerlos. –Me sonrió–. Pero sí quiero verte vestida con algo más que pijamas, jeans o pantalones cortos.

–¿De verdad irías al baile de primavera conmigo?

Él inclinó la cabeza, con el ceño fruncido.

–¿Es tan difícil aceptar que quiero ser la única persona con la que desees ir a un baile estúpido?

–¿Por qué?

–Porque eres mi mejor amiga, Macy, y, a pesar de tu reticencia ridícula...

–Buena aliteración.

–Eres la chica que quiero. Quiero que estemos juntos.

Se me tumbó el estómago con entusiasmo y ansiedad.

–Besas a otras chicas.

–Rara vez.

–Mmm, mentira.

–Obviamente no lo haría si pudiera besarte a ti.

Suspiré, me mordí los labios y jugué con mis dedos.

–¿Por qué el resto no puede ser como tú?

–Te olvidarías del resto si estuvieras conmigo.

Le sonreí con suavidad, reprimiendo las ganas de acercarme a su cuerpo. Cada vez era más y más difícil ignorar que lo amaba profundamente, de verdad.

–¿Cuál es tu palabra favorita? –le pregunté.

Se mordió un instante, pensando, y susurró:

–*Provocar.*

AHORA

Después de ese mensaje durante el almuerzo con Sabrina, las cosas con Elliot han avanzado rápidamente y hemos empezado a hacer algo que no hacíamos ni siquiera en la preparatoria: hablamos casi todos los días. Quizá solo unos minutos. A veces, es solo un mensaje. Pero siento su presencia casi constantemente y, sin importar cuánto quiero no involucrarme más, sé que el alivio vibrante y sutil en mis pensamientos es gracias a él.

Tal vez por ese motivo, las cosas con Sean están, como mínimo... raras. No hemos tenido ni una discusión. No hemos tenido ni una charla sobre lo que estamos haciendo. Cuando los encuentro despiertos de casualidad, Phoebe parece contenta de verme, Sean parece contento de verme. Estoy segura de que si planeara una gran boda mañana,

Sean aún asistiría sin problemas. Estoy segura de que si la pospongo por tiempo indefinido, Sean nunca me preguntaría por qué.

También estoy segura de que podría irme y a él no le molestaría.

Es la situación más extraña en la que he estado y, sin embargo, podría ser tan *fácil*, mierda. No me exige nada, no me exige que me involucre emocionalmente y sé que no me *necesita*. Podríamos tener una relación que nos diera sexo a los dos, estabilidad financiera, un techo sobre nuestras cabezas y conversación entretenida durante la cena, y al mismo tiempo tener vidas completamente separadas.

Pero las verdades centrales (que no estamos enamorados, que nunca lo hemos estado y que la ausencia de amor me perturba) no parecen llegarme en pequeñas dosis. Aparecen todas juntas y *de pronto*, en blanco y negro, gritando «La relación ya terminó hace rato» cada vez que nos sonreímos con cortesía mientras nos movemos en el baño para compartir el lavabo.

Me tiene harta. Estoy desesperada por encontrar la mejor escapatoria. Por desgracia, me preocupa que la reacción principal de Sean sea la decepción. Soy tan conveniente como amante para él como él lo es para mí; pero en su caso, tal vez no necesite más: ya tiene al amor de su vida, en forma de su hija de seis años.

Podría comenzar asegurándome de que puedo costear vivir sola en la ciudad. Me tomo extrañamente un día libre y conduzco hasta El Cerrito para hacer algo que he pospuesto durante meses: reunirme con mi asesora financiera. Daisy Milligan era la antigua as de las finanzas de papá y la conservé más por nostalgia y pereza que por su talento.

Dicho esto, aunque está cerca de los setenta años, apenas necesita revisar mi archivo mientras me explica lo que tengo en mi fideicomiso (lo suficiente para cubrir los gastos de reparación de la casa y los impuestos, pero no mucho más) y por qué debería vender una de mis casas (necesito más una cuenta individual de jubilación que dos propiedades). No me atrevo a mencionarle que estoy viviendo en San Francisco y que ni siquiera gano dinero rentando la casa de Berkeley.

Odio hablar de dinero. Odio aún más ver cuánto necesito organizarme financieramente. Estoy algo nerviosa e inquieta y cuando Elliot me escribe para preguntarme cómo ha estado mi día, le digo que estoy de su lado de la bahía... Reunirnos parece la opción más lógica.

Me dice de ir a FatApple, en Berkeley, sin saber lo cerca que queda de mi casa. Así que, en cambio, le propongo encontrarnos en la cima de las colinas de Berkeley, en el parque Tilden, en la entrada del sendero Wildcat Creek.

Llego antes que él y, cuando bajo del automóvil, cierro la cremallera de mi abrigo para combatir el viento. La niebla rueda por las colinas, parece que el horizonte gris se hunde en el valle gradualmente.

Amo Tilden y tengo tantos recuerdos de cuando venía con mamá, cabalgábamos en ponis, alimentábamos a las vacas de la Granjita y, después de su muerte, papá y yo veníamos casi cada fin de semana para alimentar a los patos del estanque. Nos sentábamos en silencio, lanzábamos trozos de pan al agua y observábamos a los patos devorarlos y graznando al competir.

La nostalgia que me generan esos recuerdos de Tilden parece mezclarse con la que me genera Elliot; juntas forman una combinación potente en mi sangre, una que me desgarra. Aunque él y yo nunca hemos estado juntos en este lugar, me siento como si hubiéramos venido muchas veces. Siento que él es parte de mi núcleo, que está entrelazado con mi ADN.

Así que verlo aparecer entre la niebla del aparcamiento y avanzar hacia mí con sus pasos largos y sus jeans negros ajustados... hace que mi ansiedad simplemente... se evapore.

En una epifanía clara y repentina, me doy cuenta de que Sabrina tenía razón: sin él apenas he estado sobreviviendo.

Quiero compartir esta vida con Elliot de alguna manera. Solo que... no tengo idea de cómo sería.

Se sienta a mi lado y desliza un brazo sobre el respaldo. Parece leer mi estado de ánimo.

—Ey, ¿estás bien?

El impulso de abrazarlo es casi devastador.

—Sí, solo he tenido... un día largo.

Se ríe mientras extiende la mano y sujeta despacio mi coleta y jala de ella con suavidad.

—Y apenas es mediodía.

—Me he reunido con la asesora financiera de papá.

Con la otra mano, se rasca una ceja.

—¿Sí? ¿Y cómo te ha ido?

—Quiere que venda una de las casas.

Elliot se queda en silencio, digiriendo la información.

—¿Y cómo te sientes al respecto?

—No muy bien. —Lo miro—. Pero sé que tiene razón. No vivo en ninguna de las dos, pero tampoco quiero deshacerme de ellas.

—Ambas tienen muchos recuerdos. Buenos y malos.

Así de fácil, va al centro del asunto. Incluso la primera vez que me preguntó por mi mamá fue firme y dulce.

Subo una pierna y me giro para mirarlo. Estamos tan cerca y, aunque nos encontramos al aire libre, en un parque público, no hay nadie a nuestro alrededor y todo parece muy íntimo. Sus ojos hoy son más verdes que castaños; tiene una barba incipiente, como si no se hubiera afeitado por la mañana. Me pongo las manos entre las rodillas para no acariciarle la mejilla.

—¿Puedo hacerte una pregunta?

Elliot posa un instante la mirada sobre mi boca, luego sube a mis ojos y responde:

—Siempre.

—¿Crees que reprimo las emociones?

Elliot endereza la espalda y mira a su alrededor como si necesitara un testigo.

—¿En serio lo preguntas?

Lo empujo en broma y finge estar herido.

—Sabrina sugirió que tengo el hábito de mantener lejos a la gente.

—Bueno —comienza, seleccionando sus palabras con cautela—, siempre has hablado conmigo, pero tengo la sensación de que no lo has hecho con nadie más. ¿Así que quizá eso aún sea verdad?

Pasa un automóvil, y su motor diésel resuena alrededor del circuito del parque, lo que nos llama la atención un instante y hace que nos centremos en el terreno verdoso. Nos llegan los ruidos sutiles de la vida silvestre de la Granjita, que está cerca, al final del sendero de grava.

Como no digo nada, él continúa:

—Es decir, quizá no soy imparcial debido a nuestras circunstancias actuales, pero siento que quizá no sueles... hablar mucho de tus cosas. Y, por ahí me equivoco, pero tengo la sensación de que Sean también es así.

Decido ignorar esa parte, quiero evitar conversar con Elliot sobre Sean. Ahora sé lo que debo hacer, pero le debo a Sean hablarlo con él primero.

—Antes hablaba con papá. —Evado el tema como una profesional—. Quizá no como lo hacía contigo, pero charlábamos de la escuela. Con mamá también hablaba.

—Sí, pero estamos hablando de *ahora*. Siempre has sido bastante reservada, pero ¿tienes a alguien con quien hablar? ¿Alguien que no sea Sabrina?

—Te tengo a ti. —Después de un segundo incómodo, añado—: Es decir... *ahora* te tengo. —Otra pausa—. De nuevo.

Elliot se pone serio y recoge una ramita del suelo antes de posar los codos sobre las rodillas y hacerla girar entre los dedos y el pulgar. Está nervioso.

Ya sé...

Ya sé...

Ya sé lo que está por venir.

—¿Macy? —Elliot me mira por encima del hombro—. ¿Lo amas a Sean?

Sí, sabía lo que iba a decirme, pero el peso de su pregunta igual me hace levantar del banco y alejarme dos pasos.

—Te he visto enamorada —dice con calma, sin ponerse de pie—. No pareces enamorada de él.

No le respondo, pero, de todos modos, me interpreta.

—No lo entiendo —gruñe—. ¿Por qué estás *con* él?

Me doy vuelta para ver su expresión, con el ceño fruncido y la boca tensa de emoción. Respiro un par de veces antes de ordenar las palabras para no sonar como una extrema melodramática.

—Porque las personas que somos un desastre emocionalmente tenemos un acuerdo (algo que hasta hace poco creía que era tácito): compartimos con el otro solo una fracción de nosotros mismos. Perderlo a él nunca me destruiría. —Niego con la cabeza y me miro el zapato mientras lo hundo en la tierra. La epifanía de antes, sobre una vida plena y compartida, empieza a desaparecer cuando Elliot despierta mi instinto de autopreservación. Odio que Sabrina tenga razón. Odio que esconderme en mi caparazón sea mi primer reflejo—. Me doy cuenta de que suena muy cobarde, pero creo que no podría soportar perder de nuevo a alguien que amo.

—Dolió mucho —dice con calma; lo afirma, no lo pregunta— lo que hice. ¿Cuándo vamos a *hablar* de eso?

—No te perdí solo a *ti* –le recuerdo.

Me detengo, necesito un segundo para respirar. Los recuerdos de la última vez que vi a Elliot solían causarme malestar físico. Ahora, solo hacen que unas náuseas me recorran el cuerpo.

Veo que él asimila todo esto. Observa mi rostro, les da vueltas a las palabras en su mente y las inspecciona desde ángulos diferentes, como si supiera que está pasando algo por alto.

O quizá solo estoy siendo paranoica.

—¿Cuál es su historia? –pregunta.

—¿La de Sean?

Elliot asiente, recoge otra ramita.

—¿Estuvo casado?

—Sí. Ella trabajaba en finanzas y se volvió adicta a la cocaína en un viaje de trabajo.

Elliot levanta la cabeza, con expresión atónita.

—¿En serio?

—Sí. Un horror, ¿verdad? –Miro detrás de él, hacia el aparcamiento–. Por eso es él quien tiene a su hija. Nunca superó a Ashley, su exesposa. Ha sido... muy fácil para los dos caer en algo permanente sin *necesitarnos* mutuamente.

Elliot inclina el torso hacia delante.

—Macy.

—Elliot.

—¿Te quedas con él por Phoebe?

Lo miro fijamente, con confusión genuina.

—¿Qué?

—Phoebe.

–No, ya oí el nombre. Solo no entiendo cómo... *Ah* –Entiendo lo que quiere decir–. No.

–O sea, es una niña dulce sin mamá... –Lo dice como si fuera obvio el motivo por el que sigo con él y, está bien, desde afuera comprendo por qué pensaría eso. Pero no los conoce.

–Ella no me necesita –le garantizo–. Tiene un papá presente maravilloso. Yo soy como... –Sacudo la mano, insegura–. Un *accesorio*. Es decir, siendo sincera: no sé cómo ser... una madre, así que ella no parece necesitar nada de mí.

Elliot gruñe un poco, mira la ramita que destroza despacio y metódicamente.

–Está bien.

–¿Qué quieres decir con eso? –Lo fulmino con la mirada.

–Quiero decir que está bien.

–No puedes quedarte tanto tiempo pensando y después solo decir «está bien». Es un «está bien» con desdén.

Se ríe y lanza la ramita al suelo antes de mirarme.

–Está bien.

Me está desafiando. Quiere que me involucre, lo noto.

–Maldita sea. –Me giro y miro el centro educativo y las nubes grises reunidas detrás del edificio.

–Tal vez necesite una mamá cuando tenga su período –dice con calma–. O cuando sus amigas se comporten como idiotas.

–Quizá tenga un amigo en un clóset que la escuche en vez de una mamá –replico y me volteo para mirarlo con desconfianza–. ¿Por qué siento que intentas convencerme de que me quede con Sean? ¿Estás usando psicología inversa conmigo?

Sonriendo, cede.

–Vamos, hablemos de otra cosa. ¿Palabra favorita?

El calor me recorre la piel. Estoy tan poco preparada para esto que se me queda la mente en blanco y, de pronto, no encuentro palabras, en ninguna parte.

–No se me ocurre ninguna... ¿La tuya?

Su risa brota como un rugido grave.

–*Melifluo*.

–Qué palabra complicada. –Frunzo la nariz.

–Sin duda lo es, señorita –gruñe, con un tono sabiondo.

Le lanzo un guijarro por ello.

–Tu voz es *meliflua* –susurra, mientras se levanta del banco y avanza hacia mí–. Y, vamos. Es tu turno. No puedes pensarlo tanto, tramposa. Conoces las reglas.

Observo que sus labios se abren mientras me mira la boca. Veo su lengua asomarse.

–*Limerencia*.

No hay otra palabra igual: *estado mental involuntario resultado de una atracción romántica por parte de una persona hacia otra.*

Elliot fija su mirada en la mía, sus pupilas dilatadas parecen tinta en un estanque.

–Eres horrible.

–Intento no serlo.

Él señala el sendero con el mentón, instándome a seguirlo. Recorremos el camino y no puedo evitar recordar mis paseos junto a mis padres. Esos recuerdos son ya tan lejanos que parecen parte de otra vida, y, por otra parte, hacen que se me erice el vello como si hubiesen ocurrido hace solo dos semanas. Despacio, nuestros pasos van despertando el crujido de la gravilla, que se mueve bajo nuestros pies. Él ha acortado sus pasos para igualarlos con los míos.

–¿Eres feliz? –le pregunto.

Mi abrupta intervención hace que se detenga un poco y luego sigue caminando.

–He tenido momentos felices, sí –dice. No me gusta la respuesta. Quiero que esté contento, que lo quieran, lo adoren, que esté lleno de todo, todo el tiempo–. Tengo que admitir que me siento más feliz cuando estoy contigo –añade. Es embriagador saber que tengo el poder de causar eso–. ¿Y tú? ¿Eres feliz?

–No lo he sido. –Siento su mirada sobre mí–. Y estar de nuevo cerca de ti ha hecho que me diera cuenta. –Nos detenemos en un puente diminuto y resbaladizo en medio del bosque, y nos miramos–. Me haces sentir muchas cosas –admito en un susurro.

Él extiende una mano y vuelve a tocarme la coleta.

–Tú a mí también. Siempre ha sido así. –Mueve la mano para acariciarme el pelo y murmura–: Por cierto, no estaba tratando de convencerte de que no dejaras a Sean. Solo creo que estás siendo demasiado dura contigo misma.

Entrecierro los ojos con escepticismo.

–¿Yo?

–Creo que estás castigándote por estar con Sean. –Asiente con la cabeza–. Por eso te he preguntado por Phoebe y...

–¿Ashley?

—Sí. Ashley. —Empuja las gafas con el dedo índice y observa los árboles frondosos—. Actúas como si estuvieras con él porque es fácil. Pero, en cierto modo, en este escenario es como si él fuera tu padre y tú la mujer que llegó después de tu madre. Sean ya no tiene tanto para dar, y tú lo entiendes. Después de todo, no querrías reemplazar a nadie.

Lo miro, atónita. En pocas oraciones, acaba de explicar por qué tiene sentido para mí estar con Sean, demostrando al mismo tiempo que él, Elliot, es la única persona que realmente entiende algo esencial sobre mí. Ni siquiera yo había visto esta realidad hasta ahora.

—¿Por qué eres tan bueno conmigo después de todo lo que pasó?

Elliot inclina la cabeza a un lado mientras me observa. Por supuesto que él no lo considera extraño desde su perspectiva. Él solo conoce su traición, no la mía.

—¿Porque te quiero?

La emoción me aprieta la garganta y debo tragar un par de veces antes de decir:

—Creo que no había notado lo anestesiada que estaba. O quizá tampoco me he molestado en hacerlo.

Veo el modo en que esto le afecta físicamente.

—Mace…

Me río con pesar por lo terrible que suena.

—Es un horror, ¿no?

Él se me acerca y me aplasta contra su pecho. Me toma de la nuca con una mano y con la otra me envuelve los hombros, y me siento como si no hubiera llorado en diez años.

ANTES

Mi padre y yo metemos nuestras vidas en cajas para pasar el verano en Healdsburg. Los nervios que me carcomían se alojaron en mi estómago. Este verano todo parecía haber cambiado. Habíamos terminado nuestro penúltimo año de instituto y estábamos a punto de empezar el último. Todo se había vuelto más interesante, los dramas con los amigos parecían haberse atenuado. Aunque no había ido con Elliot al baile de primavera (de hecho, ni siquiera fui), el verano siempre parecía el momento en el que las cosas entre los dos cambiaban de manera colosal.

Yo tenía diecisiete años; Elliot, casi dieciocho. El verano pasado, nos habíamos besado. Habíamos admitido nuestros sentimientos. Y desde entonces, él me había empezado a mirar de un modo diferente, más como algo para devorar que como algo que proteger. Por mucho que intentara pensar que podíamos seguir siendo la clase de amigos que siempre habíamos sido, sabía que yo también quería más. Él ya era una de las dos personas más importantes de mi vida. En vez de preocuparme por perderlo, debía concentrarme en cómo conservarlo.

Estaba sumergida entre los cojines de la esquina cuando entró a la habitación el sábado, después de nuestra llegada.

—Hola —me saludó.

Al oír su voz, me incorporé de un salto, corrí hacia él y le rodeé el cuello con los brazos. Era un abrazo diferente: en vez de crear el abrazo triangular que siempre nos habíamos dado, presioné toda la parte delantera de mi cuerpo contra él: el pecho, el abdomen, la cadera. Por supuesto que sabía que él seguía siendo el mismo de hacía unas semanas, de la última vez que habíamos ido a la cabaña, pero después de mi obsesión nerviosa sobre cómo sería el verano, de pronto, no me sentía la Macy de siempre.

Se quedó paralizado un instante y luego reaccionó con un gruñido de alivio ínfimo y perfecto. Inclinado, me rodeó con los brazos y exhaló un «hola» en voz baja sobre mi coronilla.

Durante un par de respiraciones, todo se detuvo. Mi mundo entero era la sensación de su corazón latiendo contra el mío y el modo en que su mano se deslizaba sobre mi cintura.

—Estoy tan entusiasmada por este verano —dije sobre su cuello.

Él retrocedió, aún sonriendo.

—Yo también. —Y luego nos quedamos en silencio otra vez, en ese silencio lleno de expectativa. Hasta que lo rompió al mostrarme dos libros—. Te he traído algo para leer.

—¿Algo para nuestra biblioteca?

Soltó una risa breve.

—En realidad, no. Aunque puede que no quieras dejarlos fuera.

Sus palabras me confundieron hasta que vi las tapas: *Delta de Venus*, de Anaïs Nin, y *Trópico de Cáncer*, de Henry Miller.

Era lo bastante nerd como para saber que esos no eran libros que podría encontrar en la biblioteca de mi instituto.

—¿Qué son? —pregunté, buscando confirmación.

Él se encogió de hombros.

—Literatura erótica.

—¿Cuándo los compraste?

—Hace un par de años. Pero me los leí en enero. —Tragué con dificultad. Después de haberme dado cuenta de que las cosas estaban cambiando entre Elliot y yo, esos libros parecían rocas ardientes en mis manos. Elliot se desplomó sobre el sillón—. Te habían dado curiosidad los chicos y el sexo, así que pensé que quizá querrías leerlos.

Sentí calor en la cara y se los devolví, evitando su mirada.

—Ay, no hacía falta.

Estaba lista para dar un paso más. Pero pensar en sexo, y en Elliot, me causó mareos.

—¿No hacía falta? —preguntó con incredulidad.

—No sé si me gustarán. —La voz me salió rara, como si la mentira no quisiera salir de mi boca.

Él sonrió con picardía.

—Está bien. Igual, yo ya me los he leído. Así que, si no te molesta, los dejo aquí.

Una semana después, los lomos sosos de los libros me seguían mirando, desafiantes. Los había puesto entre la *Guía del viajero intergaláctico* y *Zen y el arte del mantenimiento de la motocicleta*; en otras palabras, en un estante de Elliot, como una indicación de que podía llevárselos a casa si quería.

Sí, me daban curiosidad. Sí, quería echarles un vistazo. Pero ver a Elliot todos los días, rascándose el estómago sin pensar o sentándose en posición de loto, que definía y enfatizaba lo que existía debajo de los botones de sus jeans… no estaba segura de necesitar más erotismo precisamente.

Pero *Delta de Venus* fue el primero. Lo empecé una mañana, horas antes de que Elliot apareciera.

Pero, como siempre, él parecía saber justo lo que estaba haciendo.

—Uh. ¿Qué estás leyendo? —me preguntó desde la puerta. La tenue luz diurna iluminaba mi habitación.

Ignoré el calor que me crecía en las mejillas y miré la tapa como si necesitara recordarlo.

—Ah, eh.., uno de los libros que me trajiste.

—Ah. —Oí la sonrisa de satisfacción en su voz—. Veo

· 252 ·

que también has madrugado. ¿Cuál de los dos? –Sin estar dispuesta a decir el título, simplemente levanté el libro y lo agité frente a él, esforzándome por parecer relajada, aunque sabía que mi cara estaba teñida de un rojo ardiente y vivaz–. ¿Puedo meterme contigo en el clóset?

–Como quieras. –Rodé sobre mi estómago y continué leyendo.

Guau.

Lo que estaba leyendo era tan intenso que casi quedan expuestos mis pensamientos. Siempre había pensado en cosas sexuales de maneras muy abstractas, no con palabras, sino con imágenes. Y, mientras leía el libro, me di cuenta de que siempre me imaginaba a Elliot. Lo imaginaba acercándose y tocándome, qué diría o cómo sería. Pero nunca lo había pensado en palabras como *temblando, atormentado por el deseo* y *lo absorbió hasta que él acabó.*

Sentía que me estaba observando, pero hice un esfuerzo por mantener una expresión neutral.

–Mmm… –dije, pensativa–. Interesante.

Elliot exhaló una risa.

–¿Qué acabas de leer? –indagó un rato después, con voz burlona–. Parece que se te van a salir los ojos.

–Es literatura erótica. –Me encogí de hombros–. Estoy leyendo, sin duda, algo erótico.

–Comparte.

–No.

–Sí.

–Olvídalo.

–Si te da vergüenza, no lo hagas –dijo él, mirando su libro–. No te presionaré.

Me daba mucha vergüenza. Pero, al mismo tiempo, me entusiasmaba y me enfadaba. Era sexual, pero muy impersonal. Quería añadirle más sentimiento. Las manos del personaje se convirtieron en las de Elliot; las de ella, en las mías. Imaginé una emoción que no estaba en la página. Me pregunté si para él fue igual cuando lo leyó, si notó lo... lejano que parecía todo.

Inhalé de forma temblorosa y leí:

–«Así nació Venus del mar, con aquella pizca de miel salada en ella, que solo las caricias pueden hacer manar de los escondidos recovecos de su cuerpo».

Elliot miraba su libro, con las cejas fruncidas mientras asentía con sabiduría.

–Es una buena frase –aseguró con voz ronca.

–¿Una buena frase? –repetí, incrédula–. Es...

No sabía cómo concluir la oración. Era un nivel de pensamiento que no tenía la capacidad de expresar o de experimentar para ponerlo en palabras, pero algo me resultaba familiar, como si fuera sentido ancestral.

–Lo sé –murmuró–. ¿Te gusta el resto del libro?

–Está bien. –Hojeé algunas páginas–. Es un poco impersonal y... algunas de las historias son tristes. –Elliot se rio y lo miré boquiabierta–. ¿Qué?

–¿Has leído el prólogo, Macy?

Fruncí el ceño.

–¿Quién lee el prólogo de un libro erótico?

Se rio de nuevo, negando con la cabeza.

–Créeme, deberías leerlo. Un hombre rico encargó la escritura de las historias y quería solo sexo. Nada de sentimiento, nada de emoción.

–Ah. –Miré el libro, que, de pronto, tenía mucho más sentido–. Sí, no. No me gusta. Así no. –Elliot asintió, hundiéndose más en el puf–. Tú lo has leído, ¿no? –Él tarareó un ruido afirmativo–. ¿Te gustó?

–Creo que tuve la misma reacción que tú. –Con un gruñido diminuto, extendió las piernas y colocó las manos detrás de la cabeza. No le miré los botones del pantalón, no. Tampoco miré dos veces–. Es *sexy*, pero también es distante.

–¿Por qué lo leíste?

–¿Por qué? –repitió con incredulidad mientras levantaba la cabeza para mirarme–. No lo sé. ¿Porque me gusta leer? Me encanta que podamos usar palabras para persuadir, enfurecer o entretener a alguien. Pero también se usan para… –se encogió de hombros, un poco ruborizado– excitar. –Miré el libro, sin saber qué más decir–. La última vez que nos vimos fue en abril. Cuéntame, ¿qué tal estuvo el baile de primavera?

–Nikki fue con Ravesh –respondí, riéndome.

–Por supuesto. El drama siempre termina de la manera más tonta posible. Pero me refería a cómo la habías pasado tú.

–Ah. –Solté el libro y empecé a morderme una uña–. Nada, me quedé en casa.

Sentía que me observaba; se recostó sobre un codo.

—Hubiera ido contigo, ya lo sabes.

Mirándolo, intenté mostrarle con los ojos que de verdad no quise ir.

—Lo sé.

—¿No quieres que conozca a tus amigos? —Su tono era simpático pero con un leve dejo de preocupación sincera.

Rápido, negué con la cabeza.

—No es eso. —Lo miré a la cara, que ahora tenía proporciones casi perfectas: ojos expresivos, boca carnosa, mandíbula marcada—. Bueno, creo que, en parte, es eso. Quiero que los conozcas, pero no quiero que ellos te conozcan.

Él frunció la nariz.

—¿Perdón?

—Me refiero a que en ese momento no confiaba mucho en Nikki ni en Elyse, y me dio la sensación de que, si ellas te conocían, quizá coquetearían contigo, sobre todo en el baile, y me hubiera puesto hecha una furia —respondí, queriendo disipar la ofensa.

Él levantó las cejas al comprender.

—Ah.

—Además... —Bajé la vista; era más fácil decir esas cosas sin establecer contacto visual—. Esto es como nuestra burbuja. —Señalé el clóset en general—. Y cuando conocí a Emma, eso cambió para mí. Antes, ella era solo un nombre y podía fingir que no pasabas más tiempo con ella que conmigo cada semana.

—Pero no es así, Mace...

—Solo es un ejemplo —le expliqué, alzando la vista—. No

estaba segura de que quisieras ponerles cara a los nombres con los que paso más tiempo.

Cierta claridad apareció en su expresión.

—De acuerdo. Creo que lo entiendo. —Creo que lo entendió—. Le gustas a un chico.

Asentí.

—Sí.

—Le gustas a algunos chicos. Y ellos estaban en el baile. Y tú y yo somos una no-pareja rara y no sabías cómo… —Dejó flotar las palabras antes de decir—: No querías que me sintiera como alguien ajeno a tu vida.

Me pongo en posición de loto.

—Sí. Me parece que hubiera sido raro. No eres alguien ajeno para mí, eres mi todo, pero en ese momento, quizá no lo hubieras visto así o no me hubieras creído. —Levanté la vista hacia él y añadí rápido—: Solo… hablo por mi experiencia con Emma.

—Está bien —susurró.

—Quiero que estés en toda mi vida —dije con cautela, pisando con un dedo del pie el paisaje vasto de poder tener algo más—. Pienso todo el tiempo en que mi verdadero miedo no son las demás chicas. Es perderte. Me aterra cómo sería mi vida si no estuvieras en ella.

Su mirada se vuelve tensa; su voz, respetuosa.

—Eso no pasará.

—¿Y si empezamos a… y sale mal…? —Tuve que tragar un par de veces después de decirlo para controlar la tormenta que se desencadenaba en mi interior ante esa idea—. No sé.

Creo que el baile no era el mejor lugar para hacerlo. Para llevar esta vida a esa. Hubiera sido demasiado pronto.

—Lo entiendo. —Se puso de pie, caminó hasta el sofá y se sentó a mi lado—. Ya te lo he dicho, Mace: quiero ser tu novio.

Extendió una mano, que me invitaba a acercarme, hasta que me apoyé contra él, y al final recosté la cabeza en su regazo. Tomó su libro, yo el mío, y escuché el ritmo constante de su respiración.

—¿Sabes qué? Estos libros fueron el regalo perfecto —dije mirando el techo mientras él me acariciaba el pelo con suavidad.

—¿En qué sentido?

—El ítem número cuarenta y siete de la lista de mi madre dice que no debo tener sexo hasta que pueda hablar sobre sexo.

Debajo de mí, Elliot permaneció muy quieto.

—¿Sí?

—Creo que es un buen consejo. O sea, si no puedes hablar de ello, no deberías hacerlo.

Soltó una risa diminuta y nerviosa.

—¿Quieres que hablemos hoy de sexo?

Riendo, le pegué despacito en el muslo y él fingió dolor.

Yo también quería que fuese mi novio. Pero sabía, incluso en ese momento, que necesitaba dar pequeños pasos. Necesitaba una transición lenta. No quería perderme de nada. Él era muy valioso.

AHORA

Cuando vuelvo, veo a Sean en el sofá, esperándome. Excepto por mi paseo con Elliot, he tenido un día horrible. Pero aun sabiendo lo que debía hacer para evitarlo, fui a trabajar cerca de las tres de la tarde: una decisión terrible. Tuve que dar dos diagnósticos terminales y detener la quimio de una niña porque no podía tolerar otra dosis (aunque su cáncer sí). Estoy en un lugar mental en el que sé que lo estoy haciendo bien pero no me siento así, y ver a Sean en el sofá intensifica mi autoflagelación.

—Hola, cariño. —Le da una palmadita al sofá para que me siente a su lado. Me acerco y me desplomo. No sobre él ni en ningún tipo de posición romántica. Primero, tengo el uniforme puesto y quiero una ducha. Segundo, es raro tirarme encima de él. Hay un campo de fuerza invisible que me repele. Como si me leyera la mente, Sean dice–: Creo que tenemos que hablar.

–Sí, estoy de acuerdo.

Me toma la mano izquierda con ambas manos y me masajea la palma con los pulgares. Ese tacto suave me distrae y me recuerda todas las demás distracciones maravillosas que puede proporcionarme con el resto de su cuerpo.

–Estoy bastante seguro de que no eres feliz.

Me giro y lo miro. Tardo unos segundos en enfocar su rostro porque está muy cerca, y yo estoy muy cansada, pero, cuando lo logro, veo lo mucho que le está afectando todo esto. Que él no haya hablado al respecto no significaba que no haya pensado en ello.

Sean y yo somos exactamente iguales.

–¿Tú lo eres? –le pregunto.

Se encoge de un hombro y admite:

–La verdad, no.

–¿Puedo preguntarte algo?

–Claro, cariño. –Su sonrisa es genuina.

–¿Me quieres? –Su respuesta no cambiará lo que siento, pero necesito saberlo.

Se le desvanece la sonrisa y observa mi expresión.

–¿Qué?

–¿Me quieres? –repito–. En serio. –Noto que, en efecto, se lo toma en serio. Y me doy cuenta también de que no está tan sorprendido de que se lo haya preguntado en comparación con la sorpresa que le genera su propia respuesta instintiva–. Está todo bien –digo con calma–. Solo responde.

–Creo que necesito una palabra entre *querer* y *amar*, una que signifique...

–«Le tengo mucho cariño». –Esbozo una sonrisa.

Terminar una relación nunca había sido tan amable. Ni siquiera ha llegado la tormenta, no hay olas indomables en el mar. Quizá apenas estuvimos lo mínimo y necesario para decir que «rompimos».

–¿Tú me quieres? –Frunce el ceño.

–No lo sé.

–Lo que significa que no. –Me dedica una sonrisa.

–Te quiero... como a un amigo. Quiero a Phoebs. Quiero lo fácil que es esto y lo poco que requiere de mí en este momento.

Él asiente. Lo entiende.

–Pero ¿imaginarme así –nos señalo a los dos– durante el resto de mi vida? –Le doy un beso en la frente–. Es un poco deprimente. Siento que ambos hemos elegido el camino más fácil.

–Mace...

–¿Mhm?

–¿Acaso el camino más fácil para ti no es el tuyo con Elliot?

Me quedo paralizada, pensando en la mejor respuesta posible. En cierto modo, sí, claro, dejarme caer en la cama de Elliot sería lo más sencillo, y Sean lo sabe. No hay motivos para negarlo.

Pero otra parte de mí cree que Elliot y yo siempre hemos estado destinados a ser mejores amigos. Me daba mucho miedo dar el siguiente paso con él cuando éramos adolescentes y, en cuanto lo hicimos, todo se desmoronó.

—Elliot y yo tenemos historia —digo con cautela—. No es una mala historia. Pero él la cagó. Y yo la cagué. Y nunca hemos hablado de ello.

—¿Por qué no?

Dios. La pregunta más simple y obvia, y la más difícil de responder.

—Porque... Porque... No sé... Esa época de mi vida fue muy difícil y tomé algunas malas decisiones que no sé bien cómo justificar. Además, parece que estoy casi muerta por dentro y no soy muy buena expresando mis sentimientos.

Sean endereza la espalda y me mira con sinceridad.

—¿Sabes qué? Si Ashley volviera a casa y estuviera limpia y me dijera: «Sean, tomé malas decisiones y no sé cómo justificarlas», creo que sería suficiente.

—¿En serio? —pregunto.

Asiente con la cabeza.

—La echo de menos.

Lo abrazo fuerte. Creo que nunca ha llorado que Ashley los abandonara a él y a su hija, ni por la posibilidad, bastante realista, de que ella no vuelva nunca. Ni por la posibilidad aún más horrible de que un día suene el timbre y sea ella pidiendo dinero. O aún peor, que quien llame a la puerta sea un policía que le notifique que ella ha muerto.

—¿Seguirás siendo mi amigo? —le pregunto.

—Sí —susurra, presionando la cara en mi cuello—. Sí, yo también te necesito como amiga.

Me mudo pocos días después. Solo debo hacer dos maletas y mudarme a unas seis calles. Por menos de setecientos dólares al mes, alquilo una habitación de la casa de Nancy Easton, una médica de la unidad (su hija se acaba de ir a la universidad y su dormitorio está libre). Es algo temporal; no porque Nancy me haya puesto una fecha límite, sino porque siento que debe ser así. Tengo mi casa en Berkeley y podría venderla fácilmente para comprar otra en la ciudad, pero el solo hecho de pensarlo me parece una traición. Podría alquilársela a alguien y así pagarme el alquiler de un sitio para mí sola en la ciudad, pero eso implicaría revolver entre todas las cosas de mis padres, y no estoy lista para eso.

—Estás hecha un desastre —dice Elliot, al otro lado del teléfono, después de que le haya contado muy brevemente que no sé qué hacer con la casa de Berkeley.

Ni siquiera le he dicho que terminé con Sean. Si lo supiera, vendría ahora mismo a la ciudad y me miraría a los ojos hasta que yo cediera y me acercara para besarlo. Sean era la única barrera. Era el amortiguador que me daba tiempo para pensar. Y ahora no quiero que Elliot me cautive y haga que me enamore otra vez de él, ni que me presione para que tome una decisión. Necesito tiempo.

Oigo que algo se rompe de fondo y él murmura con frustración:

—Mierda.

—¿Qué ha pasado?

–Se me cayó un cuenco que estaba en el fregadero. Debería lavar los platos.

–Deberías.

–¿Cómo está Sean?

El cambio de tema es tan abrupto que me toma por sorpresa.

–Bien. –Y añado sin pensar–: Creo.

Siento que Elliot se paraliza al otro lado de la línea.

–¿«Crees»?

–Sí –afirmo, intentando zanjar el tema–. He estado ocupada.

–No me estarás dando evasivas, ¿no?

–No –digo, haciendo una mueca mientras busco la mejor verdad a medias. Miro mi nueva habitación, como si la respuesta correcta fuera a materializarse en la pared o algo así–. Es solo que estos últimos días no lo he visto demasiado.

–¿Qué van a hacer el Día de Acción de Gracias? Será el primero que pasen juntos, ¿verdad?

Mierda.

–Creo que trabajo.

–¿«Crees»? –pregunta de nuevo, y me da la sensación de que está comiendo–. ¿En el hospital no organizan sus horarios con bastante antelación?

–Sí. –Me aprieto la frente con la mano; odio mentirle–. Iba a intercambiarlo con alguien para no trabajar en Navidad, pero no me he organizado todavía. No sé si estaré libre.

Elliot hace una pausa; quizá porque sabe que le estoy mintiendo y está intentando descifrar por qué.

—Bueno, entonces, ¿tienes planes o no?

—Sean y Phoebe se van a la casa de los padres de él. —Vacilo, conteniendo la respiración—. Yo no creo que vaya.

Espero que insista, pero no lo hace.

Solo carraspea y dice:

—Bueno, entonces vienes y lo pasas conmigo. Será mejor que lave los platos para entonces.

ANTES

El verano en Healdsburg había pasado del zumbido húmedo y cálido de las abejas, los trinos de los pájaros y el brillo del sol, al crujido frágil de los arroyos secos y al calor insoportable. Con el correr de los días, parecía que también empezábamos a movernos más despacio. Ningún sitio era lo bastante fresco, excepto el río o el clóset. Pero hasta nuestro santuario azul estrellado había empezado a parecer claustrofóbico. Elliot era tan alto que casi ocupaba el largo total del espacio. Y a sus casi dieciocho años, vibraba con intensidad sexual: me sentía llena de energía, demasiado nerviosa intentando no tocarlo. Pasábamos las mañanas vagando por el bosque, y las tardes caminando por la calle o yendo en bicicleta a buscar helado al pueblo... Pero siempre terminábamos, recostados en el clóset.

—La escuela empezará pronto. —Lo miré—. ¿Te entusiasma?

Elliot se encogió de hombros.

—Supongo.

—¿Te gustan tus clases en Santa Rosa?

Me miró con el ceño fruncido.

—¿Por qué me lo preguntas ahora?

Había estado pensando en ello. Pensaba en qué pasaría cuando empezaran las clases y cada vez estuviéramos más cerca de la universidad. Pensaba en lo que haríamos cuando nos graduáramos y si viviríamos cerca.

O juntos.

—He estado pensando en ello, eso es todo —dije.

—Sí, supongo que me entusiasma que quede menos para terminar la escuela —respondió—. Y las clases en Santa Rosa están bien. Pero creo que hubiera preferido ir a la Universidad de California un par de días a la semana.

—¿Tenías esa opción? —pregunté, sorprendida. Él se encogió de hombros. La respuesta afirmativa era evidente—. ¿Irás al baile de fin de curso con Emma? —indagué mientras dibujaba en mi cuaderno.

—Macy. ¿¡Qué!? —Parecía desconcertado. Luego empezó a reírse con un respingo—. No.

—¿Qué?

—¿Quieres venir conmigo? —me preguntó.

—¿Quieres que vaya al baile contigo?

—¿No? ¿Sí? Después de toda nuestra conversación sobre el modo correcto de fusionar nuestra vida de fin de semana con nuestra vida semanal, no sé cuál es la respuesta correcta

–explicó con una mueca–. Pero si no vienes conmigo, es probable que no vaya.

–¿En serio? –Se me aceleró el corazón–. Porque no quiero ir y recibir miradas asesinas de todas esas chicas a las que les gustas, pero tampoco quiero que vayas y te observen sin que yo esté allí para fulminarlas con la mirada.

Él negó con la cabeza, riendo.

–No son así.

–Entonces, ¿Emma ya no te manda correos todo el tiempo?

–La verdad, no.

–Qué mentiroso.

–Te estoy diciendo la verdad. –Me miró fijamente–. Ya le ha quedado claro que no me gusta.

Parpadeo, coqueteando con mis pestañas.

–No estoy celosa. –En ese instante, le vibró el móvil; lo miró, leyó un mensaje y luego se lo guardó en el bolsillo. Parecía que se sentía muy culpable–. Era Emma –supuse.

–Sí. –Toqueteó un hilo inexistente en sus pantalones–. Es como si el universo quisiera que quedara como un mentiroso.

–¿Qué te decía?

–Nada interesante. –Se rio ante mi expresión escéptica–. Te juro que nunca me escribe.

–Si no es nada interesante, ¿por qué no me lo lees?

Él me miró.

–Solo quería hacer algo.

–¿Eso es todo?

–Síp.

–Bueno, entonces dame tu móvil, así le digo que estás ocupado.

–¿Incluirás la parte en la que estás muerta de celos? –Sonrió con picardía.

Me recosté boca arriba y cerré los ojos.

–Lo que tú digas.

–O podríamos sacar una foto de tus pechos y enviársela por mensaje «accidentalmente».

–Dios santo. Dame el móvil.

Su brazo larguísimo lo mantenía lejos de mí y, cuando intenté quitárselo de la mano, me caí sobre él, con mis pechos sobre su cara. Él emitió un sonido amortiguado y se rio diciendo una serie ininteligible de palabras, hundiendo su cara contra mi pecho.

–¡Pervertido! –grité y lo empujé para alejarlo.

Mientras me incorporaba con torpeza, me tomó de la cintura y me tiró de nuevo sobre su regazo. Luego me hizo cosquillas con sus dedos larguísimos, hundiéndolos en mis costillas.

Jadeé, me retorcí y me reí a carcajadas, y él me acompañó con su risa sin soltar el brazo que tenía alrededor de mi cintura, hasta que rodó sobre mí.

Me sostuvo en esa posición con dulzura; su cadera encajaba perfectamente entre mis piernas.

Ambos quedamos paralizados, sin aliento, mirándonos.

Yo tenía diecisiete años, pero nunca había sentido algo igual. Notaba su erección contra mí.

De pronto, la atmósfera cambió por completo.

Elliot me miró la boca y luego subió la vista hacia mis ojos. Yo quería decir algo, bromear sobre su erección, lo que fuera. Pero mi garganta estaba tensa, me ardían las mejillas.

Con un codo apoyado al lado de mi cabeza, susurró un «lo siento» y comenzó a alejarse de mí.

Rodeé su muslo con mi pierna, impidiendo que se separara, y él clavó otra vez sus ojos en los míos.

–Quédate –susurré.

Mi subconsciente había hablado por mí, no quería que se levantara. Estaba obsesionada con lo que había debajo de los botones de sus jeans, y, más que eso, quería saber si… bueno, quería saber qué podía pasar.

Lo oí tragar con fuerza.

–De acuerdo.

Moví la cadera hacia arriba y vi cómo abría la boca y cerraba los ojos.

Elliot se movió hacía delante y hacia atrás, presionando la longitud sólida de su cuerpo contra el mío, y repitió el movimiento una vez. Y otra más. Su respiración se aceleró, haciéndome cosquillas en el cuello, y luego me sujetó una pierna y contuvo el aliento. Después empezamos a movernos con ansias… juntos. Mi cuerpo era puro instinto, perseguía algo conocido que estaba muy cerca.

Madre mía, ¿qué estábamos haciendo?

Deslicé las manos por su espalda. Si pensaba demasiado, lo estropearía.

Era Elliot.

Era mi Elliot.

Lo tomé de la camisa, experimenté sensaciones de lo más extrañas, como la de su peso sobre mí, y que quería besarlo, pero no quería apartar la atención ni siquiera un segundo de lo que crecía en mi interior… Y luego entré en cortocircuito, preguntándome si todo era producto de mi imaginación o si estaba pasando de verdad.

Estábamos haciéndolo con la ropa puesta.

Él estaba tan callado… aunque supongo que yo también. Quería leerle la mente.

Necesitaba más. Lo necesitaba a él. Nunca había sentido ese tipo de calor pesado, ni siquiera cuando pensaba en él a solas. Sentía una necesidad intensa en la parte baja del abdomen. La calidez de su boca en mi cuello me arrancó un sonido indefenso e ínfimo. Él no succionaba ni lamía, solo presionaba su boca contra mí y me respiraba cerca del oído, de modo que podía oír su reacción en cada exhalación.

Liberó un gruñido grave y me apreté un poco más contra él, moviéndome cada vez más pegada a su cuerpo, desesperado por más.

Me puso una mano en la cadera y me detuvo con fuerza.

—Mierda —dijo—. Espera. Mierda.

De pronto, se alejó y se puso de pie. Me incorporé, con los labios llenos de palabras vacilantes, pero Elliot ya estaba saliendo por la puerta.

¿Qué acababa de pasar?

¿Acaso él…? ¿O simplemente acababa de darse cuenta de lo que yo había empezado y se había asustado? Al final, Elliot ¿realmente quería ser mi novio o se había equivocado?

Me invadió el pánico.

Así es como se pasa de ser mejores amigos para siempre a nada más que miradas raras y desagradables en la distancia.

Me quedé sola en el clóset durante una hora, pasando las páginas de un libro cualquiera, sin leer ni una palabra.

Podría contar hasta mil y luego ir a su casa a pedirle disculpas.

Uno... Dos... Tres...

Veintiocho... Veintinueve...

Doscientos trece...

–¿Qué estás leyendo? –Su voz me llegó desde la puerta, pero, en vez de entrar y desplomarse a mi lado, se quedó allí de pie, apoyado contra el marco.

–¡Hola! –exclamé con demasiada alegría, mirando cualquier cosa menos a él. Vi que se había cambiado de ropa. Me ardían las mejillas y no podía sostenerle la mirada, así que bajé la vista hacia el libro que tenía en mis manos. Lentamente, las letras del título formaron una sola palabra y la señalé sin convicción–. He empezado *Ivanhoe*. Sin *d*.

Cuando levanté la vista, la confusión apareció en su cara con un parpadeo y, por fin, entró al clóset.

–¿En serio?

–Sí –afirmé despacio. Curvó los labios en una sonrisa casi burlona–. ¿Por qué te parece tan raro? Tú lo has leído como cincuenta veces.

–Es solo que parece que ya vas por la mitad. –Rascándose la sien, añadió con calma–: Qué rápida.

Parpadeé mirando la página que había abierto al azar.

–Ah.

Algo tenso y espeso se erigía entre los dos y hacía que me doliera el pecho. Quería preguntarle si lo había avergonzado o... mierda, si le había hecho daño.

–Macy... –Ya conocía ese tono. Era la voz de dar malas noticias en tono amable.

Intenté reírme, pero me salió un grito ahogado; quise sonar relajada, pero fracasé estrepitosamente cuando dije:

–Estoy tan avergonzada, Elliot, en serio. Lo siento tanto. No hablemos del tema.

Él asintió, con los ojos en el suelo.

–De acuerdo.

–Lamento lo que he hecho –susurré mirando hacia abajo.

–¿Qué? Macy, no...

–No volverá a pasar, te lo juro. Solo estaba jugando. Sé que he dicho todo el tiempo que no debemos estar juntos porque se podrían estropear las cosas entre nosotros, y luego voy y actúo así. Por favor, perdóname.

Tomó un libro de la biblioteca y yo volví a concentrarme en *Ivanhoe*, esta vez empezando por el principio, y leí durante dos horas, pero no entendí ni una palabra. Le eché la culpa a mi estado mental. La idea de que quizá le había hecho daño o de que lo había avergonzado o enfurecido me carcomía como si hubiera bebido ácido. Tenía ganas de vomitar.

–¿Ell?

–¿Sí? –Levantó la vista, suavizando de inmediato la mirada.

–¿Te he lastimado?

Curvó los labios con una sonrisa mientras luchaba por no reírse.

–No.

Exhalé por primera vez en lo que parecieron horas.

–Bueno, menos mal. –Abrí la boca y la cerré de nuevo, sin saber qué más decir.

Dejó su libro en el suelo y se me acercó un poco.

–No me has hecho daño. –Me miró a los ojos, esperando–. ¿Entiendes lo que quiero decirte?

Observé su sonrisa astuta y sensual…

–Quieres decir que… –Agité el puño y él se rio.

–Sí. Yo… –Imitó el gesto, con ojos provocadores.

Mi corazón se convirtió en un monstruo desbocado dentro de mi pecho, desesperado por salir. Lo había hecho acabar.

–Estaba intentando que tú acabaras primero –admitió en voz baja–, pero ese gemido… Y cuando me pediste que fuera más rápido… –Tragó saliva y se encogió de hombros.

–Ay. –Lo miré y noté que estaba intentando no ruborizarse–. Lo siento.

–Macy, no te disculpes. Ha estado genial. –Lo dijo mirándome la boca, y luego adoptó de nuevo una expresión seria–. Para mí, a veces es difícil que no seamos novios. Nunca sé cuáles son los límites. Quiero cruzarlos todo el tiempo. Nos hemos besado y tocado, pero luego volvemos a ser solo amigos y es confuso. Y ni siquiera siento que lo de hoy haya sido suficiente. –Tenía los ojos abiertos como platos–. O sea, no te estoy diciendo que tienes que hacer más. Es solo que lo quiero todo contigo. No puedo dejar de pensar en eso.

Al escucharlo, me di cuenta de lo mucho que yo deseaba lo mismo. Y, como hacía un rato, quería mucho más que su cuerpo sobre el mío; lo quería todo, sin ropa de por medio. Hoy me habría entregado a él. Y, sin embargo, las palabras que salieron de mi boca fueron:

—Me moriría si nuestra amistad se terminara.

Él sonrió y se acercó para darme un beso en la mejilla.

—Yo también.

AHORA

E
l edificio de Elliot es angosto, tiene un estuco turquesa gastado y seguro que fue una casa victoriana antes de que lo dividieran con torpeza en cuatro apartamentos diminutos.

La puerta principal lleva a un pasillo a la derecha y a una escalera empinada que conduce a los apartamentos ubicados en la planta alta. Elliot vive en el número cuatro. Dijo que era arriba a la derecha. Cada escalón cruje debajo de mis botas.

Su puerta principal es plana y de color café, y delante hay una alfombra delgada con la cita de Dickinson: *«El alma siempre debe estar entreabierta»*.

Llamo con el puño.

¿Es posible que reconozca el peso de sus pasos y el ritmo

de su andar? ¿O es que sé que él es el único que puede estar dentro? Sea como sea, cuando gira el pomo y abre la puerta, se me acelera tanto el pulso que me mareo.

En algún momento de la última década, descifró cómo peinarse y vestirse. Lleva puestos unos jeans negros y una camisa oscura remangada hasta los codos. Está descalzo.

Estoy en el apartamento de Elliot. Dentro, en alguna parte, está la cama de Elliot.

Si no tengo cuidado, no volveré a casa esta noche.

Mierda, soy un desastre.

—Macy. —Me da un abrazo y me hace pasar con un brazo sobre mis hombros. Cuando lo aparta para cerrar la puerta, la sonrisa que tiene podría iluminar una ciudad pequeña—. Estás aquí. ¡En mi apartamento! —Inclina el torso y me da un beso en la mejilla con respeto—. ¡Qué fría tienes la cara!

—He venido a pie desde la estación. Hace frío. —El calor brota desde el punto en el que sus labios presionaron mi piel. Dejo la tarta que he comprado para poder quitarme el abrigo.

Él retrocede un poco, sorprendido.

—¿No has venido en automóvil?

—No me gustan los automóviles. —Sonrío.

—Podría haber pasado por ti. —Toma mi abrigo en silencio.

—Vives a seis calles de la estación. No es para tanto —susurro con una mano en el pecho.

—Lo siento, estoy nervioso. —Sacude un poco los hombros para relajarse—. Intentaré mantener la calma esta noche. Aunque es probable que fracase.

Me río y le entrego la tarta de nueces que he comprado por la mañana.

—Por desgracia, no es la receta de tu madre. ¿Vienen tus padres?

Niega con la cabeza y luego la inclina a un lado, como una invitación para que me adentre más en la casa. Lo sigo a través de una sala de estar diminuta hasta una cocina aún más pequeña.

—Se van a la casa de los futuros suegros de Andreas, en Mendocino. No queríamos que todo el clan Petropoulos los invadiera; su prometida, Else, es hija única, y creo que ellos no sabrían qué hacer con todos nosotros. Así que va solo mi madre, mi padre, Andreas y Alex.

—¿Y quién más viene hoy? —pregunto mientras veo que deja la tarta sobre la encimera. Ha logrado acomodar todo lo que necesita en ese espacio reducido y que no parezca demasiado lleno de trastos. Es un as del orden.

Se da media vuelta y se apoya en la encimera. La camisa se tensa sobre su pecho, lo que estira la abertura cerca del cuello y exhibe un poco de su clavícula y un poco de vello. Se me acelera el corazón.

—Mi amigo Desmond —dice, y se rasca el mentón con una mano—. Y Rachel.

Me quedo quieta, mirándolo con los ojos abiertos como plato. Por instinto, bajo la vista hacia mi ropa y luego lo miro de nuevo.

—¿Viene Rachel?

Él asiente, observándome con atención.

–¿Te incomoda?

Intento no reaccionar demasiado, pero siento que bajo las cejas y frunzo la frente.

–No creo.

–Voy a pensar que estás siendo sincera –dice con calma. Se aparta de la encimera y da dos pasos hacia mí–. Debería haberlo mencionado. Ella no tiene familia aquí ni... muchos amigos.

Miro a mi alrededor.

–¿Vivían juntos en este apartamento?

–No –responde–. Pero pasaba bastante tiempo aquí.

Miro la cocina y me imagino a la desconocida Rachel de pie, preparando huevos revueltos en ropa interior mientras Elliot se daba una ducha. Luego, lo veo a él sirviendo café, besando su hombro desnudo y pálido. Me pregunto si habrá sentido estos celos atroces al verme con Sean, sabiendo que dormíamos en la misma cama y que le permitía tocarme de modos en los que él apenas había empezado a explorar.

–Estoy tratando de no volverme loca ahora que sé que vendrá tu exnovia –le digo mirándolo a los ojos.

Elliot se encoge de hombros.

–Lo entiendo. Puede que no haya sido la mejor idea.

–¿Tu intención no era que estuviéramos las dos aquí para que yo sintiera... celos? ¿Ni siquiera un poquito?

–Te juro que no.

Me basta con mirarlo una vez para creerle. A veces no se da cuenta de cómo me afectaban las demás chicas de su vida, pero no lo hace de malo. Asintiendo, miro el suelo.

—¿Ella sabe quién soy?

—Sí.

Se me ocurre algo más.

—¿Sabe que me has invitado aquí?

Él vacila y la culpa le sube como un sarpullido por el cuello.

—Sí.

—Entonces, ¿ella lo sabía, pero yo no? ¿En serio, Elliot?

Se rasca la cabeza con una mano.

—Quería que vinieras. —Sus ojos son cálidos y suaves, tienen la expresión propia de cuando siente que algo es irremediable—. De verdad, quería que vinieras. Y no quería que ella pasara este día sola. Pero me preocupaba que, si te lo decía, cambiaras de opinión.

Es probable que lo hubiera hecho. Nada suena más incómodo que compartir la mesa con su exnovia.

—¿Ella cree que… estamos juntos?

—No sé lo que piensa. Pero es irrelevante, ¿no? —Me observa con cautela—. Estás comprometida.

La culpa me atraviesa como un cuchillo afilado y siento una punzada de dolor en las costillas. No tengo las agallas para decirle que estoy soltera, pero tampoco me parece bien que piense que soy una infiel crónica.

—Las cosas se han vuelto… complicadas.

Él parece asimilar esas palabras un instante antes de tomarme la mano y apretarla.

—Ven, te voy a enseñar la casa. —La sala de estar es más larga que ancha y en el extremo final hay una ventana alta con vistas a un patio trasero precioso. Hay higueras, ciruelos y un jardín frondoso y diminuto, algo difícil de encontrar en el Área de la Bahía–. El jardín es falso –explica–. El dueño insiste en que conservemos el espacio exterior.

Miro la sala de estar, la enorme biblioteca que va del suelo al techo, con una escalera móvil conectada a la parte superior; el sofá de color azul eléctrico muy limpio y con cojines multicolores. En el extremo opuesto de la habitación, más cerca de la puerta principal, ha puesto una mesa plegable con un mantel de lino y un centro de mesa diminuto lleno de calabacines y arándanos. Debo haber pasado junto a la mesa al entrar, pero estaba tan entusiasmada y nerviosa que ni siquiera la noté.

–Tu casa es muy bonita –susurro, poniéndome el pelo detrás de las orejas. Elliot me observa y traga. Es probable que sepa que llevo el pelo suelto por él–. Cuéntame de qué va tu novela.

–Es una novela de fantasía. –Mira la biblioteca. Luego, me mira otra vez y los ojos le brillan con una picardía contenida–. Hay dragones.

–¿Estás escribiendo una novela erótica? –bromeo, y él suelta una carcajada.

–No precisamente.

–¿No me vas a contar nada más?

Sonriendo, me toma de la mano.

–Terminemos de ver la casa.

Al otro lado de la sala, una puerta conduce a un pasillo diminuto. A la izquierda está su habitación; a la derecha, el baño, que tiene una bañera pequeña con un cabezal de ducha antiguo.

—No tienes ducha —digo, mirando a mi alrededor y sintiendo la intimidad repentina de estar en su espacio. Todo es típico de él: pocos muebles y estanterías del suelo al techo llenas de libros.

Me observa mientras me apoyo contra la pared del pasillo. El espacio es reducido y él parece llenarlo con su altura y con la amplitud sólida de su pecho.

—No sé si podría soportar tener solo una bañera —balbuceo.

—Yo lo llamo baño de vapor.

—Suena sensual.

Aunque le estoy mirando el pecho, sé por su voz que está sonriendo:

—Creo que por eso lo llamo así. —Se acerca un paso más—. Aún me parece surrealista tener mi propia casa. Como si fuera un milagro vivir solo aquí. Es muy distinto a como me crie.

—¿Te gusta vivir solo?

Vacila durante tres latidos.

—¿Qué tan sincero quieres que sea?

Lo miro. Creo que lo que está a punto de decir me destruirá, pero, de todos modos, se lo pido:

—Siempre quiero que seas sincero.

—Está bien, en ese caso, me gusta vivir solo, pero preferiría vivir contigo. Me gusta dormir solo, pero preferiría tenerte en mi cama. —Levanta la mano, se pasa un dedo por el labio, pensando en sus próximas palabras. Su voz suena más grave y baja cuando continúa–: Me gusta que vengan amigos a comer en Acción de Gracias, pero preferiría que estuviéramos los dos solos, en nuestro primer Acción de Gracias como pareja, comiendo pavo con la mano, acurrucados en el suelo, juntos.

–En ropa interior –digo sin pensar.

Su primera reacción a mis palabras es la sorpresa silenciosa, pero lentamente se derrite en una sonrisa que me calienta la sangre y hace hervir algo bajo mi piel.

–¿Has dicho que las cosas con Sean se han complicado?

Salvada por la campana: alguien llama a la puerta y no tengo que hablar de Sean. Elliot me mira, con un brillo urgente en los ojos, como si supiera que estoy a punto de decirle algo importante.

Señalo la puerta con el mentón y nos quedamos mirándonos en silencio.

–Creo que deberías abrir.

Con un gruñido breve de derrota, se da la vuelta y se dirige hacia la puerta para dejar pasar a los demás invitados.

Desmond es el primero en entrar. Es más bajo que Elliot, pero es musculoso y robusto, tiene la piel oscura y suave y una sonrisa que parece estar siempre presente en sus ojos. Le entrega a Elliot un cuenco con una ensalada colorida y le da una palmada en la espalda, agradeciéndole la invitación.

A continuación entra Rachel, pero no la veo porque Desmond se acerca a mí y se presenta.

–Soy Des. Encantado de conocerte. –Tiene un acento australiano muy marcado.

—Macy. –Le estrecho la mano y añado con incomodidad–: Sí, me alegra mucho que por fin nos conozcamos.

La verdad, no tengo ni idea de cuánto tiempo hace que conoce a Elliot. Siento la boca seca y me sudan las manos.

Levanto la vista y la veo a Rachel, que me está mirando. Parpadea y le sonríe con tensión a Elliot mientras espera que la presente.

--Rachel –Elliot la guía hacia delante–, ella es Macy.

Tiene el pelo corto y oscuro, ojos azules y brillantes. Algunas pecas le cubren el tabique y las mejillas. Cuando me sonríe, con sus dientes blancos y rectos, parece sincera.

—Hola, Rachel. –Extiendo la mano y ella la estrecha sin entusiasmo.

—Encantada de conocerte –dice, y sonríe de nuevo.

—Gracias por venir.

Las palabras salen de mi boca antes de que me dé cuenta de lo que estoy haciendo: hablando como si hubiera estado aquí un millón de veces.

Ella mira a Elliot, otra vez con ojos tensos. Él se encoge de hombros y le regala una sonrisa tranquilizadora.

Se me retuerce el pecho de celos. No me entusiasma ese intercambio silencioso. No me entusiasma sentir que tienen un pasado, un ritmo, un idioma común.

—¿Dónde dejo esto? –pregunta, levantando una bolsa con un par de botellas de vino.

—En el refrigerador –le responde Elliot, apretándole el hombro y regalándole otra mirada larga y alentadora. Luego, la suelta y regresa a mi lado.

Rachel desaparece y Elliot mira a Des, que niega un poco con la cabeza cuando ella se va.

—Ella está bien, amigo —dice Des en voz baja—. Demos vuelta la página. —Y luego me mira y libera su sonrisa—. Y tú. Aquí estás. En carne y hueso.

Evito la conversación inminente con una pregunta:

—¿Cómo se conocieron?

—Jugando al rugby —responde Des. Mi risa suena más fuerte de lo que esperaba, y Des abre los ojos de par en par, entusiasmado—. No te conozco, Macy, pero creo que vamos a ser mejores amigos.

—¡Ey! —protesta Elliot, riéndose.

Des centra de nuevo su atención en mí y añade:

—La verdad es que juega muy bien.

—No te creo. —Reprimo una sonrisa mientras miro a Elliot con sus pintas de intelectual—. ¿Él? ¿Rugby?

—Ey. —Elliot me lanza una mirada herida y juguetona.

—Es que no he olvidado cómo fue que aprendiste a patinar —digo.

Desmond entrecierra los ojos.

—¿Sobre hielo?

Suelto una carcajada y Elliot me hace una llave suave, atrapándome, y gruñe sobre mi pelo:

—A andar en patineta, diablilla.

Luchamos un segundo y luego nos detenemos a la vez ante el silencio. Cuando levantamos la vista, Rachel está de pie en la puerta de la cocina, sosteniendo una botella de vino abierta. Des alterna la mirada entre ella y Elliot.

–¿Alguien quiere vino? –pregunta Rachel–. ¿O… solo yo?

Des se ríe con placer, pensando que está intentando ser graciosa, pero Rachel continúa seria, se lleva la botella a la boca y bebe un par de tragos largos. Luego, se limpia la boca con el dorso de la mano.

Despacio, Elliot me libera de la llave y se acomoda la camisa mientras yo me peino un poco. Siento que acaban de atraparnos con las manos en la masa. Aquí estamos, de pie en su sala de estar, con esta verdad evidente ante nosotros: nunca hemos tenido que lidiar juntos con las consecuencias de algo. Las partes más difíciles de nuestras vidas siempre han sucedido en los días de escuela, en los que no nos veíamos, y sin contar que hacía muchos años que no nos veíamos. Así que, no tengo ni idea de cómo suele reaccionar Elliot.

–Rach –dice con calma–. Déjalo ya.

Es una reprimenda amable, pero no puedo imaginar que me la diera a mí. Veo también cierta tensión sexual entre ambos, y no me gusta nada.

–¿Qué? –espeta Rachel.

–Pensé que querías venir –responde él.

–Resulta que no es tan fácil como esperaba.

¿Por qué pensó que sería fácil?

–Puedo irme –ofrezco, pero Des y Elliot interceden rápido.

–No, no, no –dice Elliot, mirándome.

–No seas tonta –responde Des–. Está todo bien.

Miro a Rachel, quien me observa con tanta furia contenida que sé con exactitud lo que está pensando: «No estoy nada bien».

—Le hiciste mucho daño —afirma ella en voz baja.

—Rachel —advierte Elliot, también en voz baja—. No.

—¿No qué? —Clava los ojos en Elliot—. ¿Ya han hablado? ¿Ella lo sabe?

Des parece encontrar un motivo para correr hacia el baño en ese preciso momento, y, de inmediato, siento celos de que él pueda huir porque yo debo quedarme aquí mientras la metralla cae sobre nosotros.

Pero, al mismo tiempo, quiero saber lo que ella cree que necesito escuchar.

—¿Si sé qué? —le pregunto a Elliot.

Elliot niega con la cabeza.

—No vamos a hablar de esto ahora.

Rachel responde, apoyada contra el marco de la puerta de la cocina:

—Cuánto daño le hiciste. La cagaste como nadie…

—Rachel. —La voz de Elliot es un cuchillo que atraviesa la sala. Nunca, jamás, lo había oído usar ese tono, y me da escalofríos.

Continúo mirándolo y hago un esfuerzo enorme por no desmoronarme al pensar en eso que no sé. Sé cómo fue mi vida después de que nos separamos, pero estaba tan triste que no podía soportar pensar también en su estado.

—Estoy segura de que nos hicimos daño mutuamente —digo—. Creo que eso es lo que intentamos reparar, ¿no? —Miro de nuevo a Rachel—. Aunque es asunto tuyo.

—Fue asunto mío durante cinco años —replica. *Cinco años*—. Y fue *realmente* asunto mío al menos un año.

¿Qué mierda significa eso?

Elliot se frota la cara.

—¿Es necesario que hagamos esto?

—No. —Rachel lo mira, luego me mira, atraviesa la sala para tomar su bolso y sale por la puerta.

ANTES

Las vacaciones de verano terminaron un día caluroso de agosto. Mi padre, Elliot y yo cargamos el coche y luego Elliot se alejó bastante, esperando nuestra despedida habitual.

Era la cuarta vez que nos separábamos después de un verano de largas tardes compartidas, pero, sin duda, esta era la despedida más difícil de todas. Todo había cambiado.

Dos pasos adelante, dos atrás; no nos habíamos besado de nuevo ni habíamos pasado más tiempo restregándonos en el suelo. Pero había un nuevo tipo de ternura: su mano buscaba la mía mientras leíamos, me dormía sobre su hombro y despertaba con sus dedos entrelazados en mi pelo y su cuerpo relajado y dormido a mi lado, mi pierna sobre su cadera. Por fin parecía que estábamos juntos.

Mi padre también parecía percibirlo y, después de cerrar con un golpe seco el maletero de su nuevo Audi, nos dedicó una breve sonrisa y entró a la casa.

–Deberíamos hablar de todo lo que ha pasado –susurró Elliot. No era necesario que me explicara a qué se refería.

–Está bien.

Me tomó de la mano y me llevó hasta la sombra, al costado de la casa. Nos sentamos allí, con la espalda contra la pared y las manos entrelazadas, en el césped que estaba debajo de las ventanas del comedor, fuera de la vista de cualquiera que estuviera dentro de su casa o de la mía.

–Nos divertimos –susurró–. Y… nos tocamos… como si fuéramos más que amigos.

–Lo sé.

–También hablamos y nos miramos como si fuéramos más que amigos… –Se quedó en silencio y vi la ternura de su expresión cuando levanté la vista–. No quiero que te vayas a tu casa y pienses que voy a hacer lo mismo con otra persona.

Torcí la boca y arranqué una brizna larga de césped.

–No quiero ni pensarlo.

–¿Qué vamos a hacer?

Sabía que no me estaba preguntando por los besos y los tocamientos ni por algo parecido a lo que éramos. Se refería a algo más grande, a cuando nuestras vidas empezaran a desarrollarse fuera del clóset y del tejado de su garaje y cuando empezáramos a tener que conformarnos con solo uno o dos fines de semana al mes.

Toqué las líneas de sus tendones en el dorso de su mano izquierda. Con su mano derecha, deslizaba un dedo de arriba abajo en mi pierna, desde la rodilla hasta la mitad del muslo.

–¿Palabra favorita? –pregunté sin alzar la vista.

–*Saborear* –respondió sin vacilar, con voz grave y ronca. El rubor invadió mi piel, un sendero ardiente y rojo subió hasta mis mejillas cuando dejó de buscar mi mirada–. ¿La tuya?

Lo miré por fin, sus ojos castaños estaban bien abiertos, curiosos y salvajes; el anillo negro alrededor de sus iris brillaba. Debajo de la superficie, esa pregunta escondía algo más voraz: dientes sobre piel, uñas, el sonido de su voz gimiendo mi nombre. Elliot era muy *sexy*. ¿Qué chico de nuestra edad elegiría la palabra «*saborear*»?

No había nadie como él en el mundo.

–*Epifanía* –respondí en voz baja.

Él se relamió, sonriendo. Algo su expresión se volvió más oscura, más insistente.

–También es una buena palabra.

Le acaricié una mano con el pulgar, y dije:

–Creo que debemos dejar de fingir que no estamos juntos.

Cuando levanté la vista, él amplió su sonrisa.

–Estoy de acuerdo.

–Bien.

–Te daré un beso de despedida.

–Bien –repetí, inclinando mi rostro hacia él, mientras sentía su respiración en mi boca, su mano sobre mi mandíbula. Abrí los labios sobre los de él y, como antes, pareció natural succionar su boca, permitir que su lengua tocara la mía, disfrutar de sus sonidos. Me enredó los dedos en el pelo y me acunó el rostro con las dos manos, su boca era voraz.

Y ¿por qué lo hicimos al aire libre, donde no podíamos acostarnos y besarnos hasta tener la boca entumecida y el cuerpo en llamas? Incluso con ese roce diminuto, sufría. Quería tenerlo encima, quería ese último recordatorio de su peso y la presencia rígida de su deseo apretada entre mis piernas.

Solté un gemido breve y él retrocedió con los ojos clavados en mí.

—Vayamos despacio —me dijo.

—No quiero ir despacio.

—Es la única manera de asegurarnos de que lo hacemos bien. —Asentí entre sus manos y me besó una vez más—. Te veo en dos semanas.

AHORA

Des sale del baño, secándose las manos como si hubiera entrado allí para hacer sus necesidades y no para esconderse de la batalla entre exparejas. Levanta la vista con una sonrisa luminosa que poco a poco se desvanece al notar que Rachel ya no está presente.

—¿En serio? —le pregunta a Elliot, quien se encoge de hombros sin remedio.

—Ya no sé qué decirle —responde Elliot—. Me dijo que quería venir, pero claramente no era el caso.

Elliot se da la vuelta y se dirige a la cocina. Noto que le molesta que Rachel se haya marchado, y quiero pensar que es porque es una persona de buen corazón y no porque le preocupa haber estropeado las cosas con ella a largo plazo.

¿Quién no lo hubiera visto venir a kilómetros?

Elliot se detiene ante los fogones, se inclina para revisar el pavo y luego apoya las manos en la encimera y respira hondo un par de veces.

Miro a Des a los ojos y él levanta el mentón para indicarme que vaya a la cocina.

—Es malísimo manejando estas cosas.

Me desconcierta. Sin duda, Des tiene toda la razón, pero necesito comprender qué está pasando aquí, porque Elliot siempre ha sido mejor que yo lidiando con emociones complicadas.

Gracias a la ventana inmensa que está al final, la cocina es luminosa, pero parece diminuta. Deslizo las manos por la espalda de Elliot, siento que se le tensan los músculos y le hago unos masajes en los hombros.

El contacto es tan íntimo que sé que no puedo mentirle durante mucho más tiempo acerca de Sean sin que parezca que estoy jugando con ambos. Él me mira por encima del hombro, curioso.

—Lo siento —digo—. Quizá no debería haber venido.

Se da media vuelta y se apoya en la encimera.

—Sí que deberías. Quería invitarte. Ella tuvo opción de elegir.

—Lo sé, pero ustedes tienen historia.

Mira por la ventana, con la mandíbula tensa. Parece que está seleccionando las palabras antes de decirlas. Su perfil es tan… adulto. Mi cerebro aún contiene una cantidad abrumadora de imágenes suyas de adolescente. Verlo ahora es como mirar por un telescopio hacia el futuro. Es muy raro estar tan cerca de él e imaginar todos los momentos que ha vivido sin mí.

—Tenemos que hablar —susurra.

—¿Sobre Rachel?

—Sobre todo, Mace —responde con el ceño fruncido.

Sé que necesito escuchar lo que quiere decirme y que yo también le debo mi historia, pero hoy no es el mejor día para que otra mujer tenga un ataque de nervios en su apartamento.

—De acuerdo —digo igual de bajo, consciente de la presencia de Des en la sala contigua—. Lo hablaremos pronto. Quizá... ¿después de la boda de Andreas?

—¿Qué? —Lo veo indignado—. Falta un mes.

—Un mes no es tanto. —El sonido agudo del temporizador de algún electrodoméstico empieza a sonar sobre la encimera, pero ambos lo ignoramos.

Elliot niega con la cabeza, suavemente.

—Ya hemos perdido once años.

—¡Está sonando algo! —exclama Des desde la sala de estar.

—Me he tomado este día libre, así que tengo que trabajar en Navidad. —Miro la campana extractora—. Y me voy a tomar cuatro días en Año Nuevo para la boda, así que tendré que trabajar casi todos los días, y necesito... —Necesito tiempo lejos del trabajo para pensar en cómo decirle todo lo que debo decirle. Todo sobre la ruptura con Sean y sobre la última noche que lo vi hace once años, y, también, todo lo que vino después.

Des se asoma a la cocina y nos gruñe:

—¡Está sonando algo! —Antes de desaparecer de nuevo.

Elliot silencia el ruido con una palmada.

Vuelve a ponerse frente a mí e inclina la cabeza para mirarme a los ojos.

—Macy, sabes que siempre tendré tiempo para ti. Cualquier momento que tenga es tuyo.

Le resulta tan fácil decir esa verdad que siento que no quiero ir despacio, mi instinto me dice que él es mi opción. La primera confesión se escapa:

—He cortado con Sean.

Observo en su garganta cómo se le acelera el pulso.

—¿Qué?

Acabo de lanzar una bomba atómica.

—No era... Nunca fue... lo que quería...

—¿Has cortado con Sean?

Me trago mi necesidad de llorar al ver la esperanza en sus ojos.

—Sí. Y me he mudado.

Elliot me roza el ombligo y pasa su dedo índice por la presilla de mis jeans. Jala y me acerca a él.

—¿A dónde?

—He alquilado una habitación en la ciudad.

Noto que se me calienta la sangre y, famélica, me imagino lo que vendrá: su boca acercándose a la mía, el alivio de probar sus labios, la sensación de su lengua deslizándose, la vibración de su cuerpo.

Cierro los ojos y, por un segundo, me entrego a mi imaginación: metería sus manos dentro de mi camisa, a lo largo de mi cintura, me sujetaría y me levantaría en el aire, me sentaría sobre la encimera, avanzaría entre mis piernas y apretaría su cuerpo contra el mío.

Así que retrocedo, temblando.

—¿Recuerdas lo que te dije en Tilden? ¿Que me haces sentir muchas cosas? —le pregunto. Él asiente, con la mirada fija en mi boca y la respiración entrecortada—. No quiero apresurarme a nada a ciegas —digo con un gesto de dolor—. En especial contigo. Ya lo estropeamos una vez.

Mientras parpadea y me mira a los ojos, su expresión se tranquiliza un poco.

—Es cierto.

Siento esa intensidad que siempre ha existido entre los dos. Sé que él es mi alma gemela y yo la suya. Y ahora, él ha dejado a su novia y yo he dejado a mi prometido, pero ¿podremos solucionarlo todo después de once años de distancia? Su mejor amigo es un desconocido para mí, y la mujer que acaba de irse sabe más sobre el corazón roto de Elliot que yo. Hay una laguna enorme entre los dos.

—Comamos algo —digo, tocándole con suavidad el dedo que todavía sigue enganchado a mis vaqueros—. No sé si es el mejor momento para hablar.

Elliot me pone la mano en la cadera, y murmura:

—Por supuesto. Claro. Lo que sea que necesites.

Me permito un roce íntimo y presiono la mano sobre su corazón, que late desbocado.

ANTES

ONCE AÑOS ATRÁS

De: Macy Lea Sorensen <minlilleblomst@hotmail.com>
Fecha: 1 de septiembre, 06:23
Para: Elliot P. <elliverstravels@yahoo.com>
Asunto: Te echo de menos

Muchísimo.

De: Elliot P. <elliverstravels@yahoo.com>
Fecha: 1 de septiembre, 06:52
Para: Macy Lea Sorensen
<minlilleblomst@hotmail.com>
Asunto: Re: Te echo de menos

Solo han pasado unos días, pero no puedo dejar de pensar en nuestro reencuentro.

De: Macy Lea Sorensen <minlilleblomst@hotmail.com>
Fecha: 1 de septiembre, 08:07 PM
Para: Elliot P. <elliverstravels@yahoo.com>
Asunto: Re: Te echo de menos

Creo que voy este fin de semana. He ido a casa de Nikki esta tarde, estaba Danny. Estaban jugando a los videojuegos y divirtiéndose mucho, y yo solo podía pensar que quería que estuvieras allí.

De: Macy Lea Sorensen <minlilleblomst@hotmail.com>
Fecha: 1 de septiembre, 08:12
Para: Elliot P. <elliverstravels@yahoo.com>
Asunto: Re: Te echo de menos

Mierda. Mi padre dice que no podemos ir este fin de semana, pero quizá vayamos el siguiente. El martes empiezo la escuela y tenemos que ultimar detalles por aquí.

De: Elliot P. <elliverstravels@yahoo.com>
Fecha: 1 de septiembre, 09:18 PM
Para: Macy Lea Sorensen
<minlilleblomst@hotmail.com>
Asunto: Re: Te echo de menos

Creo que tal vez sea buena idea que intentemos hablar menos durante la semana. Creo que si no se me hará todavía más difícil. Me estoy volviendo loco.

De: Macy Lea Sorensen <minlilleblomst@hotmail.com>
Fecha: 1 de septiembre, 09:22 PM
Para: Elliot P. <elliverstravels@yahoo.com>
Asunto: Re: Te echo de menos

¿Crees que es mala idea que estemos juntos?

Me empieza a sonar el móvil y la fotografía de Elliot aparece en la pantalla. Se la había tomado hacía una semana, cuando estaba de pie en una roca cubierta de musgo en el bosque que queda detrás de nuestras casas, mirando los árboles, intentando identificar un pájaro que había visto. En la foto, el sol le daba de perfil y le acentuaba la mandíbula y el pecho bajo su camiseta.

—¿Hola? —Agitada, la voz me salió estrangulada.

—Macy, no —dijo de inmediato—. No quise decir eso.

—Bien, te creo —asentí, mirando el póster brillante de un unicornio que tenía pegado en la pared desde los ocho años y que nunca me había molestado en quitar.

—Solo quise decir que nos vamos a volver locos si nos mandamos correos cada diez minutos todos los días de la semana —explicó con calma.

Me senté en la cama y me quité los tenis con los talones.

—Tienes razón, claro. Es solo que cada vez me da más miedo estar lejos.

—Lo sé. —Parecía agitado, como si hubiese subido las escaleras corriendo—. Pero yo creo que siempre nos hemos sentido un poco así. Yo estoy aquí. Tú estás ahí. Estamos lejos, pero, como antes, aún estamos juntos.

—Tienes razón.

—Y cuando vengas —una puerta se cerró de fondo—, pasaremos todo el tiempo posible juntos.

Me acurruqué sobre la almohada, aferrándome al teléfono.

—Quisiera besarte esta noche —susurré—. Me gustaría que estuvieras aquí, a mi lado, besándome.

Él gruñó y luego se quedó en silencio, y mi corazón se retorció en mi pecho, haciéndome sufrir.

—Mace, yo quiero lo mismo. —Nos quedamos en silencio y me pregunté si me permitiría quedarme dormida con él al teléfono. Me metí la mano debajo de la camiseta, sintiendo la calidez de mi estómago, imaginando su palma allí—. Nos queda solo un año más así —dijo, por fin—. Piénsalo. Nos graduamos en la primavera. Nuestras vidas ya no estarán separadas. Pasará muy rápido y, luego, podremos estar juntos de verdad.

AHORA

He llegado.

Voy.

Salgo de la habitación del modesto Motel L&M bajo la mirada fulminante del sol del invierno. Protegiéndome los ojos con una mano, logro ver a Elliot a pocos metros de distancia, apoyado contra la puerta del conductor con un ramo de flores silvestres alborotadas. De inmediato, al verlo enderezar la espalda y mirarme, me recuerda a cada héroe romántico adolescente.

Después de treinta y siete días, mis ojos también están sedientos, y devoran cada centímetro de él: su esmoquin, el cabello bien peinado, su rostro afeitado al ras.

Hemos intercambiado algunos mensajes desde Acción de Gracias, y tuvimos una breve conversación telefónica cuando me surgieron dudas sobre el atuendo para la boda y cuando él quiso saber dónde me recogería, pero no lo he visto desde que me dio un beso en la mejilla en la puerta de su apartamento, con el estómago lleno de pavo y vino, y me miró con intensidad durante tres respiraciones silenciosas.

«Dame una oportunidad», me había dicho.

Le había prometido que se la daría. La cuestión era si él aún querría una después de oír lo que yo tenía para decir.

Celebré la Navidad con Sabrina, Dave y Viv. Solo con observarlos desde mi silla, bebiendo vino, pude ver cómo sus rituales cobraban forma ante mí: el disco de vinilo con canciones de música clásica de Navidad sonaba sin parar, Dave horneó una cantidad de galletas de Navidad suficiente como para abrir una tienda, Sabrina puso luces blancas y diminutas alrededor de su árbol gigantesco en la sala de estar. Ese ambiente fue otra puñalada que se sumó a las que había sentido todo el mes mientras escuchaba a mis compañeros hablar sobre lo que harían durante las vacaciones: fiestas, reuniones, salir de la ciudad.

Después de perder a Elliot y, claro, después de perder a mi padre, también había perdido el resto de las tradiciones. Estoy desesperada por recuperarlas. Quiero hacer pancakes de arándanos para desayunar la mañana de Navidad y encender el *kalenderlys* por la noche. Quiero comer turrón y regalar libros, y dar paseos por la playa con un perrito caliente en la mano en Año Nuevo. Pero también quiero que el día de Acción de Gracias Elliot y yo nos sentemos en el suelo, solo los dos, en ropa interior, mientras comemos pavo con la mano. Quiero celebrar nuestro aniversario pasando el día entero en la cama, charlando con nuestras bocas apenas separadas por unos centímetros.

Estoy lista.

Así que me dirijo hacia el aparcamiento mientras doy pasos inestables con mis tacones e intento caminar con elegancia hacia él. Lo que en realidad quiero hacer es lanzarme a sus brazos, pero logro mantener la compostura y me detengo a unos treinta centímetros. Huele tan bien. Cuando se quita las gafas de sol, sus ojos parecen de color ámbar. Las palabras de saludo que había ensayado una y otra vez durante el último mes («Cuando me fui de la casa de Christian, me metí en la cabaña. Me dormí en el suelo, y allí fue donde mi padre me encontró») desaparecen antes de que pueda pronunciarlas.

Elliot me da las flores y se inclina para besarme justo debajo de la mandíbula, donde mi pulso late más acelerado que nunca.

Huelo las flores; no tienen aroma, pero sus colores son tan brillantes que parecen fluorescentes.

–Flores. ¿Acaso no eres la cita perfecta para una boda?

–Las he recolectado allí –admite, señalando con la cabeza una pequeña parcela de malas hierbas al límite de la propiedad. Cuando me mira y sonríe, parece que tiene de nuevo dieciocho años–. Mi madre no ha dejado que me llevara una rosa de la *suite*.

Me mira, su mirada hace que me arda el pecho. Llevo un vestido nuevo y admito que me siento guapísima. Es de seda, ajustado; una llamarada anaranjada y roja con pequeños tirantes con cuentas. Hace que mi piel morena parezca dorada.

Nuestros ojos se encuentran y siento que una sonrisa estalla en mi rostro. Más tarde, lo desenterraremos todo. La expectativa de quitarme un peso de encima me hace sentir etérea.

–¿Lista? –pregunta.

–Lista.

Elliot aparca el automóvil en el parque frente a la inmensa mansión victoriana. Se gira hacia mí y me pregunta:

–¿Estás bien?

El viaje solo ha durado diez minutos, pero es imposible que no haya notado que me he pasado todo el viaje sujetando con todas mis fuerzas la manilla de la puerta del copiloto.

–Estoy bien.

–De acuerdo. –Exhala y evita que baje del coche poniéndome una mano sobre la pierna expuesta, justo encima de la rodilla. El roce es casi eléctrico, y Elliot parece notarlo al mismo tiempo que yo, porque aparta sus dedos, arrastrándolos–. Si me permites.

Se baja de su viejo Honda Civic, lo rodea y me abre la puerta con un gesto caballeresco.

Detrás de él, Madrona Manor se alza como algo salido de un cuento de hadas, con jardines amplios que enmarcan la gigantesca propiedad. Es muy diferente al motel L&M. Por supuesto que podría haberme hospedado en la casa de Healdsburg de la que soy dueña (en este momento, no está alquilada por vacaciones), pero la idea de dormir sola allí, sin mi padre, me parece bastante deprimente.

Elliot permanece de pie, esperando a que salga, hasta que extiende una mano hacia mí.

—¿Estás atascada?

«No, solo me derrito en silencio al verte».

Me levanto y permito que me agarre de la mano cuando me pongo de pie.

—Estoy bien. Es… Este sitio es precioso.

Hace un poco de frío, así que llevo puesto un chal sobre los hombros; Elliot se adelanta y me lo coloca bien porque se había resbalado.

—Listo. —Desliza un pulgar sobre la curvatura de mi hombro, debajo del chal. Su piel es más clara que la mía, y el contraste de colores es perfecto—. ¿No tendrás frío?

Niego con la cabeza y entrelazo mi brazo con el suyo mientras avanzamos hacia el edificio principal. Es mediodía, el sol brilla sobre las copas de los árboles y tiñe los bordes de miel y oro. Acurrucada en las colinas sobre el condado de Sonoma, Madrona Manor está rodeada de hectáreas de bosque y flanqueada por viñedos colosales. Los jardines parecen expandirse en todas direcciones. La verdad, debería tener más curiosidad sobre este sitio sagrado, pero me distraigo al estar cerca de Elliot después de este mes de reflexión y al notar su cuerpo en contacto con el mío, sabiendo que en cualquier instante podría detenerlo, mirarlo y besarlo... Me siento como si metiera la cabeza en la boca de un cañón, pero, aunque sea peligroso, solo quiero jugar.

Dentro de la mansión, nos encontramos con un largo pasillo que conecta la entrada principal con las habitaciones. Elliot sube la escalera para ir a ver cómo está Andreas en la habitación del novio. Le dije a Elliot que anoche conduje desde Berkeley, pero, en realidad, me tomé un Xanax y dormí durante todo el camino mientras me llevaban en un coche alquilado. Llegué al motel, me arrastré a mi habitación y dormí hasta que mi reloj biológico me despertó exactamente a las seis esta mañana.

Todo esto significa que aún no he visto a nadie de su familia, y debo admitir que me pone un poco nerviosa hacerlo. Pero, aunque me encantaría explorar los jardines y dejar al clan Petropoulos a solas antes de la ceremonia, Elliot no lo permitiría.

—Acompáñame —me pide, avanzando hacia la escalera.

Aún no han guardado la decoración navideña en sus cajas de cartón, donde se quedarán encerradas hasta el próximo diciembre, así que todavía quedan guirnaldas que envuelven el pasamanos con tono festivo. Un pequeño árbol de Navidad dorado ilumina el descansillo al final de la escalera.

—Están arriba.

—No quiero interrumpirlos mientras se preparan —digo y doy un paso atrás, insegura.

—Basta ya. —Elliot se ríe—. Estás bromeando, ¿no? Si subo sin ti, me obligarán a bajar a buscarte.

Una bandada de pájaros cobra vida con un estallido en mi pecho cuando oigo al señor Nick gritándole a George que le traiga una maleta del coche mientras Nick Jr. y Alex no paran de bromear. Oigo la risa musical de Dina y su voz (aún es la misma) cuando le dice a Andreas que debería pedir ayuda para anudarse la corbata de moño.

Abrimos la puerta, que cruje, y de pronto la habitación entera se queda en silencio. Andreas, que estaba frente al espejo acomodándose el moño, se da la vuelta. Nick Jr. y Alex intentan recomponerse después de haber estado peleándose en el sofá.

Dina estaba a punto de ponerse una horquilla en el pelo y detiene la mano a medio camino.

—¡Macy! —exclama. De inmediato, se le llenan los ojos de lágrimas. Deja caer la horquilla y se tapa la boca con ambas manos.

Saludo levantando una mano con un gesto tembloroso. Volver a ver sus caras me hace viajar en el tiempo, una década atrás, como si regresara a casa por primera vez tras mucho tiempo.

—Hola a todos.

Elliot me acerca a él.

—¿No está preciosa?

Lo miro, atónita, pero su sonrisa de medio lado me indica que no se siente nada avergonzado por el escrutinio familiar.

—Deslumbrante —concuerda Nick.

Alex corre hacia mí y me abraza.

—¿Te acuerdas de mí?

La última vez que la había visto, ella tenía tres años, y no he dejado de pensar en ella desde entonces. Mientras me emociono un poco, abrazo su cuerpo esbelto y delgado y le pregunto:

—¿Tú te acuerdas de mí?

—Ay, por favor —dice Dina, negando con la cabeza—. Voy a llorar.

Nick Jr. la mira y gruñe.

—Ma, ya estás llorando.

Elliot me suelta, pero no se aleja cuando todos se acercan a abrazarme. Cuando llega Andreas, me susurra «Gracias por venir» y respondo en otro murmullo «Felicidades, imbécil».

El ruido estalla de nuevo cuando Alex empieza a discutir con su padre porque quiere llevar el pelo recogido y George debate con Dina sobre dónde puede estar la dichosa maleta. Elliot ayuda a Andreas con el nudo de la corbata y Liz entra con una bandeja llena de bocadillos para la familia del novio. Tiene puesto un vestido azul brillante; es una de las damas de honor.

—¡Hola, Macy! —Se acerca a saludar. Ante la mirada confusa de toda la familia de Elliot, Liz les recuerda que nos vemos a diario en el trabajo y la sala vuelve a llenarse de voces cuando todos recuerdan lo que eso significa (¡Macy es doctora!) y me abrazan de nuevo.

Sirven vino, peinan a Alex y luego vuelve la consternación

de su padre y sus hermanos mayores, y, todo el tiempo, Elliot está ahí, con su brazo presionado contra el mío, nuestros corazones latiendo a la vez, como una presencia reconfortante.

—Papá —interviene Elliot por fin, con una risa grave y suave—. Ya tiene catorce años. Llevará un vestido largo hasta el suelo y con mangas. No pasará nada porque alguien le vea la nuca.

Nick lo fulmina con la mirada unos segundos, y luego mira a su hija y a su esposa negando con la cabeza.

—Recógeselo. No me importa. Aunque enseña demasiada piel.

—¡Es mi cuello! —grita Alex, frustrada—. Diles a los chicos que no me miren si les molesta tanto.

—Amén —digo, sonriéndole a Alex. Su sonrisa es como el sol de la mañana entrando por la ventana.

Cuando la discusión surge de nuevo, Elliot se me acerca y me susurra al oído:

—¿Quieres dar un paseo por los jardines?

Asiento, temblando por su cercanía, y me guía hacia la puerta con una mano sobre mi cintura antes de entrelazar mis dedos. Siento la atención del cuarto entero dirigida a nuestras manos unidas mientras nos vamos, y oigo que Alex, confundida, pregunta «¿No tenía novio?», seguido del siseo firme de Dina «¡Shh!», y el «Cortaron, ¿no te acuerdas?» de Andreas.

—¿Es como lo recordabas? —me pregunta Elliot, sonriéndome.

Poso la cabeza sobre su hombro.

—Mejor.

ANTES

SÁBADO, 9 DE SEPTIEMBRE
ONCE AÑOS ATRÁS

El primer viaje después del verano (después de declarar que estábamos juntos, después de ese beso dulce y tan deseado) fue a mediados de septiembre. El aire estaba cargado del calor abrasador del verano y lo usé como excusa para pasar el fin de semana entero en bikini.

Elliot… lo notó.

Por desgracia, mi padre también, y nos exigió de inmediato que pasáramos el rato leyendo abajo o al aire libre, y no en el clóset.

Ese sábado, extendimos una manta sobre el césped frondoso del jardín delantero de la casa de Elliot, bajo el inmenso roble, y nos pusimos al día sobre nuestros amigos, el instituto y nuestras palabras favoritas, pero todo tenía un peso diferente. Ahora hablábamos entre susurros, recostados de lado, con las caras muy pegadas, mientras Elliot jugaba con las puntas de mi pelo o me rozaba el cuello con sus dedos y su mirada bailaba sobre mis pechos, que cada vez eran más voluptuosos.

Siguiendo la regla número veintinueve («Cuando Macy tenga más de dieciséis años y tenga su primer novio serio, asegúrate de que use protección»), mi padre me pidió que me tomara la píldora. Aún me faltaban varios meses para cumplir los dieciocho, pero mi padre me dijo que planeaba llamar a mi ginecóloga después de haberme dado un sermón incómodo y tenso sobre que no me daba permiso para tener sexo con Elliot, pero que, igualmente, intentaría proteger nuestros futuros.

Aunque, en realidad, no tenía de que preocuparse. A pesar de vernos todos los fines de semana durante octubre, Elliot y yo nunca estuvimos cerca de tener sexo. Al menos no desde aquel día en el suelo del clóset, con su cuerpo sobre el mío, actuando por instinto. Y era él el que quería ir despacio, no yo. No dejaba de decirme que era porque cada paso ínfimo que diésemos sería nuevo para los dos, cada cosa que hacíamos juntos la haríamos solo una vez por primera vez, y sería esa misma persona durante toda nuestra vida.

Parecía evidente que estaríamos juntos para siempre. Pero aún no nos habíamos dicho que nos queríamos. Aún no nos habíamos prometido nada. Pero imaginarme desenamorada de Elliot era tan imposible como contener la respiración durante una hora.

Así que avanzábamos muy despacio, explorándonos y

descubriéndonos. Nos besábamos durante horas. Nadábamos juntos en el río: mis piernas mojadas y resbaladizas alrededor de su cintura, mi estómago con la piel erizada, sensible al sentir su torso desnudo contra mi cuerpo.

Los días de escuela estaban llenos de expectativa. Acordamos hablar por Skype una vez a la semana, los miércoles, lo cual hacía que fuera difícil soportar las clases ese día. Esas noches en las que charlábamos, él me miraba fijamente a través de la cámara, con los ojos abiertos de par en par. Yo pensaba en besarlo. Incluso le decía lo que pensaba, y él gruñía y cambiaba de tema. Después, me iba a la cama e imaginaba que mis dedos eran los suyos, sabiendo que él hacía lo mismo.

Y los fines de semana, cuando disponíamos de cualquier rato, por breve que fuera, nos convertíamos en un frenesí de besos, nuestras bocas se movían al unísono hasta sentir los labios en carne viva, nuestra respiración se aceleraba por el esfuerzo de contener el deseo.

Pero eso era todo. Nos besábamos. La ropa seguía puesta, las manos eran respetuosas.

Hasta que dejaron de serlo.

A finales de octubre ya llovía a cántaros. Mi padre había ido al pueblo en busca de víveres y nos había dejado a Elliot y a mí solos en casa. No fue premeditado. Mi padre ni siquiera nos había mirado con desconfianza cuando nos dejó leyendo en la sala de estar junto al fuego encendido. Simplemente dijo que se había acabado la leche y que iría a comprar algo para la cena.

La puerta de la casa se cerró.

Los neumáticos crujieron sobre la grava hasta que el sonido desapareció.

Miré a Elliot y sentí que me ardía la piel.

Él ya estaba arrastrándose por el suelo, y, de pronto, estaba sobre mí entre las sombras proyectadas por el fuego.

Aún recuerdo el modo en que me levantó la camiseta y dibujó un camino de besos desde mi ombligo hasta mi clavícula. Recuerdo que, por primera vez, descifró cómo desabrocharme el sujetador, riendo sobre mi boca mientras sus dedos luchaban por abrirlo. Recuerdo la dulzura de su mano mientras se deslizaba desde el broche, sobre mis costillas, debajo del aro. Me tocó los pechos desnudos y me acarició los pezones con el pulgar y el índice. Sentía que la luz brotaba de mí a través de cada poro; el placer y la necesidad eran cegadores. Él continuó recorriéndome con su lengua húmeda, succionándome con sus labios, y yo metí su muslo entre mis piernas, desesperada por sentir alivio, meciéndome contra él hasta que me derretí y me corrí frente a él por primera vez.

Él me observó, con las pupilas inmensas y negras, y la boca abierta.

–¿Has a…?

Asentí, sonriendo, drogada.

Los neumáticos crujieron de nuevo en la entrada y Elliot se levantó rápido, con la cara desencajada.

—Debería irme a mi casa. —Miró al suelo un poco avergonzado.

Yo también bajé la vista y vi que apretaba con fuerza la cremallera de sus jeans, buscando alivio.

Empezó a ponerse de pie, pero se detuvo, aún de rodillas entre mis piernas, estudiando mi pecho desnudo. La intensidad de su mirada fue como una cerilla sobre un charco de gasolina. Tomé la mano que tenía libre.

La puerta del coche se cerró con un golpe seco.

—Macy —me advirtió Elliot, pero sus ojos permanecieron abiertos y su brazo se movió sin oponer resistencia cuando coloqué su mano sobre mi piel.

—Todavía tiene que sacar las bolsas del maletero. —Puse sus dedos sobre mi estómago, los deslicé sobre mi cuerpo.

Mi padre cerró el maletero con otro golpe. Elliot apartó el brazo.

Despacio, me incorporé, me abroché el sujetador y me bajé la camiseta.

Mi padre metió la llave en la cerradura, entró y nos miró a los dos en la sala de estar. Yo estaba exactamente donde él me había dejado. Elliot estaba en el extremo opuesto del sofá, con las manos hundidas en los bolsillos.

—Hola, pa —lo saludé.

Él se detuvo con los brazos cargados de bolsas.

—¿Todo bien?

Elliot asintió.

—Estaba esperando a que llegara para volver a mi casa.

—Qué lindo —digo, mirándolo con una sonrisa.

—Gracias, Elliot —respondió mi padre, sonriéndole también—. Puedes quedarte a cenar, si quieres.

Mi padre entró en la cocina y yo me fijé en el botón de los pantalones de Elliot y sentí una necesidad casi obsesiva de tocarlo.

Él inclinó el torso para obligarme a mirarlo a los ojos.

—Sé lo que estás mirando —susurró—. Me traerás problemas.

Me estiré y lo besé.

—Pronto —respondí en un murmullo.

AHORA

Hay más de ocho hectáreas de terreno en Madrona Manor y parece que recorremos cada una de ellas. Paseamos dos horas mientras nos ponemos al día, charlando relajados sobre nimiedades: nuestros restaurantes favoritos, nuestra obsesión por las aceitunas, libros que nos han encantado o que hemos odiado, miedos y esperanzas, política, lugares soñados para ir de vacaciones…

El último Año Nuevo que pasamos juntos parece arder en la palma de mi mano. Lo siento a cada segundo. Hago todo lo posible para evitarlo.

El sol de la tarde se hunde detrás de los árboles, sopla un viento fresco. Los neumáticos de los coches crujen a lo lejos en la entrada de grava. Nos acercamos al jardín principal, que está decorado con guirnaldas de flores y lleno de antorchas, mesas de cóctel y personal que circula sirviendo canapés antes de la ceremonia.

—Tengo que subir para prepararme. ¿Te quedas aquí?

Asiento con la cabeza y Elliot se inclina mientras me acuna el rostro entre sus manos y me da un beso en la frente y luego otro en la mejilla, aparentemente por instinto. Se aleja y me sonríe. No tiene ni idea del caos que ha desencadenado en mi interior. En su camino hasta la casa para reunirse con los padrinos de boda, no se da la vuelta ni una sola vez, y yo no puedo parar de pensar en ese beso que me acaba de dar.

Cuando desaparece de mi vista, miro a mi alrededor y me doy cuenta de que no conozco a nadie. Toda la familia Petropoulos está dentro y, aunque he visto a los primos y a los tíos en alguna ocasión, no conozco a ninguno lo suficiente como para acercarme y darle conversación.

«Quizá porque tu círculo es muy pequeño», me digo con la voz Sabrina, como si me lo estuviera susurrando al oído.

«Un círculo pequeño es un círculo de calidad», me respondo, y tomo un camarón envuelto en beicon de una bandeja que pasa a mi lado.

Estoy a punto de comérmelo cuando una mano me sujeta del codo. Me doy la vuelta sorprendida y exclamo un «¡Ay, lo siento!» y empiezo a devolver el bocadillo a su sitio, hasta que me doy cuenta de que es Alex. Pero lo hago muy tarde y, sin querer, el camarón acabó en su mano.

Ella mira el bocadillo, luego a mí, se encoge de hombros y se lo come.

—Ven conmigo —dice mientras mastica—. Estamos sentados en primera fila.

—¿Qué? —respondo, resistiéndome cuando ella jala de mí—: No, yo no...

—No hay nada que discutir —insiste mientras avanza—. Tengo órdenes estrictas de mi madre: eres de la familia.

Se me hace un nudo en la garganta, una bola de emociones atascada. Me pongo bien el chal sobre los hombros y la sigo hasta su asiento al lado del novio, en la primera fila.

Alex se sienta en la tercera silla y me dice que me siente en la cuarta, a su lado.

—Está a punto de empezar —anuncia—. Mi madre me pidió que me sentara para que la gente empiece a entrar. ¿Están viniendo?

Miro detrás de ella y veo que sí, una multitud comienza a avanzar hacia los acomodadores que esperan en la entrada. Los asientos se llenan, el atardecer llega y la escena me quita el aliento

—Hacía años que te quería conocer —me dice mirando el altar, un arco de madera pequeño decorado con flores tan abundantes que quiero extender la mano y pellizcarlas para comprobar si son de verdad—. Bueno, conocerte *de nuevo*.

—¿A mí? —Ella solo tenía tres años cuando Elliot y yo nos separamos.

¿Nos separamos?

Qué raro que suena. Otras personas se separan y siguen con sus vidas. Lo que nosotros vivimos fue un luto real. Fue una fisura en las placas tectónicas. El mazo del destino golpeando nuestro punto más vulnerable, justo en el corazón.

Alex asiente y me mira. A sus catorce años, se parece tanto a Elliot que, por un segundo, se me corta la respiración, como si me hubieran dado un puñetazo en el plexo solar. Tiene los ojos castaños, grandes detrás de sus gafas; pelo, grueso y oscuro. Algunas flores le enmarcan su rostro ovalado. Tiene un cuello largo de cisne, manos delicadas y finas, muy elegantes. Queda claro que ha aprendido a usar su complexión delgada a su favor. El cuerpo de Elliot siempre pareció más bien una caja de herramientas llena: ángulos marcados, huesos largos y puntiagudos. En ella es, sin embargo, pura geometría.

–Él te quiere tanto –dice Alex–. Te juro que ha tardado siglos en traer a otra chica a casa.

El corazón me late más lento.

–En serio –continúa–. Mis padres pensaban que era gay. Le decían: «Elliot, sabes que te querremos seas como seas. Solo queremos que seas feliz…», y él les respondía: «Se los agradezco mucho», y luego todos lo mirábamos como diciendo «Okey, ¿entonces por qué no nos presentas a tu novio de una buena vez?».

Me río un poco, sin saber qué decir. Con tono vacilante, murmuro:

–Pero en algún momento llevó a alguien. Ella de seguro les caía bien, ¿no?

–Rachel era agradable –afirma encogiéndose de hombros.

El corazón me late más lento todavía. ¿Rachel fue la

primera novia que llevó a casa? Eso fue ¿cuándo? ¿Hace un año?

Alex mira por encima del hombro para ver si ha entrado más gente, y, cuando lo corrobora, se acerca más a mí y, mientras el guitarrista el cantante empiezan a prepararse para tocar, me dice:

—Mi madre la llamó «Macy» tres veces la primera vez que vino a cenar.

—Uf, qué incómodo. —Ahora, siento todavía más pena por Rachel y entiendo muchas más cosas de ese primer encuentro tan triste que tuvimos.

—Un poco, la verdad. —Sonríe Alex—. Con el tiempo, él admitió que había estado enamorado de ti desde que te conoció. Así que me alegra que hayas vuelto a su vida. Aunque solo sean amigos. Bueno, ya, me callo. —Se muerde el labio y luego añade hablando muy rápido—: Y siento mucho lo de tu padre, Macy. No me acuerdo de él, pero mi madre me dijo que era un hombre muy bueno.

—Gracias. —La abrazo—. Los he echado muchísimo de menos a todos.

El silencio se apodera de la multitud cuando el guitarrista empieza a tocar un preludio sencillo y solemne antes de que el cantante entone la versión de Jeff Buckley de *Hallelujah*. Miro a la pareja de adultos mayores que está sentada en la primera fila, en la sección opuesta a la nuestra. Supongo que son los abuelos de Else. Dina y Nick caminan hacia el altar con Andreas en medio. La sonrisa de Dina es tan luminosa que siento un nudo en la garganta y el ardor de las lágrimas en la superficie de los ojos. No es solo por la boda, aunque siempre lloro en las bodas. Es por la canción, por el lugar, por estar de nuevo junto a las personas que más quiero en el mundo. Es por no sentirme sola por primera vez en mucho tiempo.

Andreas se detiene al frente del altar, donde espera con entusiasmo a su novia. Dina toma asiento junto a Alex, pero extiende la mano por encima del regazo de su hija para tomar la mía con tanta fuerza que siento su amor, su expectación y, sobre todo, su alivio.

Luego llega Nick Jr. con una de las damas de honor. Es robusto, su pecho es colosal, como el de su padre, y es alto. Con una barba espesa, parece más un leñador que un abogado. No puedo imaginármelo trabajando de traje, la verdad.

Después llegan George y Liz, con los brazos entrelazados y sonrisas relajadas. Forman una combinación tan perfecta de caras felices y pasos confiados que me doy cuenta de que estoy sonriendo y de que tengo los ojos llenos de lágrimas.

Alex me ofrece un pañuelo.

—Dos lloronas, una a cada lado.

—Shh —susurra Dina—. Ya verás, eres la siguiente.

Había olvidado que Elliot también caminaría hasta el altar, y verlo con la dama de honor rubia diminuta tomada del brazo y la sonrisa calmada mientras mantiene contacto visual con los invitados es un golpe a mis emociones. No estoy preparada para esto.

Está guapísimo.

Sonriente, ahora con más de un metro ochenta de altura,

cómodo en su complexión, me mira después de dejar a la dama de honor cerca del altar. Nuestras miradas quedan entrelazadas cuando se encuentran.

Verlo en el altar con su esmoquin hace que me dé cuenta de lo colosalmente incorrecto que era todo con Sean. De lo incorrecto que sería con cualquiera que no fuera él.

Elliot retrocede, se coloca primero en la fila de padrinos y consigue apartar los ojos de mí cuando la música cambia y la guitarra empieza a tocar los primeros acordes de *She*, de Elvis Costello.

Los invitados se ponen de pie. Sé que debería estar mirando hacia atrás, a la novia, pero soy la única que mira al frente, incapaz de apartar los ojos de Elliot.

Él lo nota, estoy segura, porque parpadea y gira un poco la cabeza para mirarme de reojo. En sus ojos veo una pregunta irónica como diciendo «¿Qué voy a hacer contigo?».

No sé cómo responderle, así que simplemente muevo los labios y, sin emitir sonido alguno, le respondo «Sí».

Sí, soy tuya.

Sí, estoy lista.

Sí, te amo.

ANTES

VIERNES, 8 DE DICIEMBRE
ONCE AÑOS ATRÁS

—Este libro es increíble –susurró Elliot, pasando
la página.

Me retorcí de gusto por dentro. Por fin el señor
Esnob Sololeoclásicos se atrevía con Wally Lamb.

Rodé sobre mi estómago y lo miré desde el sillón.

–Te dije que te encantaría.

–Es cierto. Me encanta.

Por fin teníamos permitido estar juntos en el clóset (con
la puerta abierta) porque hacía demasiado frío fuera y mi
padre no quería escucharnos susurrando todo el día en el
piso de abajo.

Nuestro último año de escuela era una locura, y la mayoría
de los fines de semana de noviembre los había pasado en Berkeley, preparándome para mi futuro en la universidad. Los

dos intentábamos postularnos a universidades que estuvieran en las mismas ciudades, y nuestro deseo de coordinarnos hacía que habláramos constantemente. Ese era el primer fin de semana que pasaba con Elliot después de cinco semanas, y una fuerza poderosa nos acercaba más y más y más, incluso con la puerta del clóset abierta.

—Deberías adorarme —le dije.

Él me miró por encima de las gafas con las cejas en alto.

—Ya lo hago.

Sonreí con picardía.

—O convertirte en mi esclavo.

—Lo haría. —Cerró el libro y apoyó los codos en sus largos muslos—. Lo soy. —Ahora, tenía toda su atención.

—Deberías abanicarme con hojas de palmera y alimentarme con uvas diminutas y jugosas.

El aire parecía haberse detenido entre los dos.

—Repite esa palabra —me pidió con voz ronca.

—Abanicarme.

—No.

—Diminutas.

Suspiró, desesperado.

—Macy.

—Uvas.

Tomó su libro de nuevo y emitió un gruñido de cansancio.

—Ay, qué pesada.

Sonreí, me humedecí los labios y le di lo que quería:

—Jugosas.

Él levantó la vista, sus ojos parecían más oscuros.

La puerta del armario seguía abierta.

—Jugosas —susurré de nuevo y él se arrastró por el suelo para acercarse y besarme en el cuello. Me retorcí por las cosquillas mientras miraba la puerta—. Eres un nerd de las palabras.

Con su lengua, trazó con un camino por mi garganta y lo vi sonreír cuando dijo:

—Méteme la mano en los pantalones.

Me reí y susurré:

—¿Qué? No. Mi padre está literalmente a dos pasos.

Abrimos los ojos de par en par al unísono cuando, en ese instante, el motor del coche arrancó en la entrada; los neumáticos crujieron una y otra vez y luego desaparecieron.

—Bueno. Supongo que está más lejos —balbuceé.

Elliot retrocedió y me miró con esos ojos oscuros y carnívoros, y sentí que algo se encendía en mi interior, algo burbujeante. Extendí la mano y...

por fin

por fin

puse la mano sobre los botones de sus jeans y toqué eso que me moría de ganas de tocar.

—¿Y ahora qué? —le pregunté. Estaba pasando. *Estaba pasando*. Estaba tocándolo. A él. Estaba tocando a Elliot. Estaba tocando *eso*.

Levantó las cejas.

—¿No lo sabes?

—¿No estoy segura? —dije, y no hice más preguntas, porque después de gruñir una sonrisa, me cubrió la boca con la suya.

Nos caímos al suelo. Piernas y brazos enredados. Labios pegados. Cuerpos desordenados, desesperados, casi perfectos. Después de toda la distancia física y las charlas sobre todo lo que queríamos hacerle al otro, esta diminuta ventana de tiempo de la que disponíamos era un milagro a nuestro alcance.

Nunca había sentido algo así, un anhelo que me florecía del estómago y se expandía más abajo, ardiente, nublándome los sentidos y reduciendo todo mi universo a esta única sensación y luego a la siguiente.

Me quitó la camiseta. Me abrió la cremallera de los pantalones y se deshizo de ellos. Yo lo ayudé en todo lo que pude, jadeando. Me acerqué más a él, con temor a que, a pesar de la desnudez, no llegáramos a satisfacer nuestra nueva voracidad.

Él se inclinó sobre mí, me lamió el cuello, los pechos y luego sus labios codiciosos succionaron los míos y bajaron otra vez por mi torso. Su mano presionada contra mi estómago jugueteaba con el borde de mi ropa interior.

–¿Estoy yendo demasiado rápido? –me preguntó, respirando agitado, y negué con la cabeza, aunque él no podía verme mientras su boca exploraba mis pezones.

–No –dije en voz alta. Estaba yendo demasiado despacio, de hecho. El fuego me recorría de punta a punta y cada terminación nerviosa: quería más, aunque no sabía con exactitud qué.

–Mierda, Macy… Estoy… Es una locura. Una locura en el buen sentido. Es una locura tenerte debajo de mí.

Me reí porque el tartamudeo de Elliot era, curiosamente, reconfortante, y luego nuestros labios se volvieron a sellar, tragaron mi risa y él se adueñó de ella mientras su lengua rozaba la mía y su mano me sujetaba un pecho y lo apretaba. Nuestros sonidos quedaban amortiguados porque apenas podíamos separarnos para tomar aire.

Sus dedos descendieron de nuevo y me recorrieron las costillas, el ombligo, debajo de la tela de algodón hasta que llegó al lugar donde los necesitaba, y emitió un sonido ahogado, mientras que yo solté algo inentendible. Acomodó la cadera sobre mí, buscando el ritmo perfecto, sin dejar de explorarme la piel.

En un segundo, él estaba bajando, quitándome la ropa interior y besándome el vientre, la cadera y luego más abajo, descontrolado por su deseo, igual que yo. Tembló debajo de mí, entre mis muslos, sus hombros se convulsionaban bajo mis manos, y extrañaba su peso encima, pero lo que fuera que había decidido hacer con su boca me distrajo de cualquier pensamiento coherente. Era una succión suave y cálida, sus manos estaban sobre mis piernas, evitando mi deseo aparente de cerrarlas sobre su cabeza y resistiendo la sensación increíble de su lengua y labios y de sus respiraciones breves. Él estaba haciendo aquello que apenas me había atrevido a imaginar.

Cuando empecé a gemir, subió de nuevo, mordiéndome y besándome la piel, más salvaje de lo que hubiera imaginado, pero, en ese instante, me di cuenta de que nunca podría haber sido de otro modo.

—Lo siento —dijo—, quería seguir, pero… —Cerró los ojos, se mordió el labio inferior y gruñó como si intentara mantener la compostura.

—Está bien, ven aquí. —Quería sentir su peso sobre mí. Quería verlo sobre mi cuerpo y luego grabar a fuego la imagen en mi cerebro.

—Ha sido muy fuerte —añadió con una risa sobre mis labios, su boca aún húmeda y con una urgencia detrás de su tacto que me enloquecía.

Jalé torpemente de su cinturón; luego, mis dedos recordaron cómo funcionaba y atravesaron los obstáculos hasta desabrocharlo. Después, mis manos tocaron la piel desnuda de su abdomen plano, su cadera marcada, su vello suave. Le bajé los pantalones hasta las rodillas, sin timidez.

Puso su peso sobre mí, erecto y grueso contra mi cadera, y arqueé la espalda, deseando frotarme contra su cuerpo.

—Quiero hacerlo —dije, y busqué hasta encontrarlo. Se sentía tan duro y caliente en mi mano. Elliot soltó un sonido que me derritió el cerebro—. ¿Tú quieres?

—¿Tener sexo contigo? —preguntó, asintiendo de modo frenético, con los ojos extasiados—. Sí. Sí, quiero. Quiero, quiero, quiero, Macy, pero, mierda, no tengo condones.

—Píldora —jadeé mientras él se movía; sentí que se deslizaba sobre mi muslo. Piel suave contra algo para nada blando.

Elliot levantó la cabeza, sorprendido.

—¿Tomas la píldora?

—Era una de las reglas de mi madre. Mi padre me hizo empezar a tomarla en octubre.

Él metió la mano entre los dos y, cuando se frotó contra mí, perdí la cabeza por completo.

Apenas lo oí preguntarme:

–¿Estás segura, Mace? Mírame.

Ante el tono suave de su voz, aparté mi mirada del lugar fascinante por el que estaba a punto de entrar en mí, y lo miré a los ojos, que estaban casi negros, llenos de voracidad, pero a la vez eran pacientes y expectantes.

–Por favor –supliqué. Sentía tanto placer que, si continuaba frotándose así contra mí…–. Estoy segura.

Me miró y se guio a sí mismo hasta el lugar correcto. Luego se inclinó sobre mí y apoyó los codos a los costados de mi cabeza. Por instinto, como si fuera lo más natural del mundo, le rodeé la cadera con las piernas. Sus labios se encontraron con los míos. Avanzó un centímetro. Aún no estaba dentro, pero casi.

–No creo que esto vaya a ser una maratón –gruñó–. Ya casi no aguanto más.

–Solo quiero sentirte.

Avanzó un poco más, pero se detuvo cuando grité por la conmoción, me sentía sobrepasada. Sus ojos se clavaron en mi cara y luego se quedaron en blanco cuando puse mi pierna alrededor de su muslo para empujarlo con brusquedad dentro de mí.

Sentí una punzada de dolor y le mordí el hombro para amortiguar contra su cuerpo el grito que se me escapó de los labios. Elliot elevó despacio la cadera y entró de nuevo. Me causó una mezcla de placer y dolor, que se repitió una y otra vez mientras empezaba a entrar y salir cada vez más rápido, una y otra vez.

–¿Estás bien? –jadeó.

–Sí –logré emitir con dificultad.

–Oh, Dios, voy a...

Lo sostuve sobre mí, con los brazos y las piernas enredados en él; tenía los ojos apretados por la tensión firme, pero la necesidad que tenía mi corazón de mantenerlo dentro de mí era más fuerte que la necesidad de mi cuerpo de que saliera.

–Voy a correrme –jadeó. Luego, tembló bajo mis manos, se le tensaron los hombros y cayó sobre mí, con la respiración entrecortada.

Sentí su placer. Sentí cada cambio en mi interior.

Como un eco proveniente de alguna parte, oí ruido, pasos, una voz. El deseo aún resonaba en mí, latente sobre el dolor intenso entre mis piernas.

De pronto, las manos de Elliot desaparecieron, noté todo mi cuerpo frío sin su peso encima, y me sentí extraña e inmediatamente vacía. Con la mente mareada, me di cuenta de que él estaba incorporándose rápido e insistiendo para que yo hiciera lo mismo.

–¿Macy? –dijo mi padre desde abajo. O desde el fondo del mar, no estaba segura.

–Levántate, Mace. –La cara de Elliot apareció enfocada ante mí, con el ceño cubierto de sudor, los ojos abiertos de par en par, los labios rojos y aún húmedos por mis besos.

Sobresaltada al recuperar la consciencia, encontré de algún modo la voz y respondí, con la voz ronca:

–¿Sí, papá?

Elliot se puso los pantalones y la camiseta a toda prisa mientras mis dedos torpes luchaban por vestirme. Hice una pausa al ver el hilo de sangre brillante en mi muslo, miré a Elliot, confundida, y él clavó sus ojos en los míos mientras se abrochaba los botones del pantalón.

–¿Estás bien? –susurró.

Oímos pasos en el pasillo del piso superior.

–Sí. –Me puse de pie sobre mis piernas débiles y temblorosas para buscar mi camiseta. Me la puse y escondí mi sujetador debajo de un cojín con el pie justo antes de que mi padre entrara.

Mi padre se detuvo en la puerta y asimiló la escena. Elliot, que se había lanzado sobre los cojines en una esquina, leía mi copia gastada de *El club de la buena estrella* sin las gafas puestas. Tenía la cara roja, estaba agitado. Yo estaba de pie cerca de la puerta y me di cuenta de que no tenía ni idea del aspecto de mi pelo, pero me imaginé que estaría hecho un desastre. Elliot había hundido los dedos en él, había deshecho mi trenza y había deslizado las manos por mi melena una y otra vez.

Mi cuerpo vibró ante el recuerdo.

Mi padre me miró y sonrió con picardía.

–Hola –dije.

Y, a su favor, simplemente respondió:

–Hola, chicos.

–¿Todo bien? –pregunté, intentando no respirar rápido.

–Mace, cielo, lo siento, pero ¿crees que podrías estar lista para que nos vayamos en una hora? Me acaban de mandar un fax y tenemos que volver esta noche. –Su arrepentimiento parecía genuino.

Pensé que todavía me quedaban dos noches más con Elliot, pero, a pesar de que la decepción aplastante me invadió, asentí con buen humor.

–No hay problema, papá.

Saludó a Elliot con la mano, él respondió igual, y se fue.

Despacio, me di media vuelta. Elliot tenía los ojos cerrados y las manos sobre la cara mientras, por fin, respiraba, sin necesidad ya de aparentar tranquilidad.

Me acerqué a él y me acurruqué en su regazo, desesperada por sentirlo de nuevo en contacto conmigo.

–Mierda, casi nos atrapa –susurró.

Asentí. No quería irme. La adrenalina me recorría las venas y hacía temblar mis extremidades. Quería quedarme con él y hablar sobre lo que acabábamos de hacer.

Él me dio un beso en la sien.

–Estabas sangrando. Sé que es… normal, pero solo quiero estar seguro: ¿te he hecho daño?

Miré el techo, intentando dar con una respuesta que fuera sincera y reconfortante a la vez.

–No más de lo que me esperaba.

Sus labios encontraron los míos. Besos lentos y cautos cubrieron mi boca, mi mentón, mis mejillas.

–Tienes que hacer las maletas –dijo a regañadientes, apartándome.

–Sí.

Se puso de pie y me levantó con él antes de soltarme.

—¿Me mandarás un correo esta noche?

Asentí. Aún temblaba. Por lo que acabábamos de hacer... y porque casi nos descubren haciéndolo.

Él me acunó el rostro entre sus manos.

—¿Ha estado... bien? —me preguntó mirándome a los ojos.

—Sí. —Reprimí una risita—. Es decir... quiero hacerlo otra vez. —La adrenalina me hacía sentir acelerada y enérgica.

—Está bien. —Asintió con entusiasmo—. Bueno, entonces, ¿nos hablamos? ¿Estás bien?

—Sí. —Sonreí—. ¿Tú?

Él exhaló, más tranquilo.

—Cuando llegue a casa, me daré una ducha larga y lo recordaré todo, excepto el minuto en que tu padre apareció y yo aún tenía una erección.

Apoyé mi frente sobre su pecho.

—No quiero irme.

—Lo sé. —Me dio un beso en la frente.

—¿Acabamos de hacerlo? —pregunté en voz baja.

Con los pulgares, levantó mi cara para que lo mirara.

—Sí. Lo hemos hecho.

Me besó en los labios una, dos veces, con suavidad, y luego me dio un tercer beso profundo. Después se apartó, me dio un beso en la punta de la nariz y salió del clóset.

Y pensé, mientras lo escuchaba bajar la escalera, en lo extraño y maravilloso que era que nunca nos hubiéramos dicho «te quiero». No había sido necesario.

AHORA

—A pesar de ser hijos de los mismos padres y de haber sido criados en la misma casa, Andreas y yo no podríamos ser más diferentes. –Con estas palabras, Elliot comienza su discurso antes del brindis. De pie frente al mar de mesas, flores y velas, se mete una mano en el bolsillo de sus pantalones de traje, con una sonrisa burlona en la boca–. Yo era buen estudiante, él era... –Se rasca una ceja–. Bueno, él era todo un atleta. –Los invitados se ríen con complicidad–. Yo era nervioso, él era muy calmado. –Otra risa de aprobación–. Yo aprendí latín, él se comunicaba con gruñidos y ceños fruncidos. –Ante esto, yo también me río con ganas–. Pero cualquiera que nos conozca sabe que tenemos una cosa importante en común. –Elliot me mira de reojo, casi como si no pudiera evitarlo, y, luego, mira de nuevo a Andreas–. Cuando amamos, amamos para siempre.

Un murmullo emotivo recorre la sala. Se me derrite el corazón en un charco de miel tibia.

–Andreas conoció a Else cuando tenía veintiocho años. Claro que ya había tenido novias antes, pero ninguna como ella. Un sábado, Andreas entró en la casa de nuestros padres como si estuviese fuera de sí: los ojos abiertos como platos, la boca abierta hasta el suelo, incapaz de hablar, ni siquiera en su lenguaje básico habitual. –Brotan las risas de nuevo, todos se divierten y se emocionan–. La trajo a cenar como si fuera la reina de Inglaterra en persona. –Elliot le sonríe a su madre–. Andreas le suplicó a nuestra madre que cocinara un banquete. Le insistió a nuestro padre para que no pusiera de fondo un partido de fútbol. Me insistió a mí para que no hiciera nada raro, como citar a Kafka o hacer trucos de magia. En un hombre que nunca había limpiado su habitación por voluntad propia, ese comportamiento meticuloso era llamativo. –Mi sonrisa se expande, siento mucha ternura–. Y, desde entonces, empezó a ser cada día más atento, leal y a estar completamente entregado. Durante cuatro años, los he visto enamorarse cada vez más. Decir que Else es perfecta para Andreas sería quedarme corto. Aparentemente, le gustan los idiotas. –Elliot levanta su copa, sonriendo con calidez y mirando a su hermano y a su nueva cuñada–. Else, bienvenida a nuestra familia. No puedo prometerte tranquilidad pura, pero sí te prometo que nunca te querrán tanto como en nuestra casa.

Todos aplauden y brindan. Elliot los abraza a los dos y luego vuelve a su asiento, a mi lado.

Debajo de la mesa, me toma la mano. La de él tiembla.

–Has estado estupendo –le digo.

Él se me acerca, sonriendo mientras, con la mano libre, se lleva un bocado de salmón a la boca.

–¿Sí?

Me acerco y le doy un beso en la mejilla. Tiene la piel cálida y un poco áspera, como la lija más suave de todas. Me esfuerzo para no sacar los dientes y darle un mordisquito.

–Sí.

Cuando aparto los labios, veo que le he dejado una marca de labial en forma de corazón. Extiendo la mano y se la limpio con el pulgar, aunque me gustaba cómo le quedaba. Elliot sigue comiendo, sonriéndome mientras estoy atenta a él, y nunca en toda mi vida me he sentido tan cercana a alguien y ni tan comprometida.

Es una sensación burbujeante, como la que te da beber un chupito de tequila. Siento que desde mi garganta se dibuja un sendero cálido hasta mi estómago. Todo parece arder. Muevo su mano sobre mi regazo, en lo alto de mi muslo. Él detiene el tenedor camino a su boca y me sonríe con picardía, pero luego se come el bocado, lo mastica y, cuando Andreas le toca el hombro, se inclina a la izquierda para escuchar lo que tiene que decirle.

La música del primer baile empieza, y Andreas y Else se ponen de pie y avanzan hasta el centro del salón, donde bailan solos unos acordes antes de que el DJ nos invite a todos a la pista. Dina y Nick se unen primero, al instante los padres de Else. Elliot me mira con las cejas en alto, haciéndome una pregunta evidente… Allá vamos.

Me lleva al centro de la pista, me rodea la cintura con un brazo y me aprieta contra él: pecho con pecho, estómago con estómago, cadera con cadera.

Nos balanceamos. Ni siquiera estamos bailando de verdad. Pero la cercanía me provoca un incendió en todo el cuerpo, y siento que el suyo también está en llamas. Noto que está empezando a tener una erección, su postura expone la voracidad que siente.

Yo también lo quiero más cerca. Pongo una mano en la suya y dejo que la otra se deslice sobre su hombro y por su cuello y, luego, despacio, por su pelo. Elliot pone nuestras manos unidas sobre su pecho y después inclina la cabeza y presiona su mejilla contra la mía.

–Te quiero –me dice–. Y siento no poder controlar mis instintos cuando estoy contigo.

–No pasa nada. –Cuento quince latidos antes de ser capaz de añadir–: Yo también te quiero.

Se le entrecorta la respiración y le tiemblan los hombros levemente; es la primera vez que me escucha decírselo.

–¿Sí?

Deslizo la mejilla sobre la de él cuando asiento.

–Siempre lo he hecho. Lo sabes.

Sus labios están tan cerca de mi oreja que la rozan cuando pregunta:

–Entonces, ¿por qué me dejaste?

—Estaba dolida. Quedé destrozada.

Sus pies se detienen en el suelo.

—¿Qué te destrozó?

—No quiero hablar del tema aquí.

Él retrocede, sus ojos se mueven de un lado a otro mirando los míos, como si estuviera desencriptando distintos mensajes a la vez.

—¿Quieres irte?

No lo sé. Quiero irme... pero no para hablar.

—Ahora no —digo—. Más tarde.

—¿A dónde?

Adonde sea. Solo sé que necesito estar a solas con él. Lo necesito de una manera imperiosa y tensa. Deseo estar a solas con él. Lo deseo a él.

—No me importa a dónde vayamos. —Pongo mi otra mano sobre su pecho, y luego le recorro el cuello hasta su pelo. Elliot deja de respirar cuando entiende lo que estoy haciendo: acercándolo a mí para que me bese.

Sus labios tocan los míos con ganas, sus manos me acunan el rostro para mantenerme cerca, como si mi beso fuera algo delicado y fugaz.

Su beso es una plegaria dolorosa; la devoción brota de él. Me succiona el labio inferior, el labio superior e inclina la cabeza para besarme más. Entra en mi boca antes de que yo retroceda y le recuerde con una mirada en dónde estamos y cuántas personas nos están viendo.

Pero no le importa. Me toma de la mano y me lleva hasta el jardín.

El césped húmedo cruje debajo de nuestros zapatos cuando nos echamos a correr. Me levanto el vestido para no pisarlo y voy detrás de él.

Nos adentramos más en el sendero, en la oscuridad, donde lo único que escucho es el zumbido de los insectos y el viento que sopla entre las hojas. Las voces desaparecen a nuestras espaldas.

ANTES

DOMINGO, 31 DE DICIEMBRE
ONCE AÑOS ATRÁS

Mi padre se materializó a mi lado. En una mano tenía una copa de champán para él; y en la otra, una copa para mí con algo que olía sospechosamente a bebida sin alcohol.

—¿Ni siquiera puedo beber un poco? —le pregunté, fingiendo que fruncía el ceño—. Esta fiesta es un asco.

Mi padre se lo tomó con calma y centró la atención en el salón, porque esta fiesta, evidentemente, no era un asco. Estábamos en el Garden Court, en el Palace Hotel, y estaba lleno de personas elegantes cubiertas de joyas, y, por suerte, todas se mostraban demasiado alegres. El lugar estaba decorado con miles, quizá millones, de luces blancas diminutas. Pasábamos Año Nuevo en el centro de una constelación. Aunque estaba lejos de Elliot, no podía quejarme.

Faltaban pocos minutos para la medianoche y la multitud era cada vez más voluminosa a nuestro alrededor; se agrupaban cerca de la barra para que todos pudieran tener una bebida antes de la llegada del Año Nuevo.

Debajo del brazo, me empezó a vibrar el bolso. Miré a mi padre, quien asintió para darme permiso, y salí al pasillo.

Observé el teléfono. Las doce menos cinco. Era Elliot.

–Hola –lo saludé sin aliento.

–Hola, Mace. –Su voz se escuchaba lenta y feliz.

Me mordí el labio para evitar reírme.

–¿Acaso ha bebido un par de cócteles, señor Petropoulos?

–Uno o dos. –Se rio–. Parece que no tengo mucho aguante.

–Porque nunca bebes. –Avancé por el pasillo silencioso y me apoyé contra la pared. El clamor de la fiesta se fundió en un sonido confuso de voces, copas brindando y música–. ¿Dónde estás?

–Fiesta. –Se quedó en silencio y oí ruido de fondo, un timbre a lo lejos–. En la casa de alguien.

–¿De alguien?

Él vaciló y, con la inhalación de aire que oí en el teléfono y el modo en el que contuvo la respiración, supe lo que vendría.

–De Christian.

Durante un segundo, guardé silencio. Lo poco que sabía de Christian bastaba para que me sintiera algo incómoda. Las cosas siempre se volvían salvajes cuando Christian estaba cerca, al menos eso decía Elliot.

–Ah.

—Nada de «Ah», señorita —dijo con voz grave y lenta—. Es una fiesta en una casa. Es una fiesta con mucha gente en una casa grande.

—Lo sé —respondí, inhalando profundamente—. Pero tómatelo con calma. ¿La estás pasando bien?

—No.

Sonriendo, pregunté:

—¿Quién más está ahí?

—Gente —balbuceó—. Brandon. Christian. —Una pausa—. Emma. —Se me cerró el estómago—. Otras personas de la escuela —añadió rápido. Oí que algo se cayó y se rompió en el fondo, el silencio de Elliot y una chica riéndose y diciendo su nombre antes de que él se fuera a un sitio más silencioso—. Y, no sé, Mace. No estás aquí. Así que me importa una mierda quién esté aquí.

Me reí, tensa. Esta llamada parecía un empujón hacia el futuro; hacia una vida donde bebíamos cerveza juntos, íbamos a la misma universidad y pasábamos horas y horas a solas. Sentí nuestro futuro acercándose lentamente. Tentándonos.

—¿Dónde estás tú? —me preguntó.

—Estoy en la fiesta de etiqueta.

—Cierto, cierto. Solo para gente elegante.

Miré por encima de mi hombro hacia el salón de baile.

—Todo el mundo está ebrio.

—Suena horrible.

—Suena como tu fiesta —repliqué, observando a mi padre, que charlaba en el extremo opuesto del salón con una mujer rubia muy guapa—. Mi padre la está pasando bastante bien.

–¿Te has puesto elegante?

Miré mi vestido verde con brillos.

–Sí, un vestido verde de lentejuelas. Parezco una sirena.

–¿Como una princesa Disney?

Me reí.

–No. –Me pasé una mano sobre el estómago y añadí–: Pero creo que te gustaría.

–¿Es corto?

–Mmm, no. ¿Hasta la rodilla?

–¿Ajustado?

Mordiéndome el labio, bajé la voz. Algo innecesario, sin duda, porque la fiesta era un caos de ruido, música y voces.

–No es pegado al cuerpo. Pero es… entallado.

–Eh –gruñó–. ¿No preferirías estar ahora mismo en vaqueros y sudadera conmigo? ¿Sobre mi regazo?

Solté una risa ante su falta de filtro.

–Sin duda.

–Te amo –me dijo.

Me paralicé, cerré los ojos al oír esas palabras.

«Dilo otra vez», pensé y, de inmediato, me pregunté si realmente quería escucharlo hacer esa confesión en ese estado: borracho (por primera vez hasta donde sabía) y a muchos kilómetros de mí.

–De verdad –balbuceó–. Mierda, te quiero tanto. Te amo y te deseo. Te amo y quiero pasar la vida contigo. Para siempre. Eh… ¿Macy? ¿Te casarías conmigo?

El tiempo se detuvo. Los planetas se alinearon y se separaron. Pasaron años. Las voces, la música y el brindis de las copas a mi alrededor se desvanecieron y solo oía el eco de su propuesta.

Emití un balbuceo de sonidos diversos antes de ser capaz de hablar.

Por desgracia, lo primero coherente que pude decir fue:

–¿Qué?

–Mierda –gruñó–. Mierda, acabo de estropearlo todo.

–¿Elliot…?

Su voz sonó amortiguada cuando dijo:

–¿Vendrías a verme? Quiero pedirte que te cases conmigo. En persona.

Miré la sala a mi alrededor, mi corazón era un rayo ardiente en mi pecho.

–Es que… Ell… No sé si podré ir esta noche. Es demasiado.

–Es demasiado. Pero es real.

–Está bien, te entiendo –le dije, presionándome los párpados con los dedos. Me había dicho que me quería y me había pedido que me casara con él en una misma conversación. Por teléfono–. Es solo que… mi padre nunca me dejaría conducir con tanta gente borracha en la calle.

Elliot se quedó en silencio tanto tiempo que tuve que mirar el teléfono para asegurarme de no haberme quedado sin cobertura.

–¿Elliot?

–¿Me amas?

Exhalé, parpadeando entre las lágrimas. No quería que esta conversación fuera así, no quería discutir así nuestro futuro, pero el destino tenía otros planes.

—Sabes que sí. Pero no quiero hacer esto por teléfono.

—Sé que no quieres, pero ¿entiendes lo que quiero decir? ¿Quieres casarte conmigo? ¿Quieres que esto dure para siempre? Los dos, nuestra biblioteca, ir de paseo a todas partes, viajar. ¿Quieres tocarme, estar conmigo, despertarte con mi boca sobre la tuya? ¿Quieres que sea el que te haga tener orgasmos o… mierda, el que te mire tenerlos o lo que sea? ¿Piensas en una vida conmigo o en casarte conmigo?

—Ell…

—Yo sí —dijo en un susurro veloz—. Todo el tiempo, Macy.

Casi no podía hablar, tenía el pulso demasiado acelerado.

—Sabes que yo también.

—Ven conmigo esta noche, por favor. Macy, por favor.

Las trompetas empezaron a sonar, el confeti caía de contenedores invisibles en lo alto de mi cabeza, pero solo oía el crujido de la línea telefónica.

—El finde que viene voy, ¿de acuerdo?

Él suspiró; cabía un universo entero en ese suspiro.

—¿Me lo prometes?

—Por supuesto que te lo prometo. —Miré al otro lado de la sala y vi a mi padre caminando hacia mí, con una sonrisa poco común. El ruido invadía el otro lado del teléfono y ya casi no escuchaba a Elliot.

—¿Macy? ¡No te oigo! Hay demasiado ruido.

—Ell, ve a divertirte, pero ve con cuidado, ¿sí? Podrás darme mi beso de Año Nuevo el próximo sábado.

—Bueno. —Hizo una pausa; sabía lo que él esperaba que dijera, pero no lo haría por teléfono. En especial porque, con tanto ruido, tendría que gritarlo y ni siquiera estaba segura de que él fuera a recordarlo.

–Buenas noches –dije. Él se quedó en silencio y miré el teléfono un instante y me lo puse de nuevo en la oreja–. ¿Ell?

–Que descanses, Mace.

Cortó la comunicación.

No recuerdo nada de la fiesta después de esa llamada. Tras un abrazo y un baile con mi padre, di vueltas por el pasillo fuera de la pista durante media hora.

Odiaba no estar con Elliot para tener por fin esa conversación.

Odiaba que hubiéramos cruzado esa línea inmensa, que hubiéramos reconocido la existencia de un futuro fuera del clóset, en el mundo real, con una relación real, y que él estuviera a kilómetros y kilómetros de distancia, y encima ebrio.

Odiaba cómo había sonado su «buenas noches».

–Macy, ¿por qué estás aquí fuera? –me preguntó mi padre. Sus zapatos resonaron sobre el mármol cuando se me acercó. El rugido de la fiesta parecía agua fría sobre mi piel–. ¿Quieres irte?

Lo miré, asentí y me largué a llorar.

—No entiendo cuál es el problema —dijo mi padre, haciendo una maniobra brusca. Lo miré para asegurarme de que estuviera sobrio. No lo había visto beber, pero por si las moscas—. ¿Has tenido buena una conversación con Elliot y estás preocupada por eso?

—Es que no me gusta cómo ha terminado —admití—. Ojalá estuviese allí, con él.

—Siempre han pasado más tiempo separados que juntos. ¿No es normal que te sientas así? —preguntó, siempre lógico. Siendo justa, él no tenía todos los detalles. No le había contado que Elliot me había dicho que me amaba. Ni que me había propuesto matrimonio.

—No sé, ha sido raro.

A diferencia de Elliot, mi padre no solía ser insistente.

Después de veinte minutos de silencio, mi padre se detuvo en la entrada de nuestra casa y, despacio, apagó el motor. Se giró hacia mí y me dijo en voz baja:

—Ayúdame a entenderte.

—Es mi mejor amigo —empecé, sintiendo la tensión de las lágrimas en la garganta—. Creo que a ambos nos preocupa lo que pueda pasar cuando decidamos a qué universidad ir y lo que sucederá después…, cuando no nos veamos todos los fines de semana. Esta noche he sentido que la llamada ha acabado mal, y no quiero ni pensar en que algo malo pase entre nosotros. —Sentada, miraba el parabrisas del coche intentando no llorar—. A veces me pregunto si deberíamos ser solo amigos, para no tener que preocuparme por perderlo.

Mi padre frunció los labios, pensando.

—Entonces, él es tu Laís.

Se me llenaron los ojos de lágrimas al oír el nombre de mi madre. Mi padre hacía años que no lo decía en voz alta.

—Son muy jóvenes, pero... si él es esa persona para ti —continuó—, no podrán ser solo amigos. Querrás dárselo todo, demostrarle cada segundo que lo quieres.

Las lágrimas rodaban por mis mejillas.

—Hubiera aceptado cualquier cantidad de tiempo, por más pequeña que fuera, con tal de estar con tu madre —susurró y nos miramos a los ojos—. Hubiera aceptado lo que fuera. No me arrepiento ni un segundo de haberla elegido, incluso después de haberse ido tan pronto.

Asentí con la garganta tensa.

—Siento que estoy perdiendo demasiado tiempo lejos de él.

—No será siempre así.

—¿Puedo ir a la cabaña esta noche? —le pregunté.

Él me miró en silencio un instante largo.

—¿Hablas en serio?

—Sí. —Cerré los ojos y mi padre respiró hondo.

—¿Irás con cuidado?

El alivio me relajó las extremidades.

—Sí, te lo prometo.

Mi padre miró al frente por el parabrisas hacia nuestra entrada, su coche viejo estaba aparcado allí.

—He llenado el tanque de gasolina del Volvo esta mañana. Puedes usarlo. —Me incliné sobre él y lo abracé—. ¿Me llamarás en cuanto llegues?

Asintiendo sobre su cuello, le prometí que lo haría.

AHORA

Elliot se detiene en frente de un olivo y se da la vuelta para mirarme. Estamos tan lejos de la fiesta que el sonido de los grillos es ensordecedor; y la boda, un zumbido distante. Parece como si hubiéramos caminado kilómetros y ahora nos encontráramos en otra parte, en un lugar distinto, lejos del ruido.

De acuerdo, ¿y ahora qué?, ¿por dónde empezamos?

Yo quiero empezar tocándolo.

Puede que él prefiera empezar con palabras, explicaciones y disculpas: mías y suyas. Aún hay tanto que necesito decirle.

Su pecho sube y baja con la fuerza de su respiración y mis pulmones parecen revolotear en mi interior, esforzándose por inhalar.

Espero a que él diga algo pero, en cambio, se deja caer de rodillas, me rodea la cadera con los brazos y hunde el rostro en mi abdomen. Paralizada, miro la parte superior de su cabeza, intentando traducir el temblor en sus hombros.

Está llorando.

–No, no –susurro. Le toco el pelo, le acuno el rostro con las manos, y me agacho. Lo empujo despacio contra un árbol, me arrastro hacia él hasta que su cara está tan cerca de la mía que parece borrosa. Tan cerca que él es lo único que veo. Le quito las gafas y las dejo con cuidado sobre el césped.

–¿Qué estamos haciendo? –susurra.

–Te he echado de menos. –Me acerco, le beso el cuello, la mandíbula.

Él me aparta y veo que dos lágrimas gruesas ruedan sobre su pómulo.

–Creí que nunca podría tocarte de nuevo.

–Yo también.

Se muerde el labio inferior, con los ojos bien abiertos.

–Aceptaré cualquier cosa que me des. ¿Suena patético?

Me acerco, mis labios tocan los suyos, inhalo el aroma limpio de su loción *after shave* y el aroma intenso del césped, y necesito oxígeno para mantener la consciencia.

Él abre la boca sobre la mía y se incorpora con una exhalación intensa; sus manos me acunan el rostro otra vez. Con urgencia, vuelve por más, inclinando la cabeza, mordiendo y lamiendo, y necesito más profundidad, más. Mis labios, mis dientes, mi respiración silencian sus gemidos. Pasa las manos por debajo de mi vestido, me lo sube hasta la cintura mientras yo tiro y le quito la corbata de moño y le desabrocho la camisa.

Elliot desliza sus dedos fríos por la parte interna de mi muslo. Su pecho arde bajo mis manos y actúo: deslizo las palmas sobre su clavícula y bajo por su estómago; quiero sentir cada centímetro de su piel.

Él balbucea palabras ininteligibles, tocándome por encima de la ropa interior. Y luego, me pasa los dedos sobre el ombligo y más abajo también, explorando debajo del encaje. Subo las rodillas para ayudarlo a acceder al lugar que su tacto desea más que cualquier otra cosa en la galaxia.

—¿Estás así de húmeda por mí? —me pregunta, y se detiene para mirarme a los ojos. Introduce los dedos, acariciándome con el pulgar—. ¿Esto es por mí?

Asiento. Su incredulidad es contagiosa; es lo que amplifica cada roce, lo que hace que me mueva con él, que lo muerda mientras me toca. Es lo que hace que me salga de mi cuerpo y que sienta más que nunca. Justo ahí, dos caricias, más arriba. Dos más.

—Ell.

—Sí.

—Voy a correrme.

Su sonrisa curva me responde:

—Bien.

Mis manos lo tocan todo, su cinturón, su cremallera.

—Espera —le digo a mi cuerpo—. Ay, Dios, estoy a punto. Espera.

Resiste. Espera.

Él no se detiene y me mira.

–¿Quieres…?

Mete los dedos más fuerte, más rápido.

Con torpeza, meto la mano dentro de su pantalón y lo encuentro: tieso y ardiente. Lo sujeto con firmeza y me muevo, inclinándolo, llevándolo hacia mi humedad.

Él gruñe al penetrarme y el sonido despierta en mí algo salvaje y primitivo.

El alivio de sentirlo rígido y famélico, por fin deslizándose dentro y fuera de mí; es una estrella que implosiona, que hace que el fuego arda en mis venas. Él gime diciendo que no quiere acabar todavía, que no quiere parar. Yo estoy al límite, y acabo corriéndome después de tres penetraciones intensas. Él arriba, yo abajo.

Los grillos y Elliot se quedan en silencio ante los gemidos agudos.

Le rozo el cuello con los labios y siento sus latidos. Pero luego, me toma la mandíbula, me acuna el rostro entre sus manos y me lleva hacia él.

–¿Sí? –susurra. Asiento entre sus manos, sintiendo su peso en mi interior–. Uf –dice mientras me besa–, esto es increíble.

Todo se reduce al movimiento ondulante de mi cadera y a nuestros besos suaves. Apenas me muevo. Solo es un balanceo, un apretón. Supongo que hará falta un poco más para que me diga que está a punto de correrse.

Aprieto mis labios sobre los suyos y le pregunto:

–¿Quieres que pare?

—Solo si no te gusta. —Su lengua encuentra la mía y gime—. Macy, cariño, estoy a punto.

No sé por qué en este momento asimilo la realidad: estamos haciendo el amor, con ropa, en los jardines, en la boda de su hermano. Pero cuando Elliot acabe, quiero que sus manos me toquen la piel, sudada, no la seda aplastada de mi vestido. Siempre que nos hemos tocado ha sido prácticamente con ropa puesta.

Me abro la cremallera del vestido, que está en mi espalda, me bajo los tirantes y me libro del sujetador.

De su boca solo salen palabras de aprobación llenas de calor y dulzura. Siento su lengua en mis pezones. Y, por dentro, siento que entra más profundo, que trepa, que necesita más que el balanceo suave que le estoy entregando. Sigue chupándome, succionándome, haciéndome vibrar.

Una vez más, estamos llegando al clímax. Ahora, más rápido, reboto sobre él tres,

suelto un gemido

cuatro, cinco, seis veces…

—Mierda.

Me muerde,

salvaje.

—Sí.

Elliot me sorprende cuando me sujeta con firmeza de la cadera y me penetra, con la boca abierta sobre mi pecho.

Pero incluso después de haber acabado, su lengua acaricia mi pezón erecto y me calma. Aún siento sus espasmos. Su respiración es una exhalación tensa sobre mis pechos.

Entrelazo los dedos en su pelo; lo aprieto contra mí. Desliza sus manos sobre mi piel y hace que se me erice. Me sujeta de la espalda. Me aprieta contra él.

Se ha corrido dentro de mí.

Aún *está* dentro de mí.

¿Qué acabamos de hacer?

¿Y cómo he podido pasar tanto tiempo sin él?

De pronto, hacer el amor con él parece vital, como el aire, el agua y el sol.

Me mira, expectante, y acerco mi boca para encontrar la suya y aliviarme.

Me resulta conocido y extraño a la vez. Su piel es más áspera por la barba incipiente, sus labios son más firmes. Dentro de mí, sé que es más grande.

Empiezo a apartarme, preocupada por no mancharle el esmoquin, pero él me mantiene quieta.

–Aún no –dice sobre mi boca–. Quiero quedarme aquí. Todavía no puedo creer que esto esté pasando.

–Yo tampoco. –Estoy perdida en el movimiento perezoso de su lengua, en los besos que se me derriten en la boca.

–Me gustaría repetir.

–A mí también. –Sonrío.

Desliza su boca hasta mi cuello y con su mano izquierda me acaricia el pecho.

–¿Es raro sentir que estás acostándote con alguien que te resulta nuevo y conocido al mismo tiempo? –pregunto.

Se ríe y se inclina para besarme la clavícula. Retrocede y susurra:

–¿Quieres saber algo aún más raro?

Cierro los ojos.

–Quiero saberlo todo.

Y, por primera vez en más de una década, es verdad.

–Tardé años en acostarme con alguien que no fueras tú. Fuiste la única mujer con la que estuve hasta los... bueno, durante mucho tiempo.

Sus palabras dan en el blanco y, de pronto, me invade el pánico.

–Te amo desde siempre y para siempre –continúa, moviendo los labios sobre mi clavícula. Despacio, abro los ojos, y me mira–. Al menos desde el instante en que pensé por primera vez en el amor, el sexo y las mujeres.

Aún está dentro de mí.

Sonríe y la luz de la luna brilla sobre el ángulo marcado de su mandíbula.

–Nunca he deseado a nadie como te deseo a ti –continúa–. Y tardé mucho tiempo en desear a alguien más sexualmente.

Me siento en el centro de un tornado: a mi alrededor, pasan cosas, pero en mi mente, todo está en silencio.

Como no digo nada, primero abre bien grande los ojos y luego los cierra con pesadumbre y dice:

–Dios. Creo que he hablado de más.

ANTES

Cuando bajé del puente Richmond, lo llamé a Elliot y escuché el pitido de la línea hasta que respondió el buzón de voz. Unos diez minutos después de emprender el viaje en automóvil, me había dado cuenta de que no sabía dónde vivía Christian ni tampoco cuánto tiempo más estaría Elliot allí. Era la una de la madrugada y quizá ya se había vuelto a casa y se había metido en la cama, y no podría verlo sin despertar al resto de su familia.

La autopista 101 se extendía oscura ante mí; cada tanto aparecían los puntos luminosos de las luces traseras de otro coche. No había casi nadie y me empezó a dar miedo. Un rato después, lo llamé de nuevo y, esta vez, me respondió una voz masculina.

—Hola, ¿está Elliot? —Escuchaba ruido de fiesta y

borrachera de fondo. Una combinación amarga de alivio y fastidio se retorció en mi interior. Eran casi las dos de la mañana y él (o al menos su móvil) aún estaba en la fiesta–. ¿Está Elliot? –pregunté una vez más.

–¿Quién es?

Hice una pausa.

–¿Quién eres tú?

El chico inhaló y su respuesta fue tensa, como si tuviese algo atragantado:

–Christian.

–Christian, soy Macy.

Él soltó una exhalación larga y controlada.

–¿La Macy de Elliot?

–Sí –confirmé–, su novia, Macy.

–Ay, mierda. –La línea se quedó en silencio, amortiguada, como si hubiera tapado el micrófono con la mano. Cuando Christian volvió a hablar, simplemente dijo–: Elliot no está.

–¿Se ha ido a casa sin su móvil? –pregunté.

–Nah.

Confundida, insistí:

–Entonces, ¿cómo puede ser que no esté ahí si sabes que no se ha ido a casa?

–Macy. –Una risa lenta, y luego–: Estoy demasiado drogado para entender lo que acabas de decir.

–Bueno –respondí con calma–, ¿puedes darme tu dirección?

Balbuceó una dirección en la calle Rosewood y añadió:

–Es la segunda casa a la izquierda. Escucharás la música.

—Chris —protestó una persona de fondo—, *no*.

Christian se rio por lo bajo.

—¿Qué carajo querías que hiciera? —le dice a esa persona. Y luego, colgó.

La casa de Christian era nueva y, por lo tanto, grande en comparación con las viviendas más modestas de Healdsburg; estaba sobre una colina con vistas a un viñedo. Él tenía razón: escuché la música en cuanto entré en su calle. Había bastantes automóviles aparcados en la entrada, desparramados en un abanico desordenado hacia la curva de la calle. Encontré un sitio vacío a varias casas de distancia. Dejé los tacones en el coche, tomé unas sandalias del maletero y comencé a subir por la colina.

Parecía una tontería molestarme en llamar a la puerta. Estaba un poco entreabierta, así que la empujé y, al entrar, pasé sobre un montón de zapatos apilados, un gesto absurdo considerando las condiciones del resto de la casa. Había latas, botellas, cigarros y porros apagados sobre casi cada superficie plana. El sonido de la música y de la televisión competían en el pasillo. En el sofá de la sala de estar había dos chicos desmayados, y un tercero estaba sentado con un mando de la Play en la mano, jugando al *Call of Duty*.

—¿Has visto a Elliot? —le pregunté, gritando por encima de los disparos.

El chico miró hacia la cocina y se encogió de hombros.

Fui a la cocina.

Era inmensa y un absoluto desastre. Habían intentado preparar cócteles con la licuadora, pero habían abandonado la tarea. Vi una pirámide de latas de cerveza sobre la encimera, rodeada de una corona de papas fritas, manchas de salsa y pedazos de tarta a medio comer. El fregadero estaba lleno de vasos sucios y también había una pipa de cristal grande.

—Está arriba —dijo alguien detrás de mí. Me di media vuelta y reconocí a Christian por las fotos que había visto sobre el escritorio de Elliot. Era alto, no tanto como Elliot, pero su espalda era más ancha, tenía una barba perfilada que no le sentaba nada bien y un lamparón enorme de cerveza en la camiseta. Tenía los ojos rojos y las pupilas dilatadas, casi negras. A su lado, otro chico me miró con los ojos bien abiertos; parecía a punto de vomitar. Era Brandon.

Los dos mejores amigos de Elliot.

—¿Arriba? —repetí. Christian levantó el mentón y asintió, jugando con un palillo entre los dientes.

—Está muy borracho —aseguró Brandon cuando salí de la cocina y, mientras subía las escaleras me dijo con desesperación—: Macy, si yo fuera tú, no subiría. Creo que ha estado vomitando.

—Entonces me lo llevaré a casa. —Incluso para mí, mi voz sonaba vacía, diminuta, como si saliera de unos altavoces estropeados guardados dentro de un cajón.

—Ya lo haremos nosotros. —Brandon me tomó el codo con una mano amistosa—. Déjalo dormir hasta que se le pase.

El corazón me latía en la garganta, en las sienes. No estaba segura de qué me encontraría, pero... No, no podía ser cierto. Creo que lo sabía. Entendí la sonrisa lacónica de Christian y la ansiedad vibrante de Brandon. En retrospectiva, es difícil saber si fue un momento de clarividencia lo que me hizo subir o si fue solo la obviedad de la situación

—Yo que tú volvería a casa, Macy —suplicó Brandon—. Cuando se despierte, le digo que te llame.

Su voz continuaba zumbando de fondo, siguiéndome todo el camino escaleras arriba hasta la única puerta cerrada, al final del pasillo. La abrí y me detuve.

Una pierna larga colgaba por el lateral de la cama deshecha. Elliot tenía los zapatos puestos. También tenía los jeans y la ropa interior, pero a la altura de las rodillas y la camiseta, a la altura de las axilas, lo que dejaba al descubierto las líneas de su pecho y el sendero oscuro de vello en la zona del ombligo.

Brandon tenía razón: Elliot estaba inconsciente.

Pero Emma también lo estaba, recostada desnuda sobre el torso de Elliot.

Retrocedí un paso y me choqué con el pecho de Brandon.

—Dios mío —susurré.

Ya me habían roto el corazón antes, pero esta era una sensación diferente: sentía que me estaban arrancando un órgano vital con unas garras afiladas. Me estaban destrozando por dentro.

«*Mierda, te quiero tanto*».

«*Te amo y te deseo*».

«Te amo y quiero pasar la vida contigo. Para siempre».

«¿Te casarías conmigo?».

—Macy, de verdad, no es lo que parece. —Brandon me tomó de los hombros—. Por favor, créeme.

—Lo que parece es que se la ha follado. —Me encogí de hombros, entumecida, para quitarme sus manos de encima. Por mucho que me horrorizara la escena, no podía dejar de mirarla. Emma estaba roncando con la boca abierta sobre el pecho de Elliot. El pene de Elliot colgaba inerte sobre su muslo.

Nunca lo había visto desnudo... con tanta atención.

Brandon se movió en su sitio, incómodo.

—Fue ella, Macy. Elliot nunca...

—Ay, mierda —exclamó Christian al aparecer a mi lado—. Te has metido en problemas, amigo.

Intenté gritar, pero sentí que me ahogaba.

—Bah, ya sabes que estos dos tienen su historia. No te pongas dramática —continuó Christian, y luego soltó un eructo atronador y se golpeó el pecho con el puño—. No pasa nada. Solo follan de vez en cuando.

Me di la vuelta, pasé entre ellos y salí al pasillo, mis pies retumbaron sobre la escalera, a través de la cocina y cuando salí por la puerta principal al aire frío, donde creí que no podría respirar. Intenté inhalar, pero era como si me hubieran dado un puñetazo mortal en el diafragma.

Dos y media de la mañana, Año Nuevo: completamente sobria y rota por dentro intenté conducir como pude. Entre lágrimas, avancé con torpeza por la calle serpenteante, haciendo zigzag por la colina angosta y bajé la cuesta de gravilla de la entrada. Le grité al parabrisas y estuve a punto de pellizcarme un par de veces porque no podía creer la mala suerte que tenía. Emma y Elliot, los dos allí, acostados, juntos.

No miré la casa de Elliot cuando subí a toda velocidad los escalones de la entrada de mi cabaña; sentía la tentación de llamar a su puerta y exigirle que bajara, aunque sabía muy bien que no estaba allí.

En ese instante, no sabía demasiado, pero sabía que no podía volver a Berkeley como me había ido porque ahora me faltaba una parte: el corazón.

La casa estaba helada. Había una pila de madera en la parte de atrás. Podría hacer un fuego y comer algo para saciar el ruido de mis entrañas, pero apenas podía llegar al sofá. Tomé una manta y me acurruqué en el suelo.

La verdad es que no recuerdo nada más, excepto el frío del suelo. Creo que mi cerebro se bloqueó: un instinto de supervivencia me había obligado a no ver más la cadera desnuda de Elliot, la mano de ella sobre el estómago de él. Como un mecanismo de defensa, mi mente no quería recordar el olor intenso de esa habitación, la nube de cuerpos, sudor, cerveza y sexo, ni el modo casual en que Christian hizo referencia a la historia íntima entre ambos.

¿Acaso Christian tenía razón? ¿Era algo que pasaba con

frecuencia entre los dos? ¿Emma y Elliot se acostaban para llenar con sexo el tedio de los días? Se mandaban mensajes para pasar el rato cuando no tenían nada más que hacer. Solían estar en el parque porque… ¿por qué no? No dudaba de que Elliot me quería, sabía que era cierto, lo sentía en mis huesos, pero yo solo estaba con él un tercio del tiempo, y los otros dos tercios, la que estaba era Emma. Cada día en el instituto, todo el año: accesible, conveniente, conocida.

No tenía ni idea de quién era Elliot en la vida real. Mi Elliot existía solo ciertos días, solo en los confines de nuestra biblioteca, en el clóset.

No lo conozco en absoluto. No lo conozco de nada: ese era el pensamiento horrible que interrumpía mis sueños; sueños en los que yo lo veía y no lo reconocía, sueños en los que estaba a su lado y sentía un eco incómodo que decía que había pasado por alto algo importante, sin saber qué era.

AHORA

Subo la cadera, siento la tensión en el pecho cuando Elliot aparta su cuerpo del mío. Se le llenan los ojos de un dolor que parece aumentar a medida que se prolonga el silencio.

—Nunca me permitiste explicarte qué pasó —dice.

No puedo mirarlo a los ojos. Es algo mucho más profundo que eso, pero, aunque ahora esos detalles parezcan nimiedades, sé que debemos empezar por ahí.

—Esa noche fue la primera vez que me dijiste que me amabas —le recuerdo.

Él asiente con vigor.

—Lo sé.

—Me propusiste matrimonio.

Elliot me sujeta la muñeca con los dedos.

—Era en serio. Tenía un anillo.

Lo miro, atónita.

—Si hubiera dicho que sí, ¿te habrías acostado con Emma?

—Está bien. —Se pone de pie, se sube los pantalones y se abrocha el cinturón—. Está bien. —Tiene la camisa abierta y el pelo sigue desordenado por mis dedos. Me mira, iluminado por la luna y el resplandor distante de la fiesta detrás de él. Se inclina para tomar las gafas y se las pone—. ¿Sabes cuántas veces te he contado esta historia en mi cabeza?

—Quizá tantas como las que yo he intentado fingir que no vi lo que vi.

—No supe lo que pasó hasta unos días después de la fiesta.

—¿Qué?

—Le dije a Christian que no me habías llamado y él me respondió: «Quizá no te llamó porque vio a Emma desnuda encima de ti».

Parpadeo y aparto la vista. Aún veo la imagen con mucha claridad.

—Y lo peor —continúa— fue que, hasta que él no me lo recordó, no sabía que había estado con Emma, porque cuando me desperté a la mañana siguiente, ella ya no estaba ahí —añade en voz baja.

Necesito digerirlo durante dos, tres, cuatro respiraciones.

—Te despertaste con los pantalones por las rodillas, Ell. ¿No sospechaste nada?

—Esa es la parte que no puedo descifrar —susurra—. En mi cabeza, eras tú. En mi cabeza, tú viniste a la fiesta, tú me encontraste inconsciente en la cama de Chris. En mi cabeza, tú me hiciste sexo oral y te pusiste encima de mí. No recuerdo haber tenido sexo con Emma esa noche. Recuerdo haber tenido sexo contigo.

–¿Te estás oyendo? –Lo miro, boquiabierta. Sus palabras hacen que el corazón me lata desbocado detrás de las costillas. Yo nunca le hice sexo oral... pero ¿ella sí?–. ¿Eres consciente de las tonterías que estás diciendo? ¿Me estás contando que la noche que Emma te la chupó creías que era yo?

Elliot gruñe y se pasa una mano por el pelo.

–Sé que parece una locura. Llevo once años intentando recordar lo que pasó esa noche, pero ni siquiera en ese momento pude hacerlo. Estaba muy borracho, Mace. Sé que me desperté con la sensación de tener tu boca sobre la mía. Recuerdo tocarte el pelo, hablar contigo, incitarte. Y cuando pienso en retrospectiva, aún veo tu cara cuando ella se puso encima de mí. –Niega con la cabeza, apretando los ojos, y recuerdo que Brandon dijo que Elliot nunca haría algo así–. Cuando me desperté –continúa–, sentí una vergüenza insoportable porque la puerta de la habitación de Chris estaba abierta y había algunas personas pululando, limpiando los restos de la fiesta y eso. Y yo tenía la verga fuera. Te envié mensajes para preguntarte dónde habías ido después. Durante dos días, seguí pensando que me había acostado con mi novia en una fiesta. Y creía que tú estabas avergonzada o enfadada conmigo porque había bebido demasiado y que por eso no me habías llamado.

¿Acaso esta era su verdad? Una parte de mí desea esta

versión de los hechos, quiere creerla con tanto fervor que me hace apretar los dientes. La otra parte quiere gritar que, por más que lloriquee, su malentendido de borracho fue lo que arruinó todo. Debería haber sido algo intencional, algo inmenso. Algo que mereciera lo que pasó después.

—Si me hubieras permitido explicártelo... —dice en voz baja, mirándome con desconcierto—. Te llamé mil veces...

—Lo sé. —Soy consciente de que Elliot me llamó varias veces, todos los días durante meses. Y nunca revisé mi correo electrónico, pero sé que, de haberlo hecho, probablemente también hubiera encontrado cientos de mensajes sin leer.

Sabía que su arrepentimiento era profundo.

Pero ese nunca había sido el problema.

—La cagué —dice—, pero, Macy, por muy mal que lo haya hecho, y sé que lo hice mal, ¿en serio lo arruiné todo por una noche de borrachera? —Pone una mueca de dolor—. ¿Fue suficiente para que... me dejaras? ¿Después de todo? ¿Para que no me hablaras nunca más?

Lo miro, seleccionando las palabras y colocándolas y recolocándolas en oraciones con sentido. Haberlo atrapado con Emma parece una tontería. Solo fue la primera pieza que desencadenó un efecto dominó.

—Teníamos una confianza profunda e inquebrantable, ¿recuerdas? Y la rompiste en mil pedazos... pero no fue solo eso. Fui... yo. También fui yo.

—¿Crees que no me merecía la oportunidad de darte una explicación? —pregunta con una emoción tensa en la voz, malinterpretando mi incoherencia.

Está esperando una respuesta. Y la respuesta es sí, por supuesto que se merecía la oportunidad de darme explicaciones. Claro que sí. En una realidad alternativa, me habría llamado y yo hubiera respondido.

—Te amaba con todo mi corazón. Siempre te he querido. Nunca hubo nadie más y lo sabes —me asegura.

—Fue una muy mala… Fue una noche horrible… —intento explicar con torpeza.

—Lo sé, Mace. —Su voz es cada vez más firme, casi incrédula—. Fuimos nuestro primer amor, nuestra primera vez, nuestro primer todo. Pero… ¿desaparecer durante una década?

—No fue solo por lo de Emma. —Mi corazón y mi boca parecen acordar que ya no quieren latir ni hablar.

Me pitan los oídos. Cierro los ojos y niego con la cabeza para ahuyentar el ruido.

—No tienes ni idea de lo que sufrí —acusa, ahora más frustrado al ver mi aturdimiento inarticulado—. Cada día, me despertaba y me preguntaba si te volvería a ver. Te echaba de menos a morir. Tengo veintinueve años y nunca he amado a otra mujer. —Me mira sin parpadear—. Y cada mujer con la que he estado lo sabe, por desgracia para ellas.

Abro la boca para hablar, pero no me salen las palabras.

—¿Quieres saber a qué se refería Rachel la noche que la conociste? —Me mira desconcertado—. Te pongo un ejemplo: la primera persona que me hizo sexo oral después de que desapareciste tuvo que quedarse mirando mientras yo me echaba a llorar como un puto bebé, intentando explicar por qué no quería que me la chupara.

—Lo siento. —Me tapo los ojos, inhalo, exhalo. El punto número veintisiete en la lista de mamá era tan simple como respirar. Inhalar y exhalar diez veces cuando estoy estresada.

Una...

Dos...

—Yo también lo siento —susurra—. Quiero estar contigo.

Tres...

Yo también quiero estar contigo, pienso. Pero ni siquiera sé cómo decirte que Emma no significa nada en comparación con todo lo demás. Que otra mujer chupándotela no significa nada en comparación con todo lo demás.

—Háblame, Mace —insiste—. Por favor.

Cuatro...

Cinco...

—Quiero estar contigo —repite, y su voz muestra una distancia extraña—. Pero ahora me doy cuenta de que quizá no debería.

Seis...

Siete...

Cuando llego hasta diez, las manos ya no me tiemblan cuando las bajo. Pero dado que no esperaba que Elliot se marchara, nunca lo oí partir.

En la oscura noche, el porche es un faro de luces diminutas y estrellas proyectadas por la luz de las velas reflejadas en las copas de champán. Las estufas, colocadas en intervalos regulares, dan la calidez suficiente al fresco de la noche y hacen que el aire húmedo circule alrededor de las parejas que bailan lento.

Encuentro a George a la izquierda de la pista de baile, cerca del pastel de bodas que ya han cortado y repartido. Tiene las mejillas enrojecidas, una sonrisa amplia y los ojos húmedos por la embriaguez del alcohol y la alegría.

—¡Mace! —grita, y me abraza con sus extremidades gigantes—. ¿Dónde está mi hermano?

—Iba a preguntarte lo mismo.

Me quita una ramita del pelo y me doy cuenta de que no sé cómo estoy tras venir del jardín donde me he acostado con Elliot.

George sonríe con picardía.

—Sospecho que tú lo sabes mejor que yo.

Liz aparece a su lado, sonriéndole a su esposo, que lleva unas copas de más.

—¡Macy! Guau, estás… —La comprensión aparece en sus ojos y suelta una carcajada—. ¿Dónde está Elliot?

—La pregunta del millón —susurra George.

—Aquí estoy.

Nos damos la vuelta y vemos que Elliot está de pie a nuestro lado, con una copa de champán a la mitad en la mano. La calidez que sentí sobre mis labios, desaparece. En su lugar, hay una mirada inerte, el dejo de un ceño fruncido. Le falta la corbata de moño, tiene el cuello de la camisa sin abrochar y manchado de tierra y pintalabios.

Le sonrío, intentando comunicarle con los ojos que

tenemos más cosas de las que hablar, pero él ni siquiera me mira. Se lleva la copa a los labios, se la acaba y la deja en la bandeja de un camarero que pasa cerca. Luego dice:

—Macy, ¿necesitabas que te lleve a tu motel?

La sorpresa es como una ola de frío. George y Liz se quedan en silencio y luego se apartan bajo la niebla de la vergüenza ajena. Se me acelera el corazón y parece un tambor furioso que explota al darse cuenta de que me está pidiendo que me marche.

—No hace falta —le digo—, me pido un taxi.

Él asiente.

—Perfecto.

Avanzo un paso y pongo la mano sobre su brazo, pero él la mira con el ceño fruncido, como si estuviera cubierta de barro.

—¿Podemos hablar mañana? —pregunto.

Pone una mueca extraña, toma otra copa de champán y se la bebe en el tiempo que tarda el camarero en ofrecerme una y yo en rechazarla. Elliot toma otra copa más antes de que el camarero se aleje.

—Sí, podemos hablar mañana —dice, sacudiendo la copa—. Podemos hablar sobre el tiempo, sobre nuestro color favorito o..., ¡ah!, no hemos hablado aún sobre las ventajas de una olla de cocción lenta en comparación con una olla a presión. Podríamos hacerlo, ¿no?

—Me refiero a terminar lo que hemos empezado —susurro al darme cuenta de que hemos captado la atención de algunos parientes—. No hemos acabado.

Alex nos observa desde lejos con los ojos muy abiertos, preocupada.

–¿No? Pensaba que sí. Has hecho lo que mejor sabes hacer –dice, con una sonrisa lúgubre–: cerrarte.

–Tú te has ido –replico.

Él se ríe con brusquedad, negando con la cabeza mientras repite en un murmullo:

–Yo me he ido.

Con más calma, le digo:

–Mañana… Te voy a ver.

Elliot levanta la copa, traga el líquido en cuatro sorbos y se limpia con el dorso de la mano.

–Claro, Macy.

A la una de la mañana, el cielo parece embrujado por la oscuridad. Subo al porche de mi vieja cabaña de verano, salto el escalón que esperaba que estuviera roto, tomo la llave y entro. Hace aún más frío que en el bosque porque el aislante mantiene el fresco dentro de las oscuras paredes de yeso. Enciendo las luces al pasar y me pongo de rodillas para prender un fuego pequeño en la chimenea a leña.

En los últimos diez años, he estado aquí dos veces. Debería recordar las fechas exactas, pero no. Solo sé que fue una semana, quizá dos, hace mucho tiempo. Recuerdo que condujimos hasta aquí por la noche para recoger nuestras pertenencias y nuestras posesiones valiosas para evitar que los curiosos que alquilaran la casa durante las vacaciones nos robaran algo. El recuerdo de esa noche parece una mancha borrosa en medio de la niebla.

Con el mismo juego de llaves, abro la cerradura del clóset de mi padre. Entra a pasos interrumpidos, se traba a la mitad y necesito sacudirla un poco antes de que encaje y gire con un crujido oxidado.

Abro la puerta y el olor a humedad que sale de ahí me retuerce el estómago. De inmediato me doy cuenta: voy a tener que tirar casi todo. Él había guardado algunas camisas y pantalones. Botas de montaña y un chaleco de pesca. Hay álbumes de fotos en el estante superior y algunas manualidades que hice en la escuela. Cartas de mamá. Y, en el fondo, la pila de revistas para adultos.

Mi trasero aterriza en el suelo antes de que me dé cuenta de que estaba deslizándome contra el marco de la puerta. Bajo el olor a humedad, está el aroma inconfundible a cigarrillos daneses, el de su loción *after shave*, el aroma fresco a lavandería. Tomo una camisa y la percha sale disparada y cae al suelo. Aprieto la tela contra mi nariz, inhalo y me ahogo con el llanto.

Hacía mucho tiempo que no me sentía así. O quizá nunca había sentido esta emoción particular: quiero llorar. Sin duda, quiero llorar a mares. Le doy permiso al llanto, permito que me atraviesen unos aullidos horribles. Resuenan en los techos altos, me sacuden y hacen que me vuelva un ovillo. Mucosidad, saliva: soy un desastre. Lo siento detrás de mí, pero sé que no está ahí. Quiero llamarlo, preguntarle qué hay para desayunar. Quiero oír la cadencia de sus pasos, el ruido intermitente del periódico mientras lee. Todos estos instintos parecen vivir tan cerca de la superficie que se deforman y se entretejen con la tela de las posibilidades. Quizá él está abajo, leyendo. Quizá está a punto de salir de la ducha.

Estos recuerdos traicioneros son de los que duelen, son momentos diminutos en los que piensas: «Voy a llamar a mi padre». Y, medio segundo después: «Mierda, pero si está muerto». Y te preguntas cómo pasó, si le dolió, si puede verme aquí y ahora, empapada en un charco de lágrimas en el suelo.

Esto es lo único que interrumpe el torrente de lágrimas y lo que hace que brote una risa áspera de mi garganta. Si mi padre me encontrara llorando así dentro de su clóset, me miraría confundido, antes de ponerse en cuclillas y frotarme los hombros.

—¿Qué te pasa, Mace? —me preguntaría.

—Te echo de menos —le diría—. No estaba lista. Aún te necesito.

Él lo entendería.

—Yo también te echo de menos. Yo también te necesitaba.

—¿Estás herido? ¿Te sientes solo? —No sé cómo seguir—. ¿Estás con mamá?

—Macy.

Cierro los ojos, siento que las lágrimas no dejan de caer.

—¿Ella se acuerda de mí?

—Macy.

—¿Alguno de los dos se acuerda de mí?

No soy yo misma, sé que no, pero ya no me avergüenza que me vea así, ni él ni mi madre. Al menos, de este modo, él verá cuánto lo quería.

Unos brazos fuertes se deslizan bajo mis piernas y por mi espalda y me sacan de la neblina de lágrimas y del recuerdo de mi padre y me llevan por el pasillo.

—Lo siento —digo una y otra vez—. Siento no haber llamado. Lo siento, papá. Fue mi culpa.

Aún estoy en su regazo cuando él se sienta en mi cama. Es tan cálido, tan sólido.

Llevaba años sin sentirme tan pequeña.

—Mace, cielo, mírame.

Veo borroso, pero es fácil distinguir sus facciones.

Ojos verdosos, casi dorados, pelo negro.

No es mi padre. Es Elliot. Aún con su esmoquin y con los ojos rojos detrás de las gafas.

—Estás aquí —dice—. Vuelve aquí, conmigo. ¿A dónde te has ido?

Le paso los brazos alrededor del cuello, lo acerco más a mí, aprieto los ojos. Huelo el césped, la corteza del olivo.

—Eres tú.

—Soy yo.

Él también necesita mi disculpa.

—Lo siento, Ell. Lo arruiné todo.

—Vi la luz encendida —susurra—. Entré y te encontré así... Macy Lea, dime qué pasa.

—Me necesitabas y yo no estuve ahí.

Se queda en silencio y me da un beso en la cabeza.

—Mace…

—Yo te necesitaba aún más —le digo y empiezo a sollozar de nuevo—. Pero no podía perdonarte.

Elliot me aparta el pelo de la cara, observándome.

—Cariño, me estás asustando. Háblame.

—Sabía que no era tu culpa —digo, ahogada—, pero durante mucho tiempo, sentí que lo era.

Veo que se le llenan los ojos con lágrimas de confusión.

—No entiendo qué quieres… —Me aprieta contra su pecho, con una mano sobre mi cabeza mientras suplica con la voz quebrada—: Por favor, dime qué pasa.

Y lo hago.

ANTES

Me desperté por el golpe de la puerta y los pasos intensos sobre las baldosas de la entrada.

–¿Macy?

Gruñí, sentí el cuello contracturado y me incorporé justo cuando mi padre estaba entrando a la sala de estar. La primera suposición paternal lo invadió y corrió hasta arrodillarse a mi lado y decir, lleno de furia:

–¿Te ha hecho daño?

–No. –Hice una mueca, estirándome. Recordando. Se me estrujó el estómago–. Bueno, sí.

Con mucho cuidado, mi padre me acarició desde los hombros hasta las manos. Me giró las palmas, las observó y luego las presionó en el centro con los pulgares. Recuerdo ese tacto como si hubiese sido ayer. Entrelazamos los dedos.

La lucidez apareció en medio de la niebla y entendí que estaba en la cabaña, en la mañana helada, a más de cien kilómetros de casa.

—¿Qué haces aquí? —le pregunté.

Me miró con severidad y dulzura.

—No me llamaste para decirme que habías llegado bien. No atendías el teléfono.

Me derrumbé sobre él y balbuceé contra su pecho amplio:

—Lo siento. Lo había apagado.

—¿Qué ha pasado, *min lille blomst?*

—Él ha cometido un error. Uno grande.

Mi padre retrocedió para mirarme a los ojos.

—Otra chica.

Asentí y se me escapó un sollozo al recordar a Elliot desnudo… acostado… relajado… acompañado.

Mi padre exhaló, despacio.

—No me lo esperaba.

—Ya somos dos.

Me ayudó a ponerme de pie, con un brazo protector sobre los hombros.

—El fin de semana volvemos a buscar el Volvo.

Pero nunca volvimos.

Me pregunto qué habrá pasado con el coche.

Mi padre tenía una mano gigante posada en el volante y la otra entrelazada a la mía.

Me miraba cada cinco segundos, más o menos. Le hubiera encantado tener la lista de mamá a mano para leer el consejo: «La primera vez que un chico le rompa el corazón...». Sabía dónde encontrarlo. Era el número treinta y dos.

Mi padre estaba preocupado y tenía el ceño fruncido... Por mucho que me pesara lo que había pasado, me encantaba la calidez de su atención, el contacto tranquilizador de su mano, las preguntas silenciosas, como qué quería cenar o si quería ir al cine o quedarme en casa.

Pero que tuviera la atención puesta en mí significaba que no la tenía puesta en la ruta.

Ni siquiera sé si vio venir el coche. Era un Corvette azul que se metió en nuestro carril a unos ciento diez kilómetros por hora. Se interpuso con un chillido entre nosotros y el camión que iba delante. Los neumáticos del Corvette resbalaron y sus luces de freno se encendieron, rojas, justo ahí. Justo frente a nosotros.

¿Podría haber hecho algo antes de que fuese demasiado tarde? Siempre me lo he preguntado. ¿Podría haber dicho algo más que un «¡Papá!» ahogado y haber movido algo más de un dedo que señala?

Los testigos le dijeron a la policía que creían que el accidente había sucedido en menos de cinco segundos, pero, en mi memoria, sería para siempre en cámara lenta: aún siento la mirada preocupada de mi padre sobre mí, no sobre el Corvette. Por esa razón, él ni siquiera pisó el freno. Chocamos muy rápido, con un estruendo metálico ensordecedor, y nuestros cuerpos se sacudieron hacia delante, los *airbags* se inflaron, y pensé, por una fracción de segundo, que todo estaba bien, que el impacto había terminado.

Pero todavía no habíamos aterrizado. Cuando lo hicimos, el coche derrapó del lado del conductor contra el asfalto, las chispas brotaron del metal, que chilló durante seis metros. Nos quedamos de lado. Yo terminé con la frente cerca del volante. Mi asiento había aplastado el de mi padre, con él aún sentado.

Más tarde, descubrí que el otro conductor era tan solo un estudiante. Su nombre era Curt Andersen y solo sufrió una lesión leve en el cuello. No fue causada por el cinturón de seguridad (no lo llevaba puesto), sino simplemente por el impacto.

Curt se quedó inconsciente al principio, creo, y la mayor actividad estuvo centrada en la realidad mucho más sangrienta de nuestro vehículo. Yo ya estaba en una camilla con un brazo roto cuando Curt salió del coche, más que fumado, y riéndose por haber sobrevivido. El impacto de la escena le devolvió la sobriedad, y también la policía, que lo esperaba con unas esposas.

He oído a mucha gente decir que no recuerda lo que sucedió inmediatamente después de que le anunciaran la muerte de un ser querido, pero yo lo recuerdo todo. Recuerdo, con precisión, que me colgaba un brazo como si no tuviese huesos en su interior. Recuerdo la sensación de querer arrancarme la piel, de querer correr, porque correr, de algún modo, desharía lo que los paramédicos me habían dicho.

«Ha muerto».

«Debes tranquilizarte».

«Lo siento mucho. Te llevaremos a Sutter. Necesitas que te vea un médico. Intenta respirar».

Recuerdo pedirles una y otra vez que lo revivieran, que hicieran todo lo que estuviese en sus manos, que me permitieran intentarlo.

–Detente.

–Macy, intenta respirar. ¿Puedes hacerlo?

–¡Ya dejen de hablar! –grité–. ¡Cállense todos!

Tengo una idea: podemos empezar de nuevo.

Volvamos al coche, volvamos a la casa. Solo necesito un segundo para pensar.

Pasaremos la noche aquí.

O, no, volvamos más atrás.

No me olvidaré de llamarlo para decirle que he llegado bien.

Quiero volver a ese otro momento de sufrimiento, no a este.

Hoy no era un buen día para conducir. Si conducimos hoy, los pierdo a todos. Si conducimos hoy, ya no seré hija de nadie.

Uno de los policías me detuvo cuando salté de la camilla y corrí por la autopista, lejos de las luces, del ruido y de mi padre destrozado aún dentro del coche. Todavía siento el abrazo del oficial por detrás, cuidadoso con mi brazo quebrado, con su cuerpo sobre el mío mientras me derribaba. Aún recuerdo que me decía una y otra vez que lo sentía, que lo sentía mucho, que él había perdido a su hermano del mismo modo, que me comprendía.

Después, llegó la insensibilidad. El tío Kennet, que vivía en Minnesota, vino a Berkeley. Parecía amargado mientras revisábamos el testamento de mi padre. Me daba palmadas en la espalda y carraspeaba mucho. La tía Britt limpió la casa mientras yo la miraba desde el sillón. Ella se puso de rodillas, sumergió una esponja en una cubeta llena de agua con jabón y fregó el suelo de madera durante horas. No parecía un gesto de cariño, sino más bien que llevaba años queriendo limpiar la casa y que por fin tenía la oportunidad.

Mis primos no vinieron, ni siquiera para el funeral. «Tienen que ir a la escuela», dijo Britt. «Esto sería demasiado perturbador para ellos».

Recuerdo querer encontrar al policía que lloró conmigo para ir con él al funeral, porque él parecía entenderme mejor que el resto de mi familia. Pero incluso eso parecía imposible. Comer y vestirme me representaban un esfuerzo tan inmenso que no podría ni llamar a la estación de policía.

O a Elliot.

Estaba entumecida, pero debajo ardía la furia.

Incluso en ese entonces, sabía que no era correcto, que no debía conectar los eventos, pero el dolor por lo ocurrido con Elliot y Emma se enredó con lo de mi padre. Necesitaba a Elliot, quería que estuviera conmigo. Vi sus primeros mensajes desesperados, su insistencia en que había sido un error. Pero luego vacilé entre querer que supiera que me habían destrozado y querer que supiera que él había blandido el mazo. Y luego me pareció mejor que no supiera nada. Él podría tener todos los fragmentos de mi corazón, pero este no.

Kennet y Britt me llevaron con ellos a Minnesota durante cuatro meses. Me tocaba las cutículas hasta que me sangraban. Me corté el pelo con unas tijeras de cocina. Me despertaba al mediodía y contaba los minutos que faltaban para volver a la cama. No me opuse cuando Kennet me mandó a terapia ni cuando él y Britt se sentaron en la mesa del comedor para evaluar a qué universidad iría.

Britt lo orquestó todo; su mirada satisfecha:

—Lo tenemos todo resuelto, Macy.

Después de eso, no hay nada. No recuerdo ni un segundo. No recuerdo irme a la universidad.

Supongo que el destino me preparó a Sabrina, aunque ella insiste en que no. Ella había perdido a su hermano en un accidente de coche dos veranos atrás; me gusta pensar que estábamos destinadas. Nos conocimos en la universidad y no nos separamos más.

Supongo que irme de Berkeley me salvó. A los meses ya podía estar sin pensar en mi padre a cada minuto. Y luego a cada hora. Y después, lo suficiente como para aprobar un examen. Mi mecanismo de defensa era anular mis pensamientos cuando aparecían, arrugarlos como si fueran un trozo de papel y tirarlos a la papelera. Sabrina, sin embargo, sí permitía que el dolor la atravesara. Pero no seguía su ejemplo y me acurrucaba y dormía hasta tener la certeza de que podía evitar mis propios pensamientos.

Tiempo. Sabía muy bien que el tiempo sanaba ciertas cosas… incluso la muerte.

AHORA

Elliot endereza la espalda, con los ojos vidriosos, y mira por la ventana de mi habitación.

Veo todo lo que lo atraviesa: el horror, la culpa, la confusión, la revelación de que mi padre murió el día después de que él me engañó, de que mi padre iba a buscarme porque yo había estado tan triste que no lo había llamado; de que el último día que vi a mi padre fue un día como hoy, once años atrás... y de que durante muchos años lo culpé de todo.

Elliot mueve la nariz y parpadea, con la mandíbula tensa.

—Dios mío.

—Lo sé.

—Esto... lo explica todo. —Niega con la cabeza, entierra una mano en su pelo—. Ahora sé por qué no quisiste responder a mis llamadas.

–No pensaba con demasiada claridad después... –le digo en voz baja–. No podía separarte a ti del... accidente.

No logro encontrar las palabras.

–Dios, Macy. –Recobra la compostura y me abraza, pero es diferente.

Más tenso.

He tenido más de una década para lidiar con esto; Elliot ha tenido dos minutos.

–Cuando me hablaste fuera de la cafetería –digo sobre su camisa– y me preguntaste cómo estaba Duncan...

Él asiente sobre mí.

–No tenía ni idea.

–Pensé que lo sabías –le digo–. Creí que te habías enterado...

–No teníamos a nadie más en común –responde en voz baja–. Fue como si hubieras desaparecido. –Asiento y él se pone más tenso. Le ocurre algo–. Todo este tiempo has pensado que me acosté con Emma a propósito, que sabía que tu padre había muerto y que me daba igual, ¿no?

Intento esforzarme por responder de una manera lógica:

–Creo que nunca lo pensé así; nunca pensé que no te importara. Sabía que intentabas llamarme. Sabía que me querías. Pero creía que quizá Emma y tú tenían algo más que no me habías contado. Estaba avergonzada y desconsolada...

–No teníamos nada –dice con urgencia.

–Creo que Christian me hizo creer que follaban de vez en cuando...

–Macy –dice Elliot en voz baja, acunándome el rostro

para que lo mire–. Christian es un idiota. Sabías todo lo que había pasado entre Emma y yo. No había más secretos.

Quiero decirle que, la verdad, ahora todo eso es irrelevante, pero veo que para él no lo es. Valoro su intención de ser sincero conmigo.

Él frunce el ceño, sigue procesando tanta información.

–Andreas me dijo que te vio el verano siguiente. En la cabaña, con tu padre.

Niego con la cabeza hasta que entiendo a qué se refiere.

–Era mi tío Kennet. –Me sorbo la nariz y me la limpio de nuevo–. Fuimos a empacar y a guardar nuestras cosas. –Miro alrededor, a la pintura familiar de las paredes (ahora desgastadas), recordando que no quería sacar nada de la casa. Quería dejarlo todo exactamente como estaba, como en un museo–. Esa fue la última vez que estuve aquí.

–Yo estuve en casa ese verano –susurra–. Todo el verano. Te busqué todos los días. Me pregunto cómo pude haber pasado por alto el día que viniste.

–Vinimos tarde. No prendimos las luces. –Suena completamente ridículo que nos hubiéramos escabullido como ladrones. Kennet pensó que yo me había vuelto loca–. Me preocupaba verte.

Elliot retrocede con la boca triste. Odio que esto abra viejas heridas, pero odio aún más que cree heridas nuevas. Quizá decir que me preocupaba no sea la palabra correcta; tuve un ataque de pánico la noche anterior a que Kennet y yo viniéramos aquí y no podía soportar la idea de que Elliot me viera en ese estado.

—El primer año después de la muerte de mi padre, me disocié totalmente de la realidad y no quería volver a ella. —Titubeo y añado—: Tal vez debería haber corrido a tus brazos. Pero me preocupaba estar enfadada o triste. Era mucho más fácil no sentir nada.

Él se inclina, apoya los codos sobre los muslos y se sostiene la cabeza con las manos. Le acaricio la espalda, dibujándole círculos pequeños entre los omóplatos.

—¿Estás bien? —le pregunto.

—No. —Me mira por encima del hombro con una sonrisa débil para quitarle seriedad a la respuesta, y luego se pone pálido mientras me observa. Veo una vez más la comprensión en sus ojos—. Mace. —Su expresión es triste—. ¿Cómo me disculpo? ¿Cómo podría…?

—Elliot, no…

En un segundo, se pone de pie y sale a toda prisa de la habitación. Me levanto para seguirlo, pero cierra de golpe la puerta del baño y oigo el sonido de sus rodillas contra el suelo y lo escucho vomitar. Aprieto la frente contra la puerta, oigo que tira de la cadena, que el agua del grifo corre, que él gruñe.

—¿Elliot? —Por poco se me para el corazón.

—Solo necesito un minuto, Mace. Lo siento, ¿me das un minuto?

Me apoyo contra la pared, monto guardia fuera del baño y lo escucho vomitar otra vez.

Me despierto bajo la manta, en mi cama, sin recordar cómo he llegado aquí. La única respuesta es que me dormí en el suelo y que Elliot me llevó a mi habitación, pero el otro lado de la cama parece intacto, y él no está en ninguna parte.

Una tos amortiguada sale del clóset y el alivio me recorre las extremidades. Aún está aquí. Hace frío, así que salgo de la cama envuelta en la manta y espío dentro del clóset. Elliot está recostado en el suelo, con las manos en la nuca y los tobillos cruzados, mirando las estrellas agrietadas y borrosas. Sigue ocupando todo el espacio. Llevo años sin entrar al clóset y, cuando lo hago, me sorprende que un lugar tan diminuto me pudiera haber parecido el mundo entero, un planeta propio.

–Hola –dice, sonriéndome. Tiene los ojos y la nariz rojos.

–Hola. ¿Estás mejor?

–Supongo. Pero aún estoy sorprendido. –Le da una palmada al suelo, a su lado–. Ven aquí. –Su voz es un gruñido silencioso–. Acuéstate conmigo.

Me ubico a su lado y, cuando desliza un brazo alrededor de mi cuello, me acurruco en su pecho y me abraza.

–¿Cuánto tiempo he dormido? –pregunto.

–Un par de horas.

Siento que podría dormir una década más, pero, a su vez, no quiero desperdiciar ni un segundo sin él.

–¿Tenemos que hablar de algo más? –pregunto, mirándolo.

–Seguro que sí –dice–, pero ahora mismo estoy… reconectándolo todo en mi cabeza.

–Te entiendo. Yo he tenido once años para procesarlo, tú

has tenido unas horas. Quiero que sepas que está bien si te duele. –Le acaricio el pecho–. Sé que no podremos hacer como si nada.

Tarda unos segundos en responder y, cuando lo hace, su voz es ronca.

–Perderte fue lo peor que me ha pasado; fueron años muy difíciles, pero ayuda saber lo que pasó. Por terrible que sea, ayuda. –Me mira y se le llenan los ojos de lágrimas–. Siento tanto no haber estado contigo cuando murió tu padre.

–Yo siento mucho no habértelo contado. Perdóname por desaparecer. –Le doy un beso en el hombro.

Él levanta la mano libre y me acaricia la cara.

–Mace, perdiste a tu madre a los diez años y a tu padre a los dieciocho. Es una mierda que desaparecieras, pero lo entiendo. Tu vida… se desmoronó.

Muevo la mano debajo de su camisa, sobre su estómago, y se la pongo en el corazón.

–Fue horrible. –Apoyo la cabeza en el hueco entre su cuello y su hombro. Inhalo en un intento porque el aroma de su piel aparte los recuerdos–. ¿Cómo fueron esos años para ti?

Él vacila, pensativo.

–Me concentré en los estudios para no pensar mucho en todo lo demás, como tú. Si te refieres a lo sentimental, me sentía tan culpable que me costó muchísimo tiempo volver a salir con alguien.

Me duele el corazón al oír esto.

–Alex me dijo que Rachel fue la primera chica que presentaste.

–¿Podemos dejar algo en claro? –me pide mientras me da un beso en el cabello–. ¿Podemos?

–¿Qué? –Me encanta la sensación sólida de su cuerpo a mi lado. Creo que nunca me cansaré de ella.

–Que te amo –susurra mirándome a los ojos–. ¿Te queda claro?

–Yo también te amo. –La emoción me invade el pecho y hace que las palabras suenen ahogadas. Siempre echaré de menos a mis padres, pero sé que, al menos, he recuperado a Elliot. Y que juntos podemos resucitar algo importante.

Aprieta los labios contra mi frente.

–¿Crees que es nuestro momento? –pregunta, con los labios aún sobre mi piel–. ¿Que ahora tendremos nuestra oportunidad de estar juntos de verdad?

–Nos la hemos ganado.

Se aleja un poco y me mira.

–Mientras estaba aquí acostado pensaba que, en cierto modo, debería haberlo sabido. Debería haberme preguntado por qué Duncan nunca había vuelto. Pero simplemente asumí que los dos estaban muy enfadados conmigo.

–Con el tiempo, me permití confiar más en mis recuerdos. –Levanto la mano y le aparto el pelo de los ojos–. Me di cuenta de que, sin importar si tenías o no algo con Emma, me querías de verdad.

–Por supuesto que sí. –Me mira, con ojos tensos–. Me duele mucho que Duncan muriera pensando lo contrario.

No hay nada que pueda decir al respecto. Solo lo aprieto más fuerte y le doy un beso en la mandíbula.

—Aún me encanta esta habitación —susurro.

A mi lado, Elliot se paraliza.

—Es curioso que lo digas… A mí también me encanta. Pero he venido aquí a despedirme.

Mi corazón se asoma por un acantilado y cae al vacío.

—¿Qué quieres decir?

Se incorpora sobre un codo y me mira.

—Creo que ya no pertenecemos a este lugar.

—Bueno, no, no estaremos aquí todo el tiempo. Pero ¿por qué no conservamos la cabaña y…?

—Escúchame, obviamente es tuya y deberías hacer lo que quieras con ella. —Me pasa un dedo por los labios y me besa una vez. Cuando se aparta, persigo su boca; quiero más—. Pero quiero que avancemos fuera de este clóset —dice con dulzura—. No nos enamoramos por el clóset. Nosotros hicimos que este cuarto fuera especial, y no al revés.

Sé que parezco devastada y no sé cómo cambiar la expresión. Me encanta estar aquí con él. Los mejores años de mi vida los pasé aquí dentro y es donde más segura me he sentido. Y en ese instante me doy cuenta de que Elliot ya está dos pasos por delante de mí.

—Apuesto a que, desde tu perspectiva, todo se desmoronó cuando intentamos vivir en el exterior —continúa y me besa de nuevo—. Pero solo fue mala suerte. Y no será así esta vez.

—¿No? —Reprimo una sonrisa de alivio y lo acerco más a mí.

—No. —Sonríe con picardía mientras se acomoda entre mis piernas y pone los ojos en blanco.

–¿Cómo será esta vez? –Le quito las gafas y las dejo en uno de los estantes vacíos.

Elliot dibuja un sendero de besos sobre mi cuello.

–Será como queramos que sea.

–¿Todo el día tirados en el suelo, en ropa interior?

Él se ríe y gruñe a la vez, y acerca sus labios mientras yo le abro la cremallera de los pantalones.

–Y tú en mi cama, cada noche –dice.

–Quizá serás tú quien esté en mi cama.

Cuando retrocede, entrecierra los ojos.

–Para eso tendrás que ir a tu casa de una vez, cariño.

Me río y él también lo hace, pero la verdad de sus palabras flota entre los dos y hace que él se quede quieto. Me observa y noto que esa afirmación se ha convertido en una pregunta durante nuestro silencio; no permitirá que me escape.

–¿Vendrías conmigo? ¿A vaciarla? –Pongo una mueca de dolor y admito–: Hace mucho tiempo que no entro.

Elliot me besa en la boca y luego desciende y me besa el pecho, justo en el corazón.

–Llevo once años esperando que volvieras a casa. Iré contigo adonde vayas.

AHORA

La nostalgia me golpea en cuanto abrimos la puerta. La casa de Berkeley huele igual que siempre, huele a mi hogar, pero creo que antes no me había dado cuenta de que mi hogar huele al baúl de cedro de mi madre que usábamos como mesita auxiliar y a los cigarros daneses de mi padre (ahora que me doy cuenta, él fumaba a escondidas más de lo que yo creía). Un rayo de sol entra por la ventana de la sala de estar y captura algunas estrellas de polvo diminutas que vuelan erráticas. Aunque he intentado mantener limpia la casa contratando a una persona, se nota que está abandonada.

Una puñalada de culpa me parte en dos.

Elliot avanza detrás de mí y mira la sala de estar por encima de mi hombro.

—¿Crees que seremos capaces de entrar hoy?

Suaviza la broma dándome un beso en el hombro, y no puedo culparlo porque intente quitarle seriedad al asunto utilizando la ironía: ya hemos pasado dos veces frente a la casa con el coche y las dos veces fui incapaz de visitar el lugar de mi infancia. Pero hoy no tengo que trabajar hasta la noche y me he despertado sintiéndome... preparada.

Por ahora, nuestro plan es vender la casa de Healdsburg y vaciar la casa de Berkeley y dejarla lista para profesores de la universidad de California que quieran alquilar un apartamento amueblado. Pero vaciarla significa llevarme todos los recuerdos importantes: álbumes de fotos, obras de arte, cartas, objetos con valor sentimental...

Doy un paso y luego otro. El suelo de madera cruje en el mismo lugar de siempre. Elliot entra detrás de mí, mirando a su alrededor.

—Esta casa huele a Duncan.

—¿Verdad que sí?

Asiente con la cabeza y pasa a mi lado para acercarse a la chimenea, sobre la cual hay fotos de nosotros tres, de Kennet y de Britt y de los padres de mi madre, que murieron cuando ella era pequeña.

—Solo he visto una foto de tu madre, ¿lo sabías? La que Duncan tenía junto a su cama.

Mi madre. Laís para todo el mundo. *Mãe* para mí.

Elliot desliza los dedos sobre los marcos y luego toma uno y lo observa antes de mirarme.

Sé cuál es. Es la foto que mi padre nos sacó a mi madre

y a mí en la playa. El viento despeina su pelo negro y yo estoy apoyada contra ella, sentada entre sus piernas, con los brazos cruzados. Su sonrisa era tan grande y luminosa; en ella, es evidente sin que nadie lo diga que hay una fuerza de la naturaleza que es todo poder y belleza.

Él mira la fotografía, parpadeando.

—Es increíble lo mucho que te pareces a ella.

—Lo sé. —Agradezco tanto el paso del tiempo, poder ver su rostro y alegrarme por haberlo heredado; me aterraba la idea de mirarme al espejo y que fuera una tortura diaria verme envejecer, pero ahora empiezo a ver con nitidez su cara en la mía.

Me pongo de rodillas junto al baúl del cedro, donde viven todas nuestras fotografías, cartas y recuerdos.

—Deberíamos llevárnoslo a nuestro apartamento.

La tapa del baúl está semiabierta cuando Elliot habla y la cierro sin mirar. La calidez se expande tan rápido por mis extremidades que me marea.

—¿Nuestro apartamento? —repito.

Él aparta la vista de la fotografía.

—Estaba pensando en que deberíamos mudarnos juntos.

Apenas han pasado diez días desde que nos reencontramos, pero el viaje total de nuestras vidas es bestial. Además, será mucho más fácil si lo hacemos juntos.

El único día libre que he tenido en este tiempo (hace dos días) ni siquiera salimos de su apartamento. Hicimos el amor en su cama, en el suelo, en la cocina. Durante un segundo, imagino cómo sería tener acceso a él, a su voz, a sus manos, a su risa, a su peso sobre mí cada vez que vuelvo a casa, y el deseo de lograrlo late como loco en mi pecho.

—¿Te mudarías a la ciudad por mí? —pregunto.

Elliot deja el marco de fotos y toma asiento a mi lado en la alfombra persa gastada.

—¿Te queda alguna duda? —Detrás de sus gafas, sus ojos parecen casi ámbar bajo el sol que entra por la ventana. Tiene las pestañas muy largas.

Quiero besarlo con tanta desesperación que se me hace agua la boca. Sé que tenemos trabajo por delante, pero me distraen su barba y lo fácil que sería subirme a su regazo y hacerle el amor ahora mismo.

—¿Macy? —dice, sonriendo bajo la intensidad de mi atención.

Parpadeo y lo miro a los ojos.

—Tu trabajo no te quedará tan cerca como a mí el hospital.

—Mis horarios son más flexibles que los tuyos —dice, y luego un brillo travieso invade sus ojos—. Y tenerte en la cama cada noche me inspirará para mi porno de dragones.

Me río.

—Lo sabía.

Nos mudamos juntos en marzo. Está lloviendo a cántaros y nuestro apartamento tiene una sola habitación y es diminuto, pero también tiene un ventanal inmenso y está al lado del autobús que me lleva al trabajo. Elliot y sus tres hermanos montaron unas bibliotecas y Nick y Dina nos regalaron una cama. Que los padres de tu novio te regalen una cama es un poco incómodo, la verdad; pero es una cama con dosel preciosa hecha a mano, así que solo puedo estar agradecida. Alex, Else y Liz nos han abastecido con todo tipo de sábanas que consideran muy bonitas, aunque la verdad es que ni a Elliot ni a mí nos importa cómo sean nuestras sábanas.

A las siete, Dina prepara la cena mientras todos nos apretujamos en el espacio reducido. El apartamento entero huele a laurel y a pollo asado, y la lluvia se convierte en una extraña tormenta violenta, los rayos crujen en destellos de luz. Alex baila mientras coloca libros en los estantes y todos la observamos con disimulo, asombrados de que algo tan elegante pudiera haber surgido de estos genes. En un momento de calma, Liz y George anuncian que tendrán un bebé y la habitación estalla en jolgorio. Else pone música y la energía se mueve en un frenesí de risas y baile.

Elliot me aparta a un lado y me abraza. Nunca he visto esa expresión en él. Es más que una sonrisa; es un alivio placentero.

—Hola —dice, y posa su sonrisa en la mía.

Me estiro para darle otro beso cuando se aparta.

—Hola. ¿Estás bien?

—Sí, estoy bien. —Observa la sala como diciendo: «Mira esta casa maravillosa»—. Acabamos de mudarnos juntos.

—Por fin, ¿no? —Me muerdo el labio y siento la necesidad de gritar de felicidad.

Nunca me había sentido así.

Esta noche dormiremos juntos, en nuestro apartamento, en nuestra cama. Cuando todos se vayan, olvidaremos las cajas que aún tenemos que abrir y ordenar. Él me seguirá bajo las sábanas con esa tensión voraz en la mirada, su piel desnuda se deslizará sobre la mía hasta que nos convirtamos en un enredo jadeante y sudoroso. Nos quedaremos dormidos entrelazados sin enterarnos.

Y me despertaré antes de que apaguemos la luz y lo desearé de nuevo.

Por la mañana, él estará aquí. Su ropa, sus libros y su cepillo de dientes: todo estará aquí. Prepararé el desayuno mientras él se ducha. Quizá venga a buscarme a la cocina mientras me tomo mi taza de café y no me daré cuenta hasta que sienta sus labios sobre la nuca. La expectativa que siento por esta vida cotidiana es tan inmensa que me llena de una calidez pesada y resplandeciente.

Ni siquiera estamos bailando; solos nos balanceamos en el sitio, como hicimos en la boda. Pero esta noche no hay secretos que revelar y no hay ninguna conversación pendiente. La última década parece algo borrosa, como si hubiéramos hecho un viaje largo por la Tierra trazando círculos amplios, volviendo al mismo punto, destinados a terminar aquí.

Elliot me agarra la cintura e inclina la cabeza. George bromea con que nos vayamos a un hotel. Andreas responde en el mismo tono que George. Y luego Dina empieza a llorar en la cocina por la ilusión de que vengan más bebés y seguramente también más bodas, y veo a Elliot haciendo un esfuerzo por reprimir la emoción. Pone una mueca amable, se sube las gafas y me observa del modo en que siempre lo ha hecho: como si pudiera leerme la mente en una fracción de segundo.

Quizá sea capaz de hacerlo.

–¿Palabra favorita? –susurra.

Ni siquiera vacilo.

–*Tú*.

AGRADECIMIENTOS

Algunos de nuestros libros contienen fragmentos de nuestra historia, algunos contienen fragmentos de personas que conocemos y otros tienen fragmentos de nosotras. Y luego hay libros como *Amor y otras palabras*, que contienen fragmentos grandes de las tres cosas.

Yo (Lauren) crecí en el norte de California y pasé la mayoría de mis fines de semana, desde los siete años en adelante, en el río Ruso con mi familia, en una de las tres cabañas diminutas y sencillas que tuvimos a lo largo de los años. No eran elegantes ni recargadas: eran pequeñas, a veces estaban húmedas y se cobijaban bajo la sombra de los árboles, rodeadas del sonido del río Ruso o de un arroyo cercano. Al igual que Duncan y Macy, mis padres compraron un lugar de descanso para el fin de semana para que escapáramos del estrés de nuestras vidas un par de días a la semana, y todo en una época en la que comprar una casa modesta en un pueblo no era prohibitivo y costoso para una familia de clase media.

Esa zona (desde Jenner a Guerneville, a Healdsburg y Santa Rosa) ha sido una constante en mi vida. Mi hermana y yo nos casamos en Healdsburg. Mis padres pasaron algunos de los momentos más felices de su vida juntos en el valle del río Ruso. Vamos allí de vacaciones, a reunirnos y de viaje con amigas.

A veces pienso en los fines de semana de mi infancia y en lo afortunadas que fuimos de tener a nuestra disposición un lugar como ese. También pienso en cómo es ser madre de niños pequeños que (incluso a los siete y once años) ya parecen demasiado enchufados al mundo digital. Me pregunto cómo será para ellos, y si resultará difícil para mí no darles el mismo tipo de lugar de descanso, donde puedan leer durante horas en un clóset o hacer un amigo como Elliot, o, simplemente, desconectar durante dos días enteros.

Pero, sobre todo, estoy un poco destrozada porque gran parte de esta zona ha ardido en los incendios recientes de Santa Rosa. Una casa que alquilé este verano mientras editábamos este libro ahora no es más que cenizas y escombros. Pero, a su vez, hace que esté aún más agradecida de que escribiéramos este libro, de que los recuerdos de esas zonas y esos espacios todavía estén frescos en la historia de Elliot y Macy.

Esta es nuestra primera incursión en la ficción para mujeres y fue realmente un placer escribir este libro. Nos apoyaron dos de las personas que más influencia tuvieron en nuestra obra: nuestro editor, Adam Wilson, y nuestra agente, Holly Root, quienes esperaron que la idea adecuada apareciera antes de apresurarnos a probar una voz diferente. Gallery Books / Simon & Schuster es un lugar increíble que nos apoyó y les agradecemos a todos por leer y amar este libro tanto como nosotras y por ayudarnos a promocionarlo: Carolyn Reidy, líder de S&S; Jen Bergstrom, directora de Gallery Books; nuestras geniales encargadas de marketing, Liz Psaltis, Diana Velasquez, Abby Zidle, y Mackenzie Hickey. Gracias, Laura Waters, por mantenernos organizadas y hacer que cumpliésemos los plazos, y por molestar a Adam a diario dado que nosotras no podíamos hacerlo en persona. Gracias al departamento de publicidad, y en particular a Theresa Dooley y a nuestra adorada Kristin Dwyer, quien, la mayoría de los días, es nuestra tercera mosquetera. Nos encanta la portada, John Vairo y Lisa Litwack. Y al equipo de ventas de S&S: la próxima vez que estemos en Nueva York, nosotras invitamos las bebidas; lo prometemos.

Gracias, Erin Service, no solo por leer este libro una y otra vez en busca de cada error diminuto, sino también (como hermana de Lo) por haber compartido tantos de esos recuerdos en la cabaña. Gracias, Marcia y James Billings, por llevarnos allí. Perdimos una casa en una inundación y conservamos la otra durante más de una década, pero atesoraré cada centímetro de ese mundo por siempre.

Gracias, Christina, por escribir este libro conmigo, por aprender sobre este lugar y por quererlo tanto como yo, por viajar en el tiempo para descubrir quiénes eran estos chicos. Inventamos estos personajes hace siete años y estoy muy feliz de que hayamos encontrado el mejor lugar para ellos.

Tenemos mucha suerte de poder hacer esto y nos maravilla que, cada vez que alguien nos pregunta qué hacemos en nuestro tiempo libre, podamos decir: «Pensamos qué escribir a continuación».

Elegí esta historia pensando en **ti**
y en todo lo que las mujeres románticas
guardamos en lo más profundo
de **nuestro corazón** y solo en contadas
ocasiones nos atrevemos a compartir.
Y hablando de compartir, me gustaría
saber qué te pareció el libro...

Escríbeme a
vera@vreditoras.com
con el título de esta novela
en el asunto.

VeRa

yo también
creo en el amor

@ vera.mexico
f VeRa México